Buch

Mona ist ziemlich ungestüm. Und sie versucht alles, um ihre impulsive Ader in den Griff zu bekommen. Zahlen sollen im Leben der jungen Mathematiklehrerin für Ruhe und Ordnung sorgen. Mit Zahlen kann man Ebbe und Flut bestimmen, mit Zahlen lässt sich vieles berechnen und einordnen. Als ein neuer Lehrer an der Schule anfängt, ein junger Mann mit Brandspuren an den Händen und mit der gleichen Leidenschaft am Unterrichten wie Mona selbst, wird ihr zählbares Universum von der unordentlichsten Kraft überhaupt durcheinander gebracht – von der Liebe. Ein so poetisches wie witziges Buch. Geschrieben von einer der talentiertesten jungen Autorinnen Amerikas.

»Wenn dieses Buch ein Märchen ist, dann eines von Anne Sexton – traurig, melancholisch und doch faszinierend in seinem Realismus.«

San Francisco Chronicle

Autorin

Aimee Bender, Jahrgang 1969, lebt in Los Angeles. »Das Mädchen, das Feuer fing«, ihr erstes Buch, avancierte in den USA sofort nach Erscheinen zum Geheimtipp und stand wochenlang auf Platz 1 der Los-Angeles-Times-Bestsellerliste. »Ich könnte verschwinden, wenn du mich berührst« ist ihr erster Roman.

Aimee Bender

Ich könnte verschwinden, wenn du mich berührst

Roman

Aus dem Amerikanischen
von Liselotte Prugger

btb

Die Originalausgabe erschien 2000
unter dem Titel »An Invisible Sign of My Own« bei Doubleday,
a division of Random House, New York.

Umwelthinweis:
Alle bedruckten Materialien dieses Taschenbuches
sind chlorfrei und umweltschonend.

btb Taschenbücher erscheinen im Goldmann Verlag,
einem Unternehmen der Verlagsgruppe Random House.

1. Auflage
Genehmigte Taschenbuchausgabe Dezember 2003

Umschlaggestaltung: Design Team München
Umschlagfoto: ZEFA/Scheibe
Satz: Buch-Werkstatt GmbH, Bad Aibling
SR · Herstellung: Augustin Wiesbeck
Made in Germany
ISBN 3-442-73132-1
www.btb-Verlag.de

FÜR SUZANNE UND KAREN

Zahlen sind sozusagen meine Freunde.
3844 bedeutet für Sie nicht das Gleiche wie für mich, stimmt's?
Für Sie ist es nur eine Drei, eine Acht, eine Vier und wieder eine Vier.
Aber ich sage: »Hallo! 62 zum Quadrat!«

WIM KLEIN, *Mathematiker*

PROLOG

Also.

Es war einmal ein Königreich, in dem keiner je sterben musste. Man hatte dort das Geheimnis des ewigen Lebens entdeckt, und deshalb gab es keine Friedhöfe, keine Krankenhäuser, keine Bestattungsinstitute, und im Buchladen gab es keine Bücher über Tod und Trauer. Dafür waren die Regale voll mit Ratgebern darüber, wie man ohne Angst vor der ewigen Verdammnis ein rechtschaffener Bürger sein konnte.

Das Problem war nur, dass das Königreich aus allen Nähten platzte. Die Frauen gebaren immer mehr Kinder, und die Babys hatten wegen der vierzehn Urgroßmütter und Urgroßväter, die sämtliche Schlafzimmer mit Beschlag belegten, keinen Platz mehr zum Schlafen. Alle alten Leute wurden immer älter, und es gab keinen Respekt mehr vor den Älteren, weil die Älteren auch nicht anders waren als die Jüngeren; eigentlich gab es überhaupt keine großen Unterschiede mehr. Das einzig wirkliche Problem war der Platz. Und so erließ der König, der allmählich von dem endlosen königlichen Stammbaum aus seinem eigenen Palast gedrängt wurde, ein Dekret: »Jeder in meinem Königreich«, sagte er, »möchte bitte so gut sein, eine Person aus seiner Familie auszuwählen, die sterben soll. Es tut mir Leid, aber es geht nicht anders. Wenn ihr damit nicht einverstanden seid, könnt ihr ja gehen. Am Freitag wird es eine Massenhinrichtung geben. Danach werden wir viel mehr Platz haben, und alle werden die Leute, die sich für die Sache geopfert haben, für immer ehren und achten.«

Und so versammelten sich am Freitag die Bürger der Stadt. Ein paar Leute hatten ihre Siebensachen gepackt und waren gegangen, aber die meisten Bürger blieben auf dem Grund und Boden, den sie liebten. Die restlichen Familien hatten die Woche damit zugebracht, ihr Opfer auszuwählen. Das war nicht schwer, wie man vielleicht hätte annehmen können: Für immer geehrt und geachtet zu werden, war durchaus reizvoll, und obendrein herrschte eine unausgesprochene Neugier auf das Sterben: Vielleicht war Sterben ungefähr wie eine Reise in ein exotisches Land, in dem noch niemand je gewesen war, nur, man musste für immer dort bleiben.

Bis zu jenem Nachmittag hatte jede Familie, die sich auf dem Hauptplatz der Stadt eingefunden hatte, einen Märtyrer erwählt, der für mehr Lebensraum sterben sollte. Unter vielen Tränen und Lobpreisungen schoben schließlich alle einen Freiwilligen vor, besser gesagt, alle, bis auf eine Familie. Diese Familie konnte sich einfach nicht entscheiden. Erst hatte die Mutter gesagt, sie wollte sterben, dann der Vater erklärt, er wäre bereit, und wieder waren alle dagegen, dann trat die Tochter vor, aber auch ihr Vorschlag fand keine Zustimmung, dann bot sich der Sohn an, jedoch mit dieser Idee konnte sich keiner anfreunden, dann fing das Baby zu schreien an, woraus sie schlossen, dass es sich opfern wollte. Aber es war nun mal das Baby, und das machte schon überhaupt keinen Sinn. Die ganze Familie diskutierte und weinte, und jeder wollte freiwillig sterben, alle drängten, drückten und schoben, bis schließlich die Mutter vortrat und zum Henker des Königs sagte: »Wir können uns nicht entscheiden, und deshalb wollen wir alle gemeinsam sterben.«

»Also, das ist doch lächerlich«, schimpfte der städtische Henker. »Dann bleibt ja keiner mehr von euch übrig. Das wirft ja alles über den Haufen.«

Die übrigen Bürger der Stadt waren nicht minder irritiert. Sie wollten nicht gleich die ganze Familie verlieren. Diese Familie führte nämlich die Bäckerei und war berühmt für ihre Wurstbrötchen mit Mett und Muskat, die so köstlich waren, dass sie wie der feinste Nachtisch schmeckten.

Die Familie ging zur Seite, um sich zu beraten. Die übrigen Familien winkten tränenreich ihrem freiwilligen Märtyrer nach, der seinerseits zurückwinkte, mit vor gutem Willen und blankem Entsetzen zitternden Händen. Schließlich trat die schwierige Familie vor.

»Also«, sagte der Vater. »Was haltet ihr davon: Jeder von uns ist bereit, einen Körperteil zu opfern. Alle Körperteile zusammengenommen, wird es dann so sein, als wäre ein Mensch weniger in der Stadt.«

Der städtische Henker legte den Kopf schief. »Dann lasst mal hören«, meinte er interessiert. Die Mutter trat vor und sagte: »Ich würde mein Bein opfern.« Der Vater sagte, man könnte ihm gern einen Arm abschneiden. Die Tochter erklärte, sie würde auf ihr Ohr verzichten. Der Sohn bot an, man könnte ihm die Haare abschneiden und dazu vielleicht auch noch einen Fuß. Das Baby ließen sie außen vor.

»Wir brauchen einen Kopf«, sagte der städtische Henker.

»Na gut«, sagte der Vater. »Dann opfere ich auch noch meine Nase.«

Damit war der Henker offensichtlich zufrieden, und nachdem alle anderen Leuten hingerichtet worden waren, schnitten sie die Familie in Stücke und legten die Körperteile an ihren ursprünglichen Stellen so auf der Erde aus, dass sie eine Person in Einzelteilen ergaben, und damit hatten sie ihren Beitrag zur Bevölkerungskontrolle des Königreichs geleistet.

Etwas verwirrt zerstreute sich die Menge, weil niemand so recht wusste, wie er seinen Verlust beklagen sollte.

Nach ihrer Genesung machte die zerstuckelte Familie zwar weiterhin ihre Wurstbrötchen, aber niemand brachte es über sich, sie zu kaufen. Es war den Leuten einfach peinlich, in den Laden zu kommen und den nasenlosen Vater mit dem Pflaster im Gesicht zu sehen oder der einbeinigen Mutter zuzuschauen, wie sie zum Kassieren an die Registrierkasse hopste oder ihrer Tochter die Bestellung zubrüllte, die einen riesigen Verband an der Stelle trug, an der früher einmal ihr Ohr gewesen war. Die Familie war schnell bankrott, und es blieb ihr nichts anderes übrig, als die Stadt zu verlassen. Sie zogen in die nächste Stadt, wo es letzten Endes doch nicht ganz so übel war, und eröffneten einen neuen Laden. Nachdem sie dort niemand je unversehrt gesehen hatte, fand auch niemand etwas an der Familie mit den abgetrennten Gliedmaßen auszusetzen, und sie kauften tagtäglich ihre Wurstbrötchen bei ihnen. Jedes Familienmitglied lebte sehr, sehr lange, nur das Baby, das im Ganzen geblieben war, holte sich irgendwo eine Krankheit. Zu diesem Zeitpunkt war das Mädchen zwanzig Jahre alt, und die Familie pflegte sie aufopferungsvoll, bis ihr Bein brandig wurde und abfiel. Dann feierten sie ein großes Fest, um ihre Ankunft bei ihnen zu feiern.

Das ist die Geschichte, die mir mein Vater an meinem zehnten Geburtstag beim Zubettgehen erzählte.

TEIL EINS:

20

1

Zu meinem zwanzigsten Geburtstag kaufte ich mir eine Axt. Sie war das schönste Geschenk der letzten zehn Jahre. Bevor ich sie im Haushaltswarenladens entdeckte, schimmernd wie ein Geliebter aus Stahl und Holz, hatte ich längst aufgehört, meinen Geburtstag zu feiern.

Zu meinem neunzehnten warf mich meine Mutter aus dem Haus.

Zur Party an meinem achtzehnten kamen zwei Leute, und nach einer Stunde erzählten sie mir irgendwas von Allergien und gingen niesend nach Hause.

Zu meinem siebzehnten backte ich mir einen Schokoladenkuchen, aber weil ich ohnehin nicht vorhatte, ihn zu essen, rührte ich Insektengift in den Teig. Er ging prächtig auf, so schön wie nie, und als ich ihn – eine perfekte, braune Kugel – aus dem Backrohr holte, schlich ich ein paar Stunden um die Form herum und atmete den warmen, buttrigen Duft ein. Ein paar Ameisen fraßen die Krümel auf der Anrichte und starben.

Zu meinem sechzehnten schickte mir meine Tante ein wunderschönes Seidenkleid, das so weich war wie die Innenseite eines Handgelenks und auch so duftete. Eine Stunde lang blätterte ich mit dem Kleid auf dem Schoß im Telefonbuch herum, bis ich auf den Namen einer Frau stieß, in deren Adresse die 16 vorkam. Ich schickte ihr das Kleid. Rot ist nicht meine Farbe.

Zu meinem fünfzehnten, vierzehnten, dreizehnten, zwölften und elften Geburtstag gingen meine Mutter und ich einkaufen, und jedes einzelne Jahr endete damit, dass einer von uns in Tränen ausbrach, weil mir nichts gefiel und ich erklärte, dass ich mir sowieso nichts wünschte, außer vielleicht ein neues Mathe-Arbeitsheft. Und das musste man sich schicken lassen. Meine Mutter weigerte sich standhaft, mir zum Geburtstag Mathe-Sachen zu kaufen, und so brachten wir das Geld zur Bank.

Im Jahr meines zehnten Geburtstags wurde mein Vater krank, und damals fing ich mit dem Aufhören an.

Ich nahm sechs Wochen lang Klavierunterricht, und nach jenen sechs Wochen veranstalteten wir ein Konzert. Ich trug ein Kleid und spielte ein Menuett, und meine beiden Hände machten verschiedene Sachen zur selben Zeit, und als ich es hinter mir hatte, trank ich Saft und wurde umarmt, und die Melodie summte in meinen Ohren. Ich begleitete meine Klavierlehrerin zu ihrem Auto, und sie lächelte mich stolz an. Das Schicksal schlug zu. Ich dämpfte meine Stimme: Hören Sie, sagte ich eindringlich. Lassen Sie sich von jetzt ab nicht mehr, *niemals* mehr hier blicken. Verstanden?

Verdattert zog sie die Augenbrauen hoch. Mona?, fragte sie. Was ist los?

Vielen Dank, sagte ich. Aber hier ist Endstation.

Meiner Mutter erzählte ich: Jammerschade, findest du nicht auch?, dass unsere einzige Klavierlehrerin unsere kleine Stadt der fehlenden Perspektiven wegen verlässt, um in der Großstadt eine Karriere als Rockstar zu machen. Sie schaute mich aus großen Augen an, nahm den Telefonhörer ab, und mein Herz setzte einen Schlag aus, aber zu meiner unsagbaren Erleichterung meldete sich der Anrufbeantworter der Klavierlehrerin, und die Botschaft meiner Mutter war vage, etwas in der Art: Viel Glück und großartig!, und wir wünschen Ihnen alles Gute.

Drei Wochen später liefen sich die beiden zufällig über den Weg. Keine Ahnung, worüber sie sprachen.

Zehn Mal ging ich zum Ballettunterricht, und am Nachmittag nach meinem ersten Sprung spendete ich meine Ballettschuhe der Wohlfahrt. Ich hatte einen Freund und erstarrte innerhalb von zwei Monaten im Bett zu einer Statue. Im Laufen war ich wie eine Sternschnuppe und schoss mich geradewegs aus der Umlaufbahn.

Ich hörte auf, Nachtisch zu essen, weil ich feststellen wollte, ob es mir gelingen würde. Natürlich gelang es mir. Eines Abends hörte ich auf zu atmen, bis meine Lungen das Regiment übernahmen. Ich hörte auf, meine Haut zu berühren und schlief mit beiden Händen unter dem Kopfkissen. Wenn niemand zu Hause war, verschnürte ich das Klavier mit Stricken, damit ich, bewaffnet mit einer Schere, eine halbe Stunde brauchte, bis ich mich wieder an mein Menuett setzen konnte. Dann versteckte ich alle Scheren.

Womit ich nicht aufhörte, war, auf Holz zu klopfen, ich klopfte, weil ich jeden einzelnen Verzicht mit einem Schlag auf Wurzeln und Borken bekräftigen wollte. Pass auf, Holz, sagte ich. Pass genau auf, was ich da mache. Präg's dir ein. Pass genau auf.

Kein Klavier. Kein Nachtisch. Kein Wettrennen. Nichts. Ich bin verliebt ins Aufhören.

Wenn man es recht bedenkt – es ist eine regelrechte Kunst. Tadelloses Aufhören setzt ein Gespür für Schönheit voraus: Du musst den Moment der Umkehr finden, genau den Sekundenbruchteil, in dem die Lust einsetzt; genau da musst du den Schnitt setzen. Zack! Das ist der Augenblick, in dem der Verzicht fällig ist: Ein reifer Pfirsich fällt vom Ast; schnipp, das Band ist zerrissen, der Pfirsich fällt auf die Erde, schwarz und silbrig vor Fliegen.

Ich hatte einmal einen Freund. Die meiste Zeit war er nicht bei der Sache, aber an einem lauen Sommerabend standen wir vor seiner Haustür, seine Lippen glitten über meine Haut wie ein Streichquartett, und ich spürte, der Pfirsich schickte sich an, vom Baum zu fallen.

Ich hörte auf, ins Kino zu gehen.

Ich kündigte meinen Job in der Imbissbude, als mein Chef immer wieder damit anfing, was für eine gute Läuferin ich gewesen war.

Ich hörte mit Eiersalat auf.

Ich hörte auf, in Atlanten zu blättern.

Längst hatte ich aufgehört, von zu Hause ausziehen zu wollen, als meine Mutter mich an eben jenem neunzehnten Geburtstag vor die Tür setzte. Sie sperrte das Reisebüro in der Stadt zu, das ihr gehörte, kam früher als sonst nach Hause und sagte: Mona, alles Gute zum Geburtstag. Und das hier ist mein Geschenk für dich: Sie legte mir die Hände auf die Schultern, bugsierte mich zur Haustür hinaus und stellte mich auf den Rasen.

Ich liebe dich, erklärte sie, aber du bist zu alt, um noch länger bei uns zu wohnen.

Aber ich wohne gern hier, sagte ich.

Ihr Haar wehte im Wind. Du lügst, sagte sie, und was noch schlimmer ist: Du weißt es nicht einmal.

Bis zu dem Zeitpunkt, als sie mein Bett in den Flur zerrte, war ich unschlüssig gewesen, ob sie es wirklich ernst meinte oder nur leere Phrasen drosch. Mein Vater schlich verstört um das verknautschte Kopfkissen und um die Steppdecke herum, und zwei Nächte lang träumte ich in dem Raum des Hauses, in dem die eine Wand fast die andere Wand berührte. Am zweiten Morgen wachte ich auf, ging ins Bad, und als ich zurückkam, stellte ich fest, dass das Bett schon wieder weg war. Und die Haustür stand offen. Meine Mutter hatte mir den Rücken zugekehrt, stand im Türrahmen, und ihre Schultern hoben und senkten sich vor Lachen: Mitten im Vorgarten, wie eine Kuh, stand das Bett mit den zerwühlten Laken.

Auch gut, dachte ich, dann schlafe ich eben draußen, und machte mich auf den Weg zu meinem Bett.

Meine Mutter nahm mich in die Arme. An sie geschmiegt spürte ich ihr Lachen.

Am folgenden Samstag machte ich mich auf Wohnungssuche, und gerade als ich losgehen wollte, rief mich mein Vater zu sich ins Wohnzimmer. Er fühlte sich nicht wohl und lag auf der Couch. Ein Waschlappen lag wie die schlaffe Fahne eines besiegten Landes auf seiner Stirn. Zentralheizung, riet er mir. Brauchst du was?, fragte ich, aber er schüttelte den Kopf. Und noch etwas, sagte er: Pass auf, dass in der Wohnung die Toilettenspülung funktioniert. Ich nickte. Bevor ich ging, stellte ich ihm ein Glas Wasser hin.

Dieser ganze Umzugskram machte mich nervös, und so vertrieb ich mir die Zeit mit der 19, während ich allein in der Stadt herumlief. 19: die dritte zentrierte hexagonale Zahl. Eine Primzahl. Die Lebenszeit meiner Augen, meiner Füße und meines Gehirns. Ich wanderte durch die Straßen, hinaus an den Stadtrand, wo sich das graue Band der Autobahn um die Hügel am Horizont schlängelte wie um ein unförmiges Geschenk. Ich kam an mehreren Zu-vermieten-Schildern vorüber, aber die Wohnung, die ich mir schließlich aussuchte, lag nur drei Straßen vom Haus meiner Eltern entfernt, funkelte farbenfroh, hatte eine Toilettenspülung, die so stark war, dass sie sogar Socken wegspülte, und eine Hausnummer, die mir gefiel: 9119.

Am Tag meines Einzugs stellte ich meine Möbel ungefähr so auf wie zu Hause. Mein Bett, in der tristen Umgebung meines Elternhauses zu einem verwaschenen Grau verblichen, nahm allmählich wieder sein Pink an. Neun Jahre lang hatte ich es nicht mehr in dieser Farbe gesehen, und es sah ein wenig aus wie die farbigen Anzeigen in den Tageszeitungen, denen ungeachtet ihrer roten und blauen Farbtupfer immer ein stählerner Schwarzweiß-Touch anhaftet.

Kaum war das Telefon angeschlossen, rief ich meine Mutter an.

Ich bin jetzt da, sagte ich. Was nun?

Sie aß etwas Knuspriges. Richte dich ein, schlug sie vor. Gib ein Fest.

Weiß und bedrohlich leer ragten die kahlen Wände vor mir in die Höhe. Ich wanderte durch die Zimmer und nannte in jedem meinen Namen.

Mona, sagte ich zur Küche.

Mona, flüsterte ich in den Dielenschrank.

Schlag elf legte ich mich in dasselbe Bett, in dem ich mein ganzes Leben lang geschlafen hatte, in einem Zimmer, in dem ich noch nie geschlafen hatte, und schaltete das Licht aus. Die Schatten malten huschende dunkle Geister an die Wand, und ich streckte die Hand zu dem Blumentopf-Baum aus, den mir meine Mutter zum Einzug geschenkt hatte, und klopfte an den Stamm. Ich klopfte weiter. Nicht nur ein paar Mal. Bestimmt an die fünfzig Mal. Hundert Mal. Ach was. Hundertfünfzig Mal. Noch öfter. Dann hörte ich zu klopfen auf, und sofort hatte ich das Gefühl, dass etwas nicht richtig war, mein Magen fühlte sich komisch an, und so klopfte ich eben noch ein paar Mal weiter.

Mein neues Zuhause hüllte mich mit sich ein, erkundete mich. Ich bin's, wollte ich ihm sagen. Hallo. Ich bin's aber, die hier alles beschützt.

Bis Mitternacht klopfte ich weiter. Hörte auf, um gleich noch ein paar Mal weiterzuklopfen. So ähnlich stelle ich mir das mit Drogen vor. Du arbeitest dich an das Holz heran, holst tief Luft, willst diesmal alles herausholen, spannst den Körper an, hältst die Luft an, verkrampfst dich vor Anstrengung, weil du auch noch das Letzte herausholen möchtest, dann wartest du auf die Erlösung – ssss – die gerade mal fünf Sekunden lang dauert, und wenn es vorbei ist, hast du immer noch nicht den richtigen Kick erlebt. Also auf ein Neues. Du musst es unbedingt noch einmal probieren. Nur einmal noch. Ein einziges Mal noch, und diesmal wird es genauso sein, wie es sein soll, und dann bin ich für den Rest meines Lebens davon geheilt.

Nachdem ich mich eingerichtet hatte, lud ich meine Mutter zum Mittagessen ein. Es gab genau das, was es bei ihr zu Hause auch immer gab – das gleiche Brot, die gleiche Putenbrust, den gleichen Senf und die gleiche Majonäse – nur dass wir jetzt in einem anderen Winkel zueinander saßen. Mein Vater ließ sich entschuldigen, er war nicht mitgekommen. Er fühlte sich wieder einmal elend. Nicht zu ändern. Meine Mutter holte eine Tüte Kirschen aus ihrer Handtasche und schlug vor, zur Einweihung meiner Wohnung Kirschkerne aus dem Fenster zu spucken. Ich lehnte dankend ab. Bevor mein Vater krank wurde, waren er, meine Mutter und ich im Sommer immer in den Garten gegangen, hatten uns auf den Rasen gehockt und um die Wette Kirschkerne gespuckt. Die Kerne meiner Mutter waren schlecht gezielt und hatten unverkennbar einen Linksdrall. Mein Vater war zweifellos der bessere Spucker, aber meine Lernkurve verlief steil, und ich beobachtete gebannt seinen Mund, wenn er seine rötlichen Ovale auf die Reise schickte. Als er dann krank wurde, ging ich allein zum Kirschkernspucken, was nicht gerade lustig war, oder ich spuckte mit meiner Mutter um die Wette, was nicht gerade eine Herausforderung war, und als ich ihn endlich einmal dazu überreden konnte, mit mir spucken zu gehen, atmete er aus irgendeinem Grund zu hastig ein, der Kern flutschte nach hinten und landete in seiner Luftröhre. Kirschkerne sind klein, und deshalb dauerte sein grauenvoller Hustenanfall nur drei oder vier Sekunden, aber das genügte, um uns beiden eine Heidenangst einzujagen. Seitdem steckte ich mir nie mehr ganze Kirschen in den Mund, sondern verlegte mich darauf, sie bis zum Kern abzubeißen und anschließend darum herumzunagen. Mein Vater schnitt sein Essen in winzige Häppchen.

Bevor meine Mutter sich aus meiner Wohnung mit der Hausnummer 9119 verabschiedete, legte sie die Kirschen, glänzend wie Blutstropfen, auf die Anrichte und machte mit ihrem Fotoapparat ein paar Schnappschüsse von den Zimmern, um sie später meinem Vater zu zeigen.

Ich hatte mit diesem einen Freund Sex. Ein Mal. Zwei Mal. Seine Haut war ein schaukelndes Schiff auf meiner Haut, er küsste Silberfäden in meinen Nacken, und es war ihm recht, wenn ich darauf bestand, die ganze Zeit das Licht anzulassen. Ich hab's gern, wenn ich sehe, was passiert, erklärte ich ihm. Cool, meinte er und zupfte an seinem Ellbogen. Nach dem dritten Mal, als wir allmählich den Bogen raushatten, kam ich eines Morgens in meine leere Wohnung zurück. Ich hörte die Anrufe ab – vielleicht war ja einer gestorben, während ich weg war und Sex hatte, aber das war nicht der Fall, zumindest war nichts Dergleichen auf dem Anrufbeantworter vermeldet, und so setzte ich mich auf die Couch, klopfte auf den Couchtisch und sah in Gedanken seine Wimpern vor mir, die einen schlichten schwarzen Rand bildeten, wenn er nach unten schaute.

Die Uhr zeigte auf Mittag, und ich ging in die Küche und machte den Kühlschrank auf, aber das Essen im Kühlschrank sah zu kompliziert aus. Ich schaute in den Schränken nach, aber ich hatte weder Lust auf Truthahnsuppe

noch auf Kichererbsen oder Tunfisch, und so wanderte ich
weiter ins Bad und wickelte mir gedankenverloren ein neu-
es Stück der Seife aus, die ich im Waschbecken-Unter-
schrank aufbewahrte.

Ich benutzte die gleiche Sorte wie meine Mutter. Ein ma-
kelloses, weißes Stück, das in meiner Hand freundlich hin
und her schaukelte. Ich nahm die Seife mit ins Wohnzim-
mer, setzte mich damit auf die Couch, hielt sie eine Weile
in der Hand und roch daran. Auf dem Couchtisch sah ich
das Messer liegen, mit dem ich mir gestern einen Apfel ge-
schält hatte, das kam mir jetzt gerade recht, und nachdem
ich ein paar Minuten lang die Seife nur in der Hand gehal-
ten und daran geschnüffelt hatte, griff ich nach dem Mes-
ser und säbelte ein Stück von dem eiförmigen Ding ab, ließ
es in den Mund gleiten und biss darauf.

Glitsch! Flapp!, flutschte die Seife um die Zunge herum.
Schmierte sich wie Schokolade zwischen die Zähne. Ich
schnitt noch eine Portion ab. Mein Mund quoll über vor
Schaum. Mmhm. Ich schnitt noch eine kleine Ecke ab.
Meine Hand glitschte. Ich packte das Messer fester, schnitt
noch einmal ab.

Erst als ich die halbe Seife aufgegessen hatte, fiel mir
auf, dass sie seltsam schmeckte, dass das Gefühl, das sie im
Mund hinterließ, nicht gut war, dass auch mit dem Schlu-
cken etwas nicht stimmte. Jetzt spürte ich auch, dass mir
schlecht wurde, und ich ging ins Bad, wo der Spiegel gro-
ße Seifenschaumflocken enthüllte, die sich in meinen
Mundwinkeln abgesetzt hatten. Ich beförderte die restliche
Seife in die Dusche und trank hintereinander mehrere Glä-
ser Wasser, spuckte Schaum ins Waschbecken und dachte
den restlichen Tag kaum noch an den Jungen, tigerte lieber
rülpsend durch die Zimmer und versuchte herauszufinden,
wie schlecht mir wirklich war: Sollte ich mich nur hinle-
gen? Oder sollte ich mir den Magen auspumpen lassen?

Als ich am folgenden Morgen aufwachte, groggy zwar, aber nicht gestorben, wankte ich ins Bad. Ernüchtert, nackt, belämmert stellte ich mich unter die Dusche. Zum Waschen benutzte ich das abgeschnittene Stück Seife, aber bevor ich es wieder in die Schale zurücklegte, knabberte ich mit eher mäßigem Interesse daran. Im gleichen Moment drehte sich mir der Magen um. Ich kauerte mich in die Dusche, das Wasser lief mir in die Augen, und ich erbrach mich in den Abfluss; alles war weiß und voller Schaum, und die Seife flutschte jetzt in umgekehrter Richtung durch meinen Körper.

Das restliche Stück mit den Spuren meiner Zähne warf ich in den Müll.

Danach konnte ich monatelang keine Seife mehr sehen – sogar die Hände musste ich mir mit Shampoo waschen. Ungefähr eine Woche später, als ich mich wieder mit dem Jungen verabredet hatte, wanderten seine Hände unter meine Bluse, hakten mir den BH auf und befreiten meine Brüste, aber ich trat einen Schritt zurück und sagte Nein. Der Pfirsich fiel vom Baum, tot. Er schaute mich verdattert an. Ach, sagte er. Okay. Vielleicht war ich mir nicht ganz sicher, vielleicht spürte ich auch die Wärme in mir aufsteigen, als er mit einer Fingerspitze über meine Mundwinkel strich, meinen Nacken küsste und meinen ganzen Rücken in ein Nadelkissen verwandelte, aber ich machte mich frei von ihm, entschuldigte mich, ging ins Bad und wusch mir die Hände. Er benutzte die gleiche Seife wie ich, und dieser Geruch erfüllte sofort seinen Zweck. Vor Mitternacht verließ ich seine Wohnung, mit feuchter Unterhose und rumorendem Magen, und klopfte auf dem Heimweg an jeden Baum in Reichweite. Ungefähr drei Wochen danach machten wir Schluss. Er sagte ständig, wie schade er es fand. Ich hielt mir meine sauberen Finger unter die Nase, nickte.

Nach alledem war nur noch eines übrig, das ich liebte und womit ich trotzdem nicht aufhörte und womit ich niemals würde aufhören können: Mathematik. Ich versuchte aufzuhören. Aber immer wieder ertappte ich mich dabei, wie ich unwillkürlich meine Schritte addierte und die Leute im Park miteinander multiplizierte, im Rhythmus dazu auf Holz klopfte und andauernd zählte: Schafe, Studenten, Eltern, Lebensjahre, Herzschläge.

Es genügt, ein paar Zahlen und Zeichen miteinander zu mischen, und zack: Schon hast du eine Gleichung dafür, wie der Wind dreht, oder ein Axiom für die Bewegung von Wasser, oder du weißt, wie groß jemand ist oder wie sich Haut anfühlt. Du kannst erklären, was Sanftheit bedeutet. Du kannst alles erklären. Selbst Luft ist nur eine Anordnung von Ziffern, und wenn alles im richtigen Gleichgewicht ist – puuuh! Dann atmen wir.

Ganze Nachmittage brachte ich damit zu, über eine Zahl nachzudenken, die Falltür zu öffnen, hinter der sie sich verschanzt hat, und in ihren langen, dunklen Onyx-Tunnel hineinzufliegen. Die 5, zum Beispiel. An sich nichts Besonderes – ein Fünfdollarschein, die Fünfminutenpause –, aber die 5 ist auch die Summe zweier Quadratzahlen, eine Primzahl, ein Pentagramm, und in der sechsten Klasse erzählte mir mein Mathelehrer, dass die Pythagoräer glaubten, dass die 5 mit Heiraten zu tun hatte, weil sich die 3 (ihre erste Ungerade) mit der 2 (ihrer ersten Geraden) verbindet. In jenem Jahr backte ich meinen Eltern zum Hochzeitstag fünf kleine Kuchen – insektengiftfrei. Sie sahen ratlos aus (vielleicht weil es ihr vierzehnter Hochzeitstag war), aber meine Mutter lobte den Guss, von dem Schokoladenstückchen an ihren Fingern klebten.

Ich schaute mir die Abholnummer 31 an, die sie mir im Sandwich-Imbiss gaben, um herauszukriegen, wie viele

Sandwiches es noch dauern würde, bis ich mein eigenes zu essen bekam. Ich benutzte die Skala 0 bis 5 auf dem Thermostat der Zentralheizung, um meine Gänsehaut zu besänftigen oder mich abzukühlen; ich tippte auf die kleinen Vierecke 1 bis 9 auf den Tasten des Telefons, um irgendwo in der Welt anzurufen; ich klopfte 15-mal an den Blumentopf-Baum, bevor ich mich ins Bett legte. 2-Stunden-Parkerlaubnis-Schilder sagten mir, wie ich Verwarnungen für Falschparken vermeiden konnte, und ich merkte mir die Höchstleistungen im Aufzug: Maximal 22 Personen. Perfekt. Und schön. Zahlen zu unterschätzen ist, wie fünfundzwanzig Leute, die es besonders eilig haben, in den Aufzug packen, die Stahltüren zumachen und sie direkt in das Betonfundament stürzen lassen – schnell und hart wie ein Komet.

2

Ich hatte mal von einer Frau gehört, die den Auftrag bekam, eine ganze Stadt neu zu nummerieren. Die Zahlen stimmten nicht, weil der Bürgermeister nicht richtig zählen konnte, und nun sollte die Frau die 8 wieder einführen. Auf einigen Uhren fehlte die 8. Sie musste auch die Buchhaltungsunterlagen durchforsten, ob die Additionen stimmten (was natürlich ohne die 8 nicht ging) und sämtliche Straßenschilder überprüfen. Autofahrer sollen von der Autobahn heruntergefahren und einem Schild gefolgt sein, auf dem TANKSTELLE: 2 MEILEN stand, um nichts weiter vorzufinden als staubige Landstraßen. Auf dem Schild hätte 88 stehen sollen. Daraus hatte sich ein richtiger Geschäftszweig entwickelt; die Leute aus dem Dorf rannten mit tragbaren Benzinkanistern zu den benzinlosen Autos.

Man nannte sie Zahlendoktor. Mein Traumberuf.

Ich war gleichzeitig begeistert und verunsichert, als mich die Direktorin der Grundschule anrief und mich fragte, ob ich Lust hätte, Mathe zu unterrichten. Hals über Kopf war ihre bisherige Mathe-Lehrerin nach Paraguay abgehauen. Niemand wusste, wo sie abgeblieben war, bis vier Tage vor Schulbeginn ihre Kündigung in Form einer Ansichtskarte eintraf, mit sehr grünen Bäumen auf der Vorderseite. Tut mir Leid, schrieb sie, aber ich habe mich entschlossen, Revolutionärin zu werden. Bitte schicken Sie mir das noch ausstehende Geld an die und die Adresse.

Es ist *schrecklich*, jammerte die Direktorin am Telefon. Sie können sich nicht vorstellen, wie schwer es ist, Mathe Lehrer zu finden.

Sie erzählte mir, dass ihr die Sorgen darüber den Schlaf geraubt hatten, bis ihr plötzlich eingefallen war, wie sie vor vielen Jahren bei einem Spaziergang im Park zufällig am Ententeich vorbeikam und mich im Gras sitzen sah, wo ich Limonade schlürfte und endlose Divisionen ausrechnete.

Sie sind diejenige, die ich suche, sagte sie.

Ich habe aber noch nie Mathe unterrichtet, meinte ich. Ich bin erst neunzehn.

Na und?, sagte sie. Können Sie addieren?

Ich lachte.

Oder ein Oktagon, zum Beispiel, sagte sie. Was ist mit Oktagonen?

Was soll damit sein?

Was sind Oktagone?, fragte sie.

Ich musste mich auf die Kommode stützen. Ich bin nicht bescheuert, sagte ich. Ich bin mit dem STOP-Schild so gut wie verheiratet.

Also? Wie sieht's aus? Können Sie am Montag anfangen?, fragte sie. Ich habe Sie nämlich gerade eingestellt, Mona Gray.

Sie legte auf, bevor ich ihr eine Antwort geben konnte.

Die Grundschule lag nur eine kurze Jogging-Strecke von meiner Wohnung entfernt. Am darauf folgenden Wochenende ging ich hin, um sie mir anzusehen, ließ das rote Maul der Feuerwehr links liegen, flitzte am Haus mit den dämlichen Gusseisengänsen auf dem Rasen vorbei und kämpfte mich durch ein leeres, verwildertes Grundstück. Hoch über den Dächern ragte das große blaue, gläserne Krankenhaus, das ungewöhnlichste Bauwerk der Stadt, bedrohlich in den Himmel und warf einen bläulichen Schatten auf den Asphalt. Aber das markierte das andere Ende der Stadt. Ein Ende: Grundschule. Anderes Ende: hustende, sterbende und schwache Leute.

Die Schule war ein unspektakulärer weißer Kasten an einer Straßenecke. Drinnen gab es eine Küche fürs Personal, eine Eingangshalle für Pausenbrote und Mäntel, einen großen Turnsaal und einen Gang mit Türen zu beiden Seiten. An jeder Tür steckte eine Karte mit dem Namen des Unterrichtsfachs. LESEN in Rot, BIOLOGIE in Gelb, und auf meiner Tür stand in großen, schwarzen Buchstaben MATHEMATIK. Voller Stolz ließ ich das Wort eine geschlagene Minute lang auf mich wirken, holte dann tief Luft und ging hinein.

Ziemlich enttäuscht war ich, als ich feststellen musste, dass das Mathe-Zimmer fensterlos und ungefähr so breit war wie ein Flur. Außerdem roch es hier drin nach Beton. ZEICHNEN und LESEN waren quadratischer, hatten Fenster und dufteten nach Sonne, und daraus schloss ich, dass Mathe bei der Verteilung der Klassenzimmer immer den Schwarzen Peter zieht, weil der Mathe-Lehrer der Zahnarzt des Schul-Stundenplans ist. Es grenzt an ein Wunder, wenn es Schüler gibt, die einen nicht hassen.

Mich ausgenommen. Ich hatte alle meine Mathe-Lehrer gemocht. Ich hatte die Geometrie-Lehrerin mit dem Giraffengesicht gemocht, deren Textaufgaben sich reimten; ich hatte die Frau gemocht, die zu weinen anfing, wenn sie quadratische Gleichungen erklärte, weil deren Schönheit, wie sie sagte, so wahrhaftig war, dass Modemagazine sich darauf verlegen sollten, das zu fotografieren; ich hatte den bemühten Aushilfslehrer mit den Farbspritzern auf seiner Krawatte gemocht, der einen Preis für den ausgesetzt hatte, der einen perfekten Kreis in der Natur fand, und den ich gewann, als ich auf meine Pupillen zeigte.

Am meisten aber mochte ich Mr. Jones, meinen Lehrer

für Algebra an der High School – den Mann, der jetzt den Haushaltswarenladen in der Stadt führte. Für mich – eine Heranwachsende, ein junges Mädchen, das fasziniert war von Zahlen – war er ein leuchtendes Vorbild. Er wohnte rechts neben meinen Eltern, und ich sah ihn nie, ohne dass eine Zahl aus Wachs an einer Kordel von seinem Hals baumelte. Die Zahlen wechselten mit seiner Stimmung – höhere Zahlen, wenn es ihm gut ging, niedrigere, wenn er nicht so gut drauf war. Meistens hatte er eine Zahl um die 15 umhängen. Nur ein einziges Mal kam er bis auf 37, und genau an jenem Tag kam frühmorgens eine Frau aus seinem Haus, und sie küssten sich ausgiebig im Türrahmen, und so fremd war er mir noch nie vorgekommen, ein schneidiger Schatten seiner Selbst. Nur ein paar Mal sank seine Stimmung bis auf 2. An solchen Tagen ging er nur nach draußen, um den Müll wegzutragen, und mehr sah ich nicht von ihm.

Er blieb dann im Haus und trug die 2 vermutlich mehrere Wochen um den Hals. Während der ganzen Zeit hatten seine Klassen eine Vertretung, und alle Schularbeiten wurden aufgeschoben, bis Mr. Jones sich wieder besser fühlte.

Er war der Beste und der Schlechteste von allen gewesen.

Und so verwandelte ich an jenem Wochenende zu Ehren aller meiner Mathe-Lehrer mein hässliches Klassenzimmer in ein Zahlenmuseum, dessen Schönheit am ersten Schultag von den Kindergartenkindern und den Erstklässlern gänzlich ignoriert wurde. Die Kleinen sahen zwar in ihren Uniformen und Haarspangen wirklich niedlich aus, und ein paar von ihnen nannten mich aus Versehen Mama, aber nicht ein einziges Mal richteten sie ihren Blick auf die Wände, an denen die akkurat gerahmten Zahlen hingen, ausgeschnitten aus Millimeterpapier, die ich das ganze Wochenende über in Fronarbeit gebastelt hatte: Eine sittsame blaue 2! Eine lustige rote 5! Eine elegante schwarze 10! Das Gesetz des Universums, ausgebreitet vor ihren Augen! – nur bis jetzt noch ungeordnet. Zwei Kinder pinkelten in die Hose, und eines bestand darauf, dass es sich am Finger verletzt hatte, obwohl er für mich wie ein ganz normaler Finger aussah, aber der Kleine wollte partout zur Krankenschwester, die sich als seine Tante erwies, also ließ ich ihn gehen.

Meine anfängliche Begeisterung sank rapide, als die Glocke zur dritten Stunde läutete und keiner hereinkam.

Aber so schlecht war das auch wieder nicht. Eine Pause konnte ich jetzt gut vertragen. Ich schaute im Stundenplan nach, aber der sagte, Nein: Jetzt ist die zweite Klasse dran. Ich las die Namensliste, von der Direktorin mit gestochen scharfer Schreibschrift an die Tafel geschrieben:

Zweite Klasse

John Beeze
Ann DiLanno
Elmer Gravlaki
Mimi Lunelle
Danny O'Mazzi
Lisa Venus
Ellen (Nachname ?)

Das letzte Wort war ein hektisches Gekrakel. Ich übte die Namen. Die Glocke läutete zum zweiten Mal. Ich löschte die Tafel.

Nach fünf Minuten machte ich die Tür auf und spähte in den Flur.

Direkt vor meinem Klassenzimmer lag auf dem Fußboden ein Knäuel von sieben Siebenjährigen.

Seid ihr die zweite Klasse?, fragte ich. Kommt rein, ihr habt jetzt Mathe bei mir!

Ein Mädchen mit struppigen Haaren reckte den Kopf

aus dem Knäuel und schaute mich an. Die anderen balgten sich weiter. Nur drei von ihnen trugen die vorgeschriebenen Namensschilder.

Ich räusperte mich und wollte das Jahr gerade mit einem Knalleffekt beginnen und einige Kinder zur Direktorin schicken, als sie aufsprangen und schnurstracks hinein zu meiner Nummernwand liefen.

Das Mädchen mit den struppigen Haaren zeigte auf die große lila 3.

Ich bin Lisa Venus, sagte sie. Die da ist die Schönste. Ihr Freund, dem Namensschild zufolge John Beeze, berührte den Fuß der roten 5. Wir lächelten uns an.

Guten Morgen!, begann ich. Ich bin Miss Gray, eure neue Mathematik-Lehrerin. Und ich kann euch sagen, dass Mathematik ein außerordentlich schönes Fach sein kann – ein Junge mit dem Namensschild Elmer Gravlaki tauchte unter den Tisch. Ein anderer ohne Namensschild und mit einem Helm schwarzer Haare auf dem Kopf machte Pistolen aus seinen Händen und erschoss alle.

Lisa Venus schritt die Reihe der Porträts ab – eine kleine Dozentin.

Die 2 mag ich nicht, sagte sie. Aber die gelbe 9 ist klasse. Die 7 mag ich nicht. Aber dafür die 4. Die 1 mag ich nicht.

Setz dich, sagte ich.

Der Revolverheld entdeckte die Schubladen, die ich mit Zählmaterial gefüllt hatte – Knöpfe, Papierschnipsel, Gummibänder.

Unsere letzte Mathe-Lehrerin hat einen Nervenzusammenbruch gekriegt, sagte Mimi Lunelle, die an ihrem Tisch saß und Locken hatte, die perfekte Spiralen bildeten, als wirbelten sie ständig den Abfluss hinunter.

Nein, erklärte ich. Sie ist nach Paraguay gegangen, weil sie Revolutionärin werden will. Ich bin Miss Gray.

Paraguay?, fragte Mimi nach.

Sie haben sich schon vorgestellt, wies mich das Mädchen mit dem sauertöpfischen Gesicht zurecht, das neben Mimi saß.

Paraguay ist ein Land, sagte ich. Und jetzt werden wir ein Spiel spielen! Aber zuerst möchte ich eure Namen und eure Lieblingszahl wissen!

Keine Antwort.

Der Revolverheld steckte einen Knopf in die Schlaufe eines Gummibandes und zog es straff.

Lisa Venus meldete sich.

Setz dich bitte, ermahnte ich sie. Sie lehnte an einem Stuhl.

Ich bin Lisa Venus, sagte sie noch einmal. Meine Lieblingszahl ist eine Milliarde.

Von eins bis zehn, korrigierte ich sie. Hallo Lisa.

Drei, meinte sie. Neun. Sieben.

Du bist dann die Drei, sagte ich. Na los! Gibt's noch einen Freiwilligen?

Der Revolverheld zielte mit dem Gummiband direkt auf mich. Unter dem Tisch wimmerte Elmer. Das sauertöpfische Mädchen zupfte an seinen Lippen.

Auf einmal war mir das Unterrichten zuwider.

Ich mag die 5 am liebsten, sagte John Beeze von seiner Bank aus. Ich holte John und Lisa an die Tafel und ließ sie die Ziffern mit ihren Körpern nachbilden – Lisa streckte den Po nach hinten, um den zweiten Bogen der 3 zu formen, John winkelte ein Bein ab und hatte damit seine 5 vollendet.

Sehr gut!, sagte ich. Und wie viel sind Lisa und John zusammen?

Die Gruppe stöhnte.

8, sagte Lisa mit gesenktem Kopf.

Möchte jemand die 8 sein?, fragte ich.

Zu meiner Überraschung meldete sich der Revolverheld von ganz hinten im Raum. Er schnalzte das Gummiband gegen die Wand, und der Knopf kullerte auf den Boden.

Mir gefällt die 8 am besten, sagte er tonlos.

Und wie heißt du?

Danny O'Mazzi.

Seine T-Shirt-Ärmel hörten hoch oben auf der Schulter auf. Auf seinen Oberarmen beulten sich ansehnliche Bizeps, obwohl er erst sieben war. Nachdem er den Knopf und das Gummiband mit unerwarteter Sorgfalt zur Seite gelegt hatte, kam er an die Tafel, und ohne zu warten, bis ich den Einsatz gab, drehte er die Füße nach außen, drückte die Knie auseinander und verschränkte die Hände über dem Kopf.

Na so was!, grinste ich. Super! Wer von euch will jetzt das Plus-Zeichen sein?

Hände streckten sich in die Höhe und fuchtelten. Ich holte Mimi Lunelle nach vorn. Sie stellte die Füße eng aneinander und streckte beide Arme weit aus. Sehr gut, lobte ich sie. Auf einmal machte mir das Unterrichten Spaß, und am liebsten hätte ich es gesehen, wenn die Direktorin hereingekommen wäre. Wir hatten unsere erste menschliche Gleichung geschafft, meine Laune hob sich, und es hätte auch alles wunderbar funktioniert, hätte nicht Fräulein Sauertopf, Ann DiLanno nämlich, plötzlich mit dem Fuß aufgestampft und gemeckert, weil sie selber gern das Plus gewesen wäre. Ich erklärte ihr, dass das Plus schon an Mimi Lunette (Lun-*elle*, korrigierte das Plus) vergeben war, aber damit wollte sich Ann DiLanno nicht zufrieden geben, nicht einmal dann, als ich ihr die sehr begehrte Rolle des Gleichheitszeichens anbot. Sie stieß den Fuß gegen das Tischbein, und Elmer begann zu flennen, und Danny O'Mazzi machte mit einem Arm gerade ein Gewehr, als sich alle auf Lisas Vorschlag hin wieder auf ihre Plätze setzten.

Ich hab eine Idee, sagte sie.

Schieß los, sagte ich.

Schieß los!, sagte Danny.

Lisa schlug ungefähr Folgendes vor: Was haltet ihr davon, also zum Beispiel, äh, ja, vielleicht können wir losgehen und in der Natur Zahlen machen? Als ich sie bat, genauer zu erklären, was sie meinte, stotterte sie und druckste herum. Ich weiß!, rief John Beeze. Wir könnten Sachen suchen, die wie Zahlen aussehen. Mit dieser Aussage konnte ich zwar auch nicht viel mehr anfangen, aber der Eifer der Kinder hatte mich inspiriert, ich wollte sie unbedingt bei Laune halten, und in diesem Augenblick war ›*Zahlen und Gegenstände*‹ geboren.

Hört zu, schlug ich vor. Was haltet ihr davon?

An jedem Freitag, sagte ich, bringt ein Schüler aus der Klasse einen Gegenstand mit, der einer Zahl ähnlich sieht, und davon wird dann subtrahiert. In diesem Schuljahr, erklärte ich, steht nämlich Subtrahieren auf dem Lehrplan. Ihre Gesichter wurden zusehends länger. Subtrahieren ist in der Tat ungleich Furcht einflößender als Addieren, wegen des ganzen Zehnerstellengeschiebes.

Wer will den Anfang machen?, fragte ich.

Lisas Hand schoss in die Höhe, und ich trug ihr auf, am Freitag etwas Passendes mitzubringen. Damit werden wir die Stunde abschließen. Das ist dann für alle ein super Start ins Wochenende, sagte ich.

Zu meiner größten Verblüffung wurde es plötzlich still in der Klasse. Die restliche Stunde wiederholten wir die Additionen, die sie im vergangenen Jahr bei Paraguay gelernt hatten. Sie machten mir einen ziemlich aufgeweckten Eindruck.

Als die Glocke läutete, rannten sie in die Pause, und ich flätzte mich auf einen Stuhl, streckte die Beine aus, war jetzt schon geschafft, musste aber immer noch grinsen, als ich an das Gesicht dachte, das Danny O'Mazzi zog, als er die Knie beugte und die Finger ineinander hakte, um die Form der 8 darzustellen. Die Kinder gefielen mir. Eine Viertelstunde lang blieb ich friedlich und still sitzen und lauschte dem gedämpften Pausenlärm vor der Tür.

3

Nachdem ich die Axt im Haushaltswarenladen gekauft hatte, trug ich sie fröhlich durch die Stadt nach Hause, schwang den Holzstiel und überlegte mir, wo ich sie am besten hinlegen sollte. Ich schlenderte durch die von Bäumen gesäumten Straßen und versuchte, sie mir in verschiedenen Zimmern vorzustellen. Sollte ich sie unters Bett legen? Sie vom Handtuchhalter baumeln lassen? In die Besteckschublade quetschen? Immer wenn ich von der Arbeit nach Hause käme, würde ich meine Axt besuchen, den Wandschrank aufmachen und Hallo, schönes Werkzeug sagen, genauso wie ich es mit meinen neuen Schuhen mache, wenn ich sie im Wandschrank begrüßen möchte, wo sie geduldig auf ihre Gelegenheit warten. Aber als ich an jenem Abend schließlich nach Hause kam, war auf einmal alles anders geworden; ich war ein zitterndes Nervenbündel, und es war mir ziemlich egal, wo ich sie aufbewahren sollte. Kurzerhand schob ich die Axt unter die Küchenspüle neben das Geschirrspülmittel. Egal. Jede junge Dame sollte eine Waffe im Haus haben.

Am Freitag jener ersten Woche klopfte ich während einer Freistunde in der Schulküche gerade die Holzwand ab, als ein junger Mann zur Tür hereinkam, dessen Arme mit kleinen Brandwunden übersät waren. Als er sich an die Spüle stellte und sich die Hände wusch, fiel mir sein kräftiger Rücken auf. Sie sind Miss Gray, stimmt's?, fragte er mich über die Schulter.

Ich nickte, stumm vor Anspannung: klopf, klopf, klopf, klopf, einatmen, ausatmen, wiederholen.

Er trocknete sich die Arme ab, die gesprenkelt waren wie ein Gemälde, kam dann zu mir rüber und streckte mir eine feuchte Hand hin, um mir Hallo zu sagen.

Ich bin Benjamin Smith, stellte er sich vor. Ich bin der Bio-Lehrer.

Wie zum Beweis deutete er auf die Male auf seinem Arm. Mathe, sagte ich und klopfte weiter. Mona, sagte ich. Er lächelte mich an. Er roch nach Seife.

Eine Stunde später, während meiner Kürbiskernstunde mit der zweiten Klasse, stand Lisa Venus auf und verschwand auf die Toilette. Ich hatte an jeden Schüler ein Häufchen mit zehn Kürbiskernen verteilt, die ich am Abend vorher zu Hause geröstet hatte, und nun sollten sie einen nach dem anderen wegnehmen und den Rest zählen. Mimi mit den Whirlpool-Locken legte ihre Kerne zu einem Herz zusammen. Von unter dem Tisch drangen knirschende Geräusche herauf, und ich ging in die Hocke. Elmer Gravlaki hatte es sich auf dem Teppichboden bequem gemacht und kaute andächtig.

He, du, sagte ich. Iss nicht deine ganze Rechenaufgabe auf. Ich hatte kaum registriert, dass Lisa verschwunden war, so beschäftigt war ich damit, Danny O'Mazzi zu ermahnen, SOFORT aufzuhören, die Kerne an die Wand zu schlenzen, als sie wieder in die Klasse kam und einen dünnen Schlauch auf ihrem Strubbelkopf trug, dessen beide Enden sie zu einem Kreis zusammengesteckt hatte, was aussah wie eine durchsichtige Krone.

Was soll das?, fragte ich sie, als sie zur Tür hereinspazierte. Die Klasse drehte sich zu ihr um. Von Kernen hatten die Kinder inzwischen die Nase voll.

Das ist ein i.v.-Schlauch, sagte Lisa. Na? Geschnallt? Meine Anfangsbuchstaben. Na ja, beinahe jedenfalls.

Ich schaute genauer hin. Es war tatsächlich ein Infusionsschlauch.

Ist der nicht eigentlich dazu da, Leben zu retten?, fragte ich.

Sie bedachte mich mit einem milden Lächeln. Das ist ein gebrauchter, erklärte sie und stolzierte zur Tafel.

Darf ich mich vorstellen?, sagte sie. Ich bin Prinzessin Krebs.

Da stand sie nun an der Tafel, und ich schaute sie an und fragte mich, was sie vorhatte. Es war mir unangenehm, diesen Schlauch, herausgerissen aus irgendeiner Vene, hier in meiner Mathe-Klasse zu sehen. Draußen ging Benjamin Smith, der Bio-Lehrer, über den Gang. Ich hatte Angst, er könnte hereinschauen, womöglich das Krankenhaus anrufen und den Leuten erzählen, dass Lisa etwas hatte mitgehen lassen. Ich ging zur Tür, machte sie zu und klopfte leise an den Türrahmen. Vorn an der Tafel neigte Lisa vorsichtig den Kopf, damit der Schlauch nicht herunterfiel.

Also, von mir aus können wir jetzt *›Zahlen und Gegenstände‹* machen, verkündete sie.

Ich schaute sie verständnislos an. Zahlen und Gegenstände?

Ja, wissen Sie denn nicht mehr?, sagte sie. Wir sollen doch Zahlen aus der Natur mitbringen.

John plapperte dazwischen. Oder Sachen, die wie Zahlen aussehen.

Ich nickte. Ach ja, natürlich!, sagte ich, als es mir allmählich dämmerte.

Lisa hob die Arme und deutete auf ihre durchsichtige Tiara auf dem Kopf.

Das ist meine Null, sagte sie. Aus der Natur.

Und in diesem Moment fiel mir schlagartig die Hausaufgabe wieder ein.

Das da ist aber nicht aus der Natur, meldete sich Sauertopf Ann DiLanno. Das ist Plastik.

Lisa giftete Ann an. Ann giftete Lisa an. Ihre gegenseitige Abneigung hatte sich im Lauf der Woche wie ein Fleisch fressender, schnellwüchsiger Dschungelfarn ausgebreitet.

Plastik kommt aus der Natur, sagte Lisa in unverändert königlichem Tonfall.

Plastik ist von Menschen gemacht, behauptete John Beeze.

Und Menschen sind Natur, erklärte Lisa.

Ann verdrehte die Augen. Lisa nahm wieder ihre würdevolle Haltung ein. Ich stellte mich zum Zuhören an die hintere Wand.

Ihr seht hier meine Null aus der Natur, erklärte Lisa. Null mal irgendwas ist Null, sagte sie zur Klasse. Die Null gewinnt jeden Kampf. Die Null dominiert die Welt.

Die Welt sieht auch aus wie eine Null, meinte Danny O'Mazzi.

Richtig, sagte Lisa und lächelte. Danny machte Peng-Peng-Geräusche in seiner Bank.

Und jetzt subtrahieren bitte, sagte ich.

Sie nickte. Das Licht der Deckenbeleuchtung fing sich im Infusionsschlauch und brachte ihn zum Funkeln.

20 – 0 = 20, sagte sie. 4 – 0 = 4. Zehn Billionen Trillionen – 0 = Zehn Billionen Trillionen.

Gut, sagte ich und musste ständig an diesen Infusionsbeutel denken, der neben dem Bett eines dehydrierten Patienten hängt und dessen Verbindung zur Vene unterbrochen ist. Die Kochsalzlösung tropft auf den Fußboden. Das Krankenhaus zitiert den Hausmeister herbei. Wo ist der Schlauch abgeblieben?, wollen sie wissen. Er zuckt die

Schultern. Ich habe keine Verwendung für einen i.v.-Schlauch, sagt er, aber wenn er nervös ist, kann er seine Hände nicht still halten, und der dehydrierte Patient ist durstig und böse.

250 x 0 = 0!, sagte Lisa.

Keine Multiplikationen bitte, sagte ich und klopfte auf das Holzregal. Du bist deiner Zeit voraus.

Sie maulte, subtrahierte dann aber wieder. Anschließend stellte sie sich für Fragen zur Verfügung.

Was heißt eigentlich i.v.?, fragte einer der Schüler.

Intravenös, sagte Lisa.

Lisa Venös, sagte John. Lisa lächelte.

Also gut, dann heißt du ab jetzt Intra, erklärte Ann Di Lanno.

Vor mir aus, meinte Lisa. Klingt hübsch, finde ich.

Ann meldete sich. Ich habe eine Frage an Intra. Intra? Wer kommt nächste Woche dran?, fragte ein anderes Kind. Ann ließ sich nicht aus dem Konzept bringen. Darf ich vorstellen? Intra Venös, äh, Venus, sagte sie. Sagt alle guten Tag zu Miss Intra.

Die Klasse murmelte eine Begrüßung, und ich spendete ihr ein Lob: Sehr gut, Lisa. Danke! Also, das war unser erstes ›*Zahlen und Gegenstände*‹. Wer möchte nächste Woche etwas mitbringen?

Unter dem Tisch hob Elmer Gravlaki die Hand, was sich wie ein dumpfes Klopfen anhörte. Du kommst nur dran, sagte ich, wenn du von jetzt ab auf einem Stuhl sitzt. Seine Stimme klang gedämpft, als er verkündete, dass er schon genau wüsste, was er mitbringen wollte. Auch John meldete sich, und auch er durfte etwas mitbringen und in der Pause vorführen.

Müssen die Zahlen der Reihe nach sein?, fragte Ellen, die so still war, dass ich immer vergaß, dass es sie überhaupt gab. Das Mädchen mit dem fehlenden Nachnamen.

Aber nein, sagte ich.

Ich drehte mich zur Tafel um. Lisa stand immer noch da und wartete.

Setz dich, Intra, befahl Ann.

Ich sagte Ann, dass wir für heute genug von ihr gehabt haben.

Lisa rührte sich nicht vom Fleck. Kaum merklich bebten ihre Nasenflügel. Es lohnte sich nicht mehr, mit etwas Neuem anzufangen, und so ließ ich sie zeigen, wie aus der Null, doppelt zusammengelegt, ein eigenwilliges Armband entstand.

Die Glocke läutete, die Kinder rannten hinaus, und scheinheilig und zuckersüß plärrte Ann hinter Lisa her: Tschühüs, Intra! Und als Lisa sich ihre Schultasche griff, rief ich sie zu mir nach hinten. Gekrönten Hauptes und unbeschwert, wie ich sie noch nie zuvor gesehen hatte, hüpfte sie zu mir herüber. Ich fragte sie, woher sie den Infusionsschlauch hatte, und sie erzählte mir von ihrer Mutter. Sie hat echt schlimm Krebs, und sie hat eine rote Perücke auf, sagte sie und konnte kaum still stehen. Lisas Haare waren so struppig, dass sie sich kaum bewegten, wenn Lisa zappelte.

Sie wird in weniger als einem Jahr sterben, sagte Lisa. Kann ich jetzt gehen?

Ein Jahr?, fragte ich. Sie nickte lebhaft.

Sie hat keine Haare mehr, sagte sie.

Kommst du denn zurecht?, fragte ich.

Lisa spielte Blasebalg mit ihren Wangen. Raus und rein.

Was für einen Krebs?, fragte ich.

Sie lächelte schwach. Raten Sie mal, sagte sie.

Lungen? Sie schüttelte den Kopf. Haut?, fragte ich. Nein. Gehirn? Nein. Knochen? Nein. Mund? Nein. Brust? Nein. Darm? Nein. Kehlkopf? Nein. Blut? Nein. Leber? Nein. Bauchspeicheldrüse? Nein.

Was hab ich vergessen?

Konspirativ beugte sie sich zu mir. Augenkrebs, sagte sie und zwinkerte.

Ich wusste gar nicht, dass es das gibt, meinte ich.

Lisa nickte. Ist auch ganz neu, sagte sie. Meine Mama ist eine der Ersten. Sie untersuchen sie ständig. Er breitet sich wahnsinnig schnell aus.

Kann ich irgendetwas für dich tun?, fragte ich.

Sie blies die ganze Luft aus den Wangen, beugte sich zu mir und inspizierte die Haut um meine Augen. Ihre Augen sehen aus wie kleine blaue Nullen, sagte sie. 2 – 0 = 2, sagte sie.

Meine Augen sind nicht blau, sagte ich. Sie sind eher grau als blau.

Sie sind eher blau, sagte sie.

Ich berührte die Sitzfläche des Stuhls mit den Knöcheln. Der Name Intra gefällt mir, sagte sie. Ann DiLanno hasse ich. Sind Sie krank?, fragte sie. Ihr Gesicht strahlte.

Es dauerte ein bisschen, bis ich ihren Worten folgen konnte, und dann klopfte ich noch einmal auf die Sitzfläche des Stuhls. Wie meinst du das?, fragte ich. Mir fehlt nichts, sagte ich.

Sie sagte mir, dass meine Stunde schon jetzt ihre Lieblingsstunde war und dass ich, wenn ich wirklich etwas für sie tun wollte, niemals krank werden durfte.

Aber manchmal erkälte ich mich, sagte ich. Das ist ganz normal.

Sie rückte ihren Infusionsschlauch zurecht und schaute mich durchdringend an.

Ich erkälte mich *niemals*, sagte sie.

Und obwohl der Plastikschlauch auf ihrem Kopf abgegriffen und schmutzig war und ihre Haare wie ein Vogelnest aussahen und sie noch nicht einmal einen Meter zwanzig groß war, strahlte sie in diesem Augenblick eine solche

Energie aus, dass ich das Gefühl hatte, in meinem Stuhl zusammenzuschrumpfen. So?, murmelte ich. Intra ist übrigens ein wirklich schöner Name, sagte ich.

Ich wusste nicht, was ich sonst noch hätte sagen sollen, und wünschte mir, dass sie ginge, also bedankte ich mich noch einmal bei ihr dafür, dass ihr der Start bei ›*Zahlen und Gegenstände*‹ so gut geglückt war, und schickte sie in die Pause. Sie sagte, dass sie von allen Fächern ›*Zahlen und Gegenstände*‹ am allerliebsten mochte, lieber noch als den Gesundheitsunterricht in Bio, und rannte zur Tür hinaus.

Ich putzte mir die Nase und klopfte noch ein bisschen, und während ich weiterklopfte, dachte ich bei mir: Sie trägt alle Neuigkeiten auf dem Kopf.

Schön, wieder in der Schule zu sein. Ich hatte keine schönen Sommerferien.

4

Ich war zehn Jahre alt gewesen und hatte zu jener Zeit noch mit nichts aufgehört, als mein Hausarzt-Vater eines Tages im August ins Wohnzimmer spazierte und auf seiner Schulter hockte der Tod – wachsam und vergnügt wie das Äffchen eines Drehorgelspielers.

Seine Stimme war leise. Hilfe, sagte er.

Wir anderen drei lümmelten auf der Wohnzimmercouch. Ich saß neben meiner reichen Tante, der Schwester meiner Mutter, und blätterte in einem Sportmoden- und Wäschekatalog, den sie uns als Gastgeschenk mitgebracht hatte. Meine Mutter räumte ihre Handtasche aus. Beim Klang seiner überschnappenden Stimme schauten wir alle auf.

Arthur, erkundigte sich meine Mutter, die Finger umwickelt mit Kaugummipapier: Was hast du?

Sein Gesicht war grau. Richtiggehend grau. Alle sechs Augen, die der weiblichen Mehrheit im Haus, hefteten sich auf seine Augen, die starr vor Angst waren und silbrig glänzten. Da machte sich zum ersten Mal sogar meine sonst eher nüchtern veranlagte Tante Sorgen. Sie war Chefin eines florierenden Unternehmens der Metallverarbeitung in der großen Stadt und gewohnt, Befehle zu erteilen. Sie sagte: Ab in die Notaufnahme. Sie sagte: *Keine* Widerrede! Der Kommandoton in ihrer Stimme trieb mir die Tränen in die Augen.

Mit zusammengepressten Lippen begleitete meine Mutter meinen Vater zum Auto. Erst am Tag zuvor waren er und ich zum großen, grünen Sportplatz der High School gefahren, hatten die Lieder im Autoradio nachgeträllert und waren um die Wette gelaufen. Ich hatte ihn beobachtet, wie er seine Füße abrollte – Ferse, Ballen, Zehen –, und er war verdammt schnell, aber ich war so schnell wie nie zuvor, und einmal hätte ich, um ein Haar, *um ein Haar* gewonnen. Er lachte, als er merkte, wie dicht ich ihm auf den Fersen war, und hinterher tranken wir im Imbiss Orangenlimonade, und er erzählte dem Kellner, dass ich Miss Speedy hieß.

Ich zog einen Stuhl an den Küchentisch und leistete meiner Tante Gesellschaft, die vor ihrem Katalog saß. Wir versuchten uns auf die Mode zu konzentrieren. Sie deutete auf einen Rock im Katalog – lang, gerade und dunkelrot –, und ich nickte, aber seitdem überfällt mich in Klamottenläden regelmäßig das kalte Grausen, wenn ich einen Verwandten dieses Rockes da hängen sehe. Dicke Tränen kullerten aus meinen Augen direkt auf die Fotomodelle, dicke, fette Tropfen, unter denen sich ihre papierenen Bäuche zu wölben begannen.

Meine Eltern waren vier Stunden lang fort. Eine Stunde. Zwei Stunden. Drei Stunden. Vier Stunden.

Meine überarbeitete Tante war über dem Katalog eingenickt.

Vier Stunden zehn Minuten.

Vier Stunden elf Minuten.

Vier Stunden zwölf Minuten.

Ich schlang die Arme um meine Knie und fixierte die Uhr über dem Herd, die ihre roten Digitalstriche umblätterte und wieder neu sortierte.

Am Ende der fünften Stunde kehrten meine Eltern aus dem Krankenhaus zurück, und mein Vater war immer noch grau im Gesicht, und inzwischen sah meine Mutter auch grauer als vorher aus. Meine Tante schlief noch immer über dem Katalog, aber ich war hellwach, lief zu meiner Mutter und umarmte sie, weil ich es nicht über mich brachte, ihn zu umarmen. Er sah aus, als wäre er nicht richtig dicht. Es rauchte aschgrau aus ihm in die Luft hinaus. Aber er stand aufrecht, konnte allein gehen, und er war am Leben.

Deinem Vater fehlt nichts, sagte meine Mutter. Er schaute mich nicht an und verließ das Zimmer. Ich hörte, wie die Matratze in ihrem Schlafzimmer seufzte und nachgab, als er sich hinlegte.

Also war's kein Schlaganfall?, murmelte meine Tante, unsanft aus dem Schlaf gerissen.

Es war überhaupt nichts, sagte meine Mutter. Der Arzt hat ihn von Kopf bis Fuß untersucht, und es fehlt ihm nichts.

Was meinst du damit?, fragte ich.

Sie schüttelte den Kopf.

Was war es dann?, fragte meine Tante und stand auf.

Meine Mutter machte den Kühlschrank auf und steckte einen Löffel in ein Glas Erdnussbutter.

Und ihr?, fragte sie. Was habt ihr beiden gemacht, während wir weg waren?

Meine Tante marschierte aus der Küche, und ich hörte, wie sie mit leiser Stimme mit meinem Vater sprach, der, so viel ich mitbekam, nicht antwortete. Ich hob den Katalog vom Tisch und strich mit einer Hand darüber; von meinen Tränen war die Oberfläche wellig geworden. Ein Protokoll von vier schrecklichen Stunden. Ich hielt ihn meiner Mutter hin, wollte ihr die Tränen zeigen, sie ihr unter die Nase halten, aber ihr Blick war auf etwas anderes gerichtet. Sie nahm einen zweiten Löffel aus der Schublade und machte mir auch einen Erdnussbutter-Lolli.

Stirbt er?, fragte ich so vorsichtig wie möglich.

Sie legte den Löffel hin. Nein, Liebling, sagte sie und strich mir übers Haar. Ich glaube nicht.

Ich nickte. Ich lächelte. Gott sei Dank, sagte ich.

Sie goss zwei Gläser Milch in zwei Weingläser. Wir tranken. Ihre Augen, über dem Rand des Weinglases vor dem Hintergrund des Milchschaums regengrau, blickten traurig und müde drein.

Und was fehlt ihm?, fragte ich und stellte mein Glas ab. Verheimlichst du mir was? Sag mir die Wahrheit, bat ich. Ich bin zehn Jahre alt.

Aber meine Mutter schüttelte nur abermals den Kopf.

Sie haben ihm zu seinen Cholesterin-Werten gratuliert, sagte sie. Er hat einen niedrigen Blutdruck.

Was fehlt ihm?, fragte ich, beugte mich vor und umklammerte den Stiel des Glases.

Nichts, sagte sie.

Am nächsten Abend lebte mein Vater immer noch, war auf den Beinen und schien mir auch ein wenig besser in Schuss zu sein, aber seine Antriebskraft und gesunde Gesichtsfarbe sollte er nie mehr wiedererlangen. Nie mehr liefen wir um die Wette. Nie mehr sang er Lieder aus dem Radio nach. Inzwischen bewegte ich mich so viel schneller als er, dass sich der Name Miss Speedy jetzt auf grausame Weise bewahrheitete. Meine Tante blieb noch ein paar Tage bei uns und ging höchstpersönlich zu seinem Arzt, weil sie ein paar Informationen aus ihm herauskitzeln wollte. Aber außer einer Verabredung zum Abendessen erreichte sie nichts. In derselben Woche ging sie mit mir in die Geschäftsstraße zum Shopping und kaufte mir eine türkisgrüne Jacke, die, wie sie fand, süß aussah und genau zu meinen Augen passte, aber auf dem Weg nach Hause sagte ich ihr, dass ich selten etwas so Hässliches gesehen hätte. Unser restlicher Heimweg verlief in eisigem Schweigen. Sie beschloss, früher abzureisen als geplant. Judy, fragte sie meine Mutter, mal ehrlich, brauchst du mich noch? Meine Mutter schüttelte den Kopf und piekste mit einem Zahnstocher Maiskörner aus einer Dose Mais auf. Ein paar Tage, nachdem meine Tante abgereist war und ich sicher sein konnte, dass sie wieder zu Hause war, riss ich drei Seiten aus dem ramponierten Wäschekatalog und schickte sie ihr; ich kreiste mehrere Büstenhalter ein, die definitiv die falsche Größe hatten, und schrieb mit schwarzem Kuli daneben: Die würden an dir bestimmt grandios aussehen. Einen Monat später schrieb sie zurück und vermerkte, dass jetzt alle in der Stadt genau die Jacke tragen, die ich verschmäht hatte. Ich klaute meinem Vater ein voll geschnäuztes Taschentuch und schickte es ihr.

Daheim schien alle Farbe allmählich auszulaugen. Der orangerote Teppich verblasste zu Beige. Das burgunderrote Sofa sah jetzt nussbraun aus. Bläserquintette aus der Stereoanlage rasselten wie Besteckschubladen. Kein Mensch las mehr die Hochglanzmagazine, die auf dem Kaffeetisch lagen: Wer hatte schon für einen Wecker in Form einer Schildkröte Verwendung? Ich bewahrte eine Seite des Wäschekatalogs für die Nachwelt auf und schmiss den Rest in den Müll.

Die Wärme eines Nachmittags – von der Sonne beschienene Flächen, glühende Rottöne –, alles verdüsterte sich, als hätte jemand vor dem Haus einen Dimmer installiert und ihn auf niedrigste Stufe gedreht.

Ich wusste nicht, was ich dagegen tun konnte, und so gewöhnte ich mich eben daran. Als ich mich in der Schule in einem Spiegel sah, waren meine Augen blau und die Zunge rot. Mit diesen blauen Augen kam ich mir grell und viel zu auffällig geschminkt vor. Blaue Augen! Auf dem Heimweg klopfte ich an Baumstämme, dachte an meinen verunstalteten Körper mit Augen von der Farbe des blöden Himmels. Zu Hause reflektierte der Spiegel im Badezimmer eine schon annehmbarere industriemäßige bleigraue Tönung. Wenn ich im Parkteich den Entenpärchen zuschaute, redete ich mir immer erfolgreich ein, dass das braun-beige Weibchen viel schöner war als das Männchen. Sie war unprätentiös und schlicht. Das Männchen ließ ich links liegen, denn seine grün schillernden Federn fand ich inzwischen reichlich aufdringlich.

Dabei hatte ich erst zwei Jahre zuvor eine Ballade über die Stockenten auf meinem Schulweg geschrieben, die in ihren Federn die verborgenen Smaragde der Kaiserin aufbewahrten, damit sich die Kaiserin immer, wenn sie Geld brauchte, daraus bedienen konnte.

Mein Vater schleppte sich jeden Tag zur Arbeit in das blaue Glaskrankenhaus, wo er Leute von Hautkrankheiten heilte. Bei der Arbeit trug er dunkle Jacketts über weißen Hemden über Tweedhosen. Das Band seiner Armbanduhr war silberfarben; sein Hochzeitsring aus Weißgold. Seine dichten, schwarzen Haare waren mittlerweile von grauen Strähnen durchzogen, und das Weiße seiner Augen war dünn wie entrahmte Milch. Einmal musste ich zu ihm in die Praxis, weil ich eine Heilsalbe für meine Knöchel brauchte, mit denen ich so oft geklopft hatte, dass sie aufgeplatzt waren. Als ich die Praxis betrat, stand er neben seiner Sekretärin, einer Frau, die felsenfest an die Kräfte von Kräutertee und Gesang glaubte. Sie hatte ein Kleid an, eine Farbe wie Preiselbeersaft, und sie trug gewaltige Ohrringe in Form von Vogelkäfigen, in denen kleine Papageien aus Plastik hockten. Überwältigt von diesem Farbkontrast, blieb ich wie angewurzelt in der Tür stehen.

Ich winkte der Sekretärin zu, die mir einen Lutscher schenkte, obwohl ich damals schon zu alt für so etwas war; eine rote Scheibe mit Traubengeschmack. Ich wickelte ihn aus und steckte ihn mir in den Mund. Eher zum Spaß hielt die Sekretärin das Glas mit den Lutschern auch meinem Vater hin. Zu unser beider Überraschung griff er tatsächlich hinein und rührte darin herum.

Ah ja!, bemerkte er, als er endlich den Lutscher seiner Wahl gefunden hatte.

Jetzt wäre es vermutlich angebracht gewesen zu lachen, aber ich fand das ganz und gar nicht lustig. Er hatte sich den einzigen schwarzen Lakritzlutscher ausgesucht, der aus der letzten Packung stammte, über die sich die Patienten beschwert hatten. Er riss die Zellophanhülle ab und hielt ihn in die Luft. Ich spürte, wie die Sekretärin mit den baumelnden Vogelkäfigen versuchte, Blickkontakt mit mir aufzunehmen, aber ich schaute absichtlich nicht zu ihr hin. Ich hatte keine Lust, ihren Gesichtsausdruck zu sehen.

5

Das Krankenhaus, in dem mein Vater arbeitete, war die einzige nennenswerte Sehenswürdigkeit der Stadt. Alles andere war ziemlich normal – wir hatten ein Rathaus, eine Bücherei, eine High School, einen Park. Einen Metzger, einen Bäcker, ein Autohaus, eine Eisdiele. Alle Gebäude waren ein Stockwerk hoch und eine Geschichte wert. In ihrem Reisebüro, mitten in den Park gepflanzt, mitten in der Stadt, hielt meine Mutter ihre Kunden ständig auf dem neuesten Wissensstand und produzierte fleißig Broschüren über *Die Geschichte des Insektenladens* oder *Den Werdegang unserer Tankstelle*. Bei ihr konnte man auch nachlesen, wer alles die Stadt verlassen hatte und wo die Leute jetzt waren. Angeblich lebte Molly Glee, mit der ich zusammen auf der High School gewesen war, im Augenblick in Schweden und baute Boote. Für mich waren diese Aufzeichnungen ein großer Haufen Scheiße. Mein persönlicher Eindruck war, dass jede Menge Lügengeschichten darüber kursierten, wo es die Leute überallhin verschlagen hatte. Wer gibt schon gern zu, dass sein Sprössling mit fliegenden Fahnen gen Westen in den verheißungsvollen Sonnenuntergang abgedüst ist, nur um in einer anderen kleinen Stadt mitten in einem anderen Nirgendwo Versicherungen zu verscherbeln.

Aber selbst wenn es wahr sein sollte: Alles wurde ohnehin von dem transparenten, blauen Wunder des Krankenhauses in den Schatten gestellt.

Seine Architektur hätte sich überall hervorragend gemacht. Ein sehr vermögender, todkranker Architekt war vor vielen Jahren aus dem Süden gekommen und hatte es ganz aus blauem Glas errichtet, weil er hoffte, in unserem trockenen Klima Heilung zu finden und weil er den Kranken in unserer Stadt ihr Leben verschönern wollte. Das Krankenhaus war zwölf Stockwerke hoch und damit bei weitem das höchste Gebäude der Stadt. Die Scheiben des blauen Glas-Aufzuges waren so dick, von da sah die Welt aus wie flüssig, und nachdem es weit und breit kein Gewässer gab, konnte man sich hier drin noch am ehesten vorstellen zu schwimmen.

Ungefähr einen Monat nachdem er sein Meisterstück vollendet hatte, starb der Architekt in einem von ihm selbst entworfenen durchsichtigen blauen Zimmer, oberste Etage, bei dem er sich mächtig ins Zeug gelegt hatte, den Himmel zu kopieren.

Meine Mutter erinnerte sich noch genau an all das. Als der Architekt in die Stadt kam, war sie noch ein Teenager gewesen. Sie erzählte mir oft, wie sie den Fernlastern zugeschaut hatte, die einer nach dem anderen von der Autobahn herunterkamen und auf den leeren Bauplatz zufuhren, die Ladeflächen voll gepackt mit blauen, dicken Glasplatten – durchsichtige Scheiben gehärteten Himmels. Sechs Jahre lang hatten sie an dem Krankenhaus gebaut. Meine Mutter erzählte, wie faszinierend sie es fand, den Baufortschritt zu beobachten, angefangen von der Rahmenkonstruktion bis hin zur Fertigstellung. Und während die Wände und Fenster immer höher in den Himmel wuchsen und blaue Schatten, groß wie Swimmingpools, auf den Asphalt warfen, schaute die ganze Stadt von unten staunend zu.

Am Tag der großen Eröffnung rammte Mr. George O'Mazzi, ein Kriegsveteran und der spätere Vater von Bizeps-Danny, seinen Arm absichtlich in eine Autotür, weil er den Ruhm für sich in Anspruch nehmen wollte, der Erste zu sein, der eine Nacht in dem neuen, blauen Palast verbringen durfte. Der blitzsaubere, funkelnagelneue Krankenwagen kam angebraust und nahm ihn mit. Nur leider scheiterte Mr. O'Mazzis Plan kläglich, denn obwohl das Krankenhaus damals von außen eine wahre Augenweide war, gab es drinnen kaum Gerätschaften und noch weniger Ärzte, weshalb er stundenlang unter schrecklichen Schmerzen ausharren musste, bis dieselben Laster wieder von der Autobahn herunterkamen, nur diesmal schwer beladen mit Medikamenten.

Als ihn meine Mutter in der darauf folgenden Woche blauäugig darum bat, ihr für ihre Broschüre *Die Geschichte des Krankenhauses* ausführlich zu berichten, wie es war, dort zu schlafen, glotzte er sie fassungslos an.

Genauso, als hätte ich die Nacht in meinem Augapfel verbracht. Nur dass man sich dazu noch eine Nadel vorstellen muss, die sich direkt durch die Pupille bohrt.

Sie blinzelte.

Der Schlag gegen die Autotür hatte zur Folge, dass sich sein Arm, der im Krieg schon von einem Schrapnell verletzt worden war, entzündete und amputiert werden musste. Nach seiner Genesung brachte Mr. O'Mazzi den abgetrennten Arm zum Glaser der Stadt und ließ ihn in einen Kasten aus dem gleichen blauen Glas einschweißen. Mit der Gravur »Erste Operation« versehen, stellte er den Kasten stolz bei sich zu Hause auf den Kaminsims.

Die Nachricht von der Schönheit des Krankenhauses verbreitete sich über das ganze Land und lockte Ärzte von überallher an. Einige kamen in die Stadt, stutzten angesichts der Einwohnerzahl und machten sofort wieder kehrt, anderen aber, unter ihnen war auch mein Vater, behagte das Klima und das Gefühl für die Weite, und sie blieben. Er war froh, dass er seinem früheren Zuhause den Rücken kehren konnte, wo es im Winter so kalt war, dass die Gangster sich darauf verlegten, Schals statt Handtaschen zu rauben.

Meine Mutter und mein Vater lernten sich sofort kennen, weil er neu in der Stadt war und Anschluss suchte und weil sie von allen Einwohnern am besten informiert war. Er verriet ihr, wie er Nesselausschlag und Akne heilte; sie erzählte ihm, wie die Stadt die alte Eiche in der Maiden Lane vor dem Abholzen bewahrt hatte. Ihren ersten Kuss gaben sie sich am Ententeich, wo ein Durchreisender aus einer Stadt mit Federviehplage gerade die ersten Entenkinder ausgesetzt hatte. Ihre Hochzeit feierten sie im Park – aus den Entenkindern waren mittlerweile Enten geworden –, und sie luden alle ein, die mitfeiern wollten. In ihrem Hochzeitsalbum sieht es aus wie auf einem Stadtfest. Meine Mutter erinnert mich an eine Taube, ihre raschelnden Röcke bauschen sich aus dem Foto heraus, in ihrem Gesicht strahlt ein breites Lächeln. Und im Hintergrund erhebt sich majestätisch das Krankenhaus, blau schimmernd wie ein senkrecht gestellter Teich an einem wolkenlosen, sonnigen Sommernachmittag.

In dem Jahr, in dem mein Vater krank geworden war, eröffneten mir meine Eltern beim Abendessen, dass der Urlaub diesmal ausfallen würde. Ursprünglich hatten wir geplant, mit einem Boot eine Flussfahrt zu unternehmen.

Dein Vater möchte seine Ärzte gern in Reichweite haben, erklärte meine Mutter und zwirbelte die Spitze ihrer Serviette zu einem Speer.

Aber die Ärzte sagen ja ohnehin nichts, meinte ich.

Meine Mutter zielte mit dem Papierspeer auf mich und stach damit in die Luft. Sehr richtig, bemerkte sie.

Also, ich hab nichts dagegen, sagte ich schnell. Beifall heischend schaute ich zu meinem Vater hinüber, aber dessen Blick war auf etwas anderes gerichtet; er schaute aus dem Fenster. Nach dem Abräumen ging ich in mein Zimmer und holte meine Hausaufgaben heraus. Als sie das Zimmer verließen und es still wurde, sagte ich mir: Eigentlich sind Ferien ohnehin witzlos, weil sie immer irgendwann zu Ende sind. Also kann man sich den mittleren Teil genauso gut sparen und von vornherein zu Hause bleiben.

Meine Mutter saß allein im Wohnzimmer. Ich hörte, wie sie Bücher von einer Ecke in die andere rückte und dabei leise seufzte. Sie wusste noch nicht, dass wir uns von nun an innerhalb unserer Stadtgrenzen einigeln würden, weil mein Vater Angst hatte, in der Fremde sterben zu müssen.

Ich möchte auf meinem eigenen Grund und Boden sterben, sagte er zu meiner Mutter, nachdem sie fünf aufeinander folgende Jahre nicht mehr fortgewesen waren, nicht einmal für einen Nachmittag.

Ach was, du stirbst schon nicht, antwortete sie tonlos. Und außerdem, sagte sie, ist das hier nicht mal dein eigener Grund und Boden.

Als mein Vater sprach, war seine Stimme zärtlich.

Wenn du möchtest, Judy, sagte er, kannst du von mir aus gern allein in Urlaub fahren. Nimm einen Fotoapparat mit und zeig mir dann die Fotos.

Das ganze Gespräch über hatte sie sich eher unbeteiligt angehört. Aber nun hörte ich, wie ihre Stimme entzweibrach.

Aber ich möchte mit *dir* fahren, sagte sie.

Noch nie hatte ihre Stimme so jung geklungen.

An jenem ersten Abend nach der Entscheidung, nicht fortzufahren, rief meine Mutter aus dem Wohnzimmer herüber. Ich saß im Schneidersitz auf dem Bett und hatte mein Mathe-Buch auf dem Schoß liegen. Mona, rief sie, sag eine Seitenzahl! Was soll ich?, nuschelte ich, weil ich an einem gelben Bleistift kaute. Such einfach eine Seitenzahl aus, rief sie. Ich warf einen Blick auf die Seite, die ich gerade aufgeschlagen hatte: das Teilen von Brüchen. Ich nahm den Bleistift aus dem Mund. Seite 68, rief ich zurück. Ich hörte, wie sie eine Seite aufschlug, und dann hörte ich sie lachen. Kentucky, verkündete sie. Los, noch einen Versuch. Ich machte aus der 68 einen Bruch: $\frac{6}{8}$, und kürzte ihn: $\frac{3}{4}$. 34, rief ich zurück. 34! Raschel, raschel, raschel. Chile!, freute sie sich. Was machst du da eigentlich?, fragte ich, und sie rief: Noch ein paar Seiten, sag noch ein paar! Ich überflog mein Lösungsblatt und las ein paar Zahlen ab. 33. 12? 27! Nicht zu fassen, rief sie. Gut gemacht! Wohin möchtest du lieber? Paris oder Hawaii? Paris!, rief ich zurück. Paris! Nein, warte. Hawaii! Tiefblaues Meer und Vulkane. Hawaii!, brüllte ich. Seite 100, schlug ich vor. Wieder raschelten Seiten. Uuuh, sagte meine Mutter, oooh. Was ist?, wollte ich wissen und kam aus meinem Zimmer. Meine Mutter hatte es sich auf dem einst burgunderroten Sofa mit dem braunen Wälzer von Weltatlas auf dem Schoß gemütlich gemacht, den wir für einen Dollar an der Ramschtheke bei Finch erstanden hatten. Sie hielt mir die Landkarte unter die Nase, Seite 100. Korsika, lachte sie. Ich sag dir, das muss der absolute Wahnsinn sein. Orangenblüten, schroffe Klippen und als i-Tüpfelchen Lasagne.

Ich kuschelte mich zu meiner Mutter auf das Sofa. Zeig her, sagte ich.

Sie fuhr die Umrisse der Insel mit dem Finger nach. Das Tyrrhenische Meer, sagte sie. Hört sich das nicht wunderbar an? Ty-rrhe-nisch. Sie entließ das Wort nur zögernd aus ihrem Mund, strich mir mit dem Handrücken über den Kopf und kämmte mir mit den Fingerknöcheln die Haare. Morgen fahren wir los, sagte sie.

Ich drückte mich näher an sie. Wo ist Japan?, fragte ich. Wir machen eine Weltreise, sagte meine Mutter. Zuerst Tokio. Dann Nepal. Uruguay. Was hältst du von Marokko?

Sie blätterte schnell weiter – in ruhigen Pastellfarben verwischten die Länder ineinander. Sie tippte auf Casablanca.

Mein Vater kam an der Couch vorüber, sah den aufgeschlagenen Atlas und ging aus dem Zimmer.

Wir tun ja nur so, als ob, sagte ich zu ihm.

Meine Mutter machte mit dem Finger eine Rundreise durch Italien. Ich weiß genau, dass mir Italien gefallen würde, sagte sie.

Und wo sind *wir* eigentlich?, fragte ich. Daddy, rief ich. Wir suchen uns gerade.

Er war in ihrem Schlafzimmer. Sehr schön, sagte er. Über den Flur klang seine Stimme zaghaft.

Meine Mutter fuhr mit dem Finger über das Inhaltsverzeichnis. Seite 45, sagte sie und schlug die Seite auf. Ihr Zeigefinger glitt über das Hochglanzpapier, vorbei an Städtenamen, an einem weit entfernten Flussbett, tastend, hin und her wedelnd, bis ihr Nagel still stand, genau über einem Nest aus rosaroten und grünen Linien und einem schwarzen Punkt. Da, sagte sie.

Ich spähte hinunter. Da, sagte ich. Wir sind mitten in dem Punkt da drin, sagte ich.

Wir beugten uns näher zum Atlas hinunter, unsere Köpfe berührten sich. Ich sehe dich, sagte ich zu ihr. Ich zwinkere dir gerade zu, sagte sie. Schau ganz genau hin. Sie legte sogar den Kopf in den Nacken und zwinkerte zur Zimmerdecke hinauf, und ich lachte und atmete den Geruch ihrer Schulter ein – Spülmittel mit Mandel-Feuchtigkeitskrem.

Wir schlugen das Bundesland Colorado auf, in dem meine Tante lebte, wir schlugen Indien auf und stellten uns die vielen Menschen dort vor. Millionen, sagte ich, mit dem Finger auf Kalkutta: In dem Punkt da drin sind *Millionen* von Menschen. Wir schlugen Kenia auf und stellten uns schlafende Giraffen vor. Wir schlugen Neuseeland auf und stellten uns wiederkäuende Schafe vor. Hinter Peru klappte meine Mutter das Buch zu.

Ich bin jetzt müde, sagte sie. Für heute reicht's.

Sie gab mir den Atlas, und ich drückte ihn an mich; er war so groß und breit, dass ich Mühe hatte, ihn zu umfassen. Vielleicht, sagte ich, vielleicht, wenn ich ihn schüttle –

Sie stand vor mir, bereit zum Gehen, und schaute mich an. Gute Nacht, Mona, sagte sie, und einen Augenblick lang ruhte ihre Handfläche auf meinem Kopf.

Ich drückte dagegen. Wenn ich ihn richtig doll schüttle, sagte ich, vielleicht fallen wir ja auf die nächste Seite.

Ihr Lächeln war irgendwie traurig.

Schüttle ihn so fest du nur kannst, sagte sie.

Sie nahm die Hand von meinem Kopf, ging hinaus und ins Bett. Ich schüttelte den Atlas wie eine Saftflasche, in der sich das Fruchtfleisch abgesetzt hat; ich mischte den Atlas. Ich schüttelte ihn mit aller Kraft, zählte bis zehn und schlug dann Seite 45 auf. Dann blätterte ich zur Seite 46 um. Was mich nach Australien brachte.

Einfach so mir nichts, dir nichts!, sagte ich laut zu dem stillen Haus. Ich drückte den Finger, platsch, in die Mitte des Kontinents und heftete ihn dort fest.

Den Leuten fällt nur auf, wenn man fortgeht; es fällt ihnen nicht auf, wenn man bleibt. Genauso ist es mit einem Summton, den man erst hört, nachdem ihn jemand abgestellt hat. Meine Familie verbrachte jede Minute eines jeden Tages in der Stadt, und bei meinem Vater zeigten sich bei Tageslicht Konstellationen juckender roter Punkte, sein Gesicht war von der Farbe nasser Würmer, und wir erzählten niemandem, dass bei uns etwas nicht stimmte. Allerdings fragte auch niemand. Und, gesetzt den Fall, es hätte einer gefragt, hatte ich meine Instruktionen. Ungefähr einen Monat nach seinem ersten Anfall setzten sich meine Eltern mit mir zusammen und baten, es für mich zu behalten.

Ich hatte zurückgefragt: Was soll ich für mich behalten? Was heißt *es*? Was meint ihr mit ES?

Aber mein Vater hatte nur gehustet. Meine Mutter hatte in einer Illustrierten geblättert. Es gab keinen Namen dafür. Das Lexikon half auch nicht weiter. Und auch die Enzyklopädie gab nichts her. Unter »Gray« hieß es im Thesaurus nur »grau« oder »düster«. Unter »Gray« gab es im medizinischen Nachschlagewerk nur das ausgezeichnete Anatomielexikon von Gray. Und unter »Gray« im Telefonbuch standen nur wir.

Ich verzog mich in mein Zimmer, überzeugt davon, dass ihre Heimlichtuerei absurd war und niemals funktionieren konnte, aber ich fand schnell heraus, dass ich Unrecht hatte. Nicht eine Menschenseele fragte meinen Vater, ob irgendwas mit ihm nicht stimmte. Kein Einziger sprach ihn jemals auf seine fahle Gesichtshaut an, und schon gar niemand kam mit einer heißen Suppe bei uns vorbei. Niemand nahm mich mitfühlend zur Seite und fragte: Mona, ist alles in Ordnung?, geschweige denn, dass die Leute hinter meinem Rücken mit traurigen, freundlichen Stimmen über mich gesprochen hätten. Unser Täuschungsmanöver entpuppte sich als durch und durch gelungen. Willkommen zum Schulanfang. Ich hatte schöne Sommerferien. Und genau deshalb musste ich mich, als Lisa an jenem Freitag mit der unübersehbaren Infusions-Krone auf dem Kopf aus meinem Klassenzimmer gelaufen war, allein in einem Toilettenabteil einschließen, bevor ich mich in der Lage fühlte, die Pausenaufsicht anzutreten. In dieser engen Kabine stand ich und zitterte am ganzen Leib, weil Lisa so stolz auf die Wahrheit war. Sie war eine Litfass-Säule und ein Megafon. Sie hatte Kochsalz und Plastik in Juwelen verwandelt. Und ich? Ich war unbeschreiblich, abgrundtief eifersüchtig.

6

Der Biologielehrer war aus einem anderen Bundesstaat hierher gezogen, einem mit großen Seen und Fabriken. Auch er war neu an der Schule. Wir waren die beiden neuen Lehrer. Anscheinend waren Biologielehrer nicht minder schwer zu finden – er war der Sohn der Zimmernachbarin meiner Chefin und hatte früher in einer Fabrik alle möglichen Teile zusammengebaut, bis er davon die Schnauze voll gehabt und die Stadt in einem Fernlaster verlassen hatte. Er hieß zwar Mr. Smith, aber er sah nicht aus wie ein Mr. Smith – ein interessanter Name für ihn, fand ich, weil seine Erscheinung ganz und gar un-Smith-mäßig war; er war hoch gewachsen und schlaksig, ein Mann für harte Winter und kräftiges Anpacken.

Kaum war er da, kriegte er auch schon Ärger wegen eines Experiments mit seinen Schülern. Er hatte die Klasse in zwei Gruppen aufgeteilt: Die eine hatte den Auftrag, sich zu Hause freundlich mit ihren Zimmerpflanzen zu unterhalten, und die andere, ihre Zimmerpflanzen zu beschimpfen und zu beleidigen. Mit diesem Experiment wollten sie herausfinden, ob Ton und Inhalt der Sprache Rückschlüsse auf das Pflanzenwachstum zulassen. Die Kids, die fluchen durften, machten sich mit glühendem Eifer ans Werk, bis Mimi Lunelles Mutter ihre Tochter dabei erwischte, wie diese den Badezimmerfarn beschimpfte. Du bringst dem Namen unserer Familie nichts als Schande, brüllte sie, und dafür gehst du jetzt, verflucht noch mal, durstig schlafen. Wo hast du nur diese Ausdrücke her?, wollte ihre entsetzte Mutter wissen, aber Mimi zuckte nur die Achseln und schnipste mit den Fingernägeln unbarmherzig gegen die Farnwedel. Drecksau, giftete sie die Pflanze an. Sie musste sofort auf ihr Zimmer. Mrs. Lunelle rief die Direktorin an, der Biologielehrer musste sich diverse Standpauken anhören – zuerst von der Direktorin und dann von den Eltern –, und das Experiment wurde gestoppt. Er wurde auf unverfänglichere Projekte verwiesen, wie die Herstellung von Salzkristallen und den Selbstbau von Atomen mit Experimentierkästen.

Für mich war klar: Er war das Schwarze Schaf unter den Lehrern. Ich dagegen hatte meine erste Unterrichtswoche mit Glanz und Gloria hinter mich gebracht. Ich hatte alles im Kasten. Ich war der absolute Überflieger. In einer Woche würde ich zwanzig Jahre alt sein, und jetzt, mit neunzehn, war es gerade so, als hätte ich – heimlich beobachtet aus Besenkammern und halb durchlässigen Spiegeln – den Wettbewerb um den weltbesten Lehrer gewonnen.

Und genau dieser Biologielehrer war es, bei dem sich meine ersten Auflösungserscheinungen bemerkbar machten, und zwar an einem Freitagnachmittag, als ich später als üblich aus der Schule kam. Schon am Vormittag war *›Zahlen und Gegenstände‹* zum ersten Mal nicht so glatt gelaufen wie sonst. Angefangen hatte es damit, dass Elmer Gravlaki kurz vor dem Läuten unter dem Tisch hervorgekrochen kam und eine perfekt geformte 12 aus Holz in der Hand hielt.

Wann komm ich dran?, wollte er wissen.

Kurz vor der Pause, sagte ich. Augenblick noch.

Nachdem wir mit dem Lehrstoff fertig waren, rief ich Elmer vor zur Tafel. Sichtlich aufgeregt hielt er seine 12 aus Holz in die Höhe und strich mit der Hand über die Wölbung der 2.

Mein Dad macht nämlich Hausnummern, erklärte er. Er hat ein Schildergeschäft. Elmer senkte die 12 auf Brusthöhe. Unter dieser Hausnummer wohnt niemand, sagte er.

Die Klasse schaute ihn erwartungsvoll an. 12 – 0 = 12, sagte er. 12 – 1 = 11.

Danny schoss ein Gummiband auf Elmer ab.

Lass das, Danny, ermahnte ich ihn.

Was ist?, fragte er und schaute mich aus unschuldigen, braunen Augen an. Dannys Mutter, eine Karrierefrau, nahm es mit seiner Erziehung nicht so genau.

Vorn an der Tafel kämpfte Elmer mit den Tränen. 12 – 3 = 9, sagte er mit bebender Stimme. Danny schlenzte einen Knopf an Elmers Kopf. Gerade wollte ich Dannys Namen an die Tafel schreiben, als Elmer mit einer Stimme, die wie ein Teekessel zitterte, sagte: Danny, hör auf damit. Ich weiß, wo du wohnst.

Danny runzelte die Stirn. Das weißt du nicht, sagte er. Elmer umklammerte seine 12, schluckte schwer und sagte: 144 Main Street. Die hölzerne 12 zitterte in seiner Hand, aber Danny, der gerade einen Papierpfeil auf ihn abschießen wollte, legte ihn schnell zur Seite, als er diese Zahl hörte, offensichtlich war es die richtige, die enthüllte, wo er jede Nacht schlief. Ich war beeindruckt. Damit hatte sich Elmer eine wirkungsvolle Rüstung zugelegt.

Und wo wohnst DU?, wollte Ann DiLanno von Elmer wissen.

Wir sind nicht gemeldet, sagte er und strich mit der Hand über die 1.

Verlegen gab Elmer an der Tafel noch ein paar Rechenbeispiele zum Besten, setzte sich dann hin und stellte die Zahl vor sich auf die Bank, als wohnte er hier. Als ich an ihm vorbeikam, klopfte ich auf seine Zahl, und Elmer lächelte glücklich, als hätte ich an die Tür seiner nicht gemeldeten Adresse geklopft. Er hatte ja keine Ahnung.

Er hatte seine Vorstellung in Rekordzeit hinter sich gebracht. Lisa lobte ihn: Gut gemacht. Er bekam einen roten Kopf, und dann erklärte Ann DiLanno, dass sie auch eine Zahl mitgebracht hätte.

Okay, sagte ich, von mir aus, dann machen wir heute eben zwei Zahlen, nachdem Elmer so fix war.

Ann stand auf, grinste – hinterlistig, wie mir schien –, und ging an die Tafel.

Da, sagte sie, und breitete die Hände aus. Eine 3.

Die Schüler schauten im Klassenzimmer herum, auf Anns Finger, auf das Bücherregal, auf den Fußboden.

Ich sehe keine 3, sagte Lisa.

Es ist eine 3 aus Nichts gemacht, sagte Ann.

Das ZÄHLT aber nicht, sagte Elmer. Ich kann mit meiner 12 mehr machen, meinte er, auf einmal mutig geworden, nachdem er seinen Beitrag geleistet hatte.

Nichts ist ein Gegenstand, dozierte Ann.

Wie man's nimmt, sagte ich. Aber vielleicht fällt dir noch etwas anderes ein. Du kommst dann nächste Woche dran. Schau dich in deiner Wohnung um, vielleicht findest du etwas, das wie eine Zahl aussieht. Lass dir was einfallen!, sagte ich. Nächste Woche bin aber ich dran, meckerte Mimi Lunelle.

Hey, Elmer, fragte Lisa. Und wo wohne ich?

Alle mal herhören, rief Ann. 3 – 3 = 0. Trari, trara! Ich kann zaubern! Sie wickelte sich ihren Pferdeschwanz um den Zeigefinger.

Lisa und Danny reklamierten: Da ist aber nichts! Ann nickte selbstgefällig, und plötzlich waren alle von ihren Plätzen aufgestanden, wollten Anns 3 aus Luft anfassen oder zerbrechen, einer begann zu schubsen, und als das Ganze auszuarten drohte, schrieb ich drei Namen an die

Tafel. Wartete mit gezückter Kreide darauf, weitere Haken dahinter zu setzen. Zwei Haken bedeuteten, dass der Betreffende in der Pause eine Viertelstunde lang auf der Bank sitzen musste. Ann ging zu ihrem Platz zurück und bestand darauf, dass es doch zählte. Hör auf, mich so blöd anzuglotzen, sagte sie zu Lisa. Ich glotze doch nur das Nichts an, erwiderte Lisa.

Die Glocke läutete, und fast die ganze Klasse rannte hinaus. Liebevoll packte Elmer seine 12 ein. Er drehte sich zu Lisa um. Du wohnst im Krankenhaus, sagte er.

In der Pause räumte ich mein Zimmer auf, unterrichtete meine nächsten Klassen und überlegte hin und her, wie ich Ann für ›*Zahlen und Gegenstände*‹ begeistern konnte. Ich blieb länger in der Schule als sonst, schichtete die Arbeitshefte zu Stapeln, und als ich fertig war und aus dem Klassenzimmer trat, wäre ich beinahe über John Beeze gestolpert, der sich im Gang auf dem Fußboden zu einem Knäuel zusammengerollt hatte, sich hin und her wälzte und gottserbärmlich jammerte.

Oooohhh, stöhnte er.

John, rief ich erschrocken. He, was ist los?

Er gab nur ein Grunzen von sich.

Ich kniete mich zu ihm. Was hast du? Also, gesund siehst du nicht gerade aus. Ist deine Mutter im Fleischerladen? Ich werde sie sofort anrufen. Es dauert nur einen Moment.

Er grunzte wieder und wimmerte mit dünner Stimme: Nein, bleiben Sie hier. Mir fehlt nichts.

Ich legte ihm eine Hand auf die Stirn. Sie fühlte sich warm an. John Beeze war selten krank. Er gehörte zu den Kindern, die von einer drei Meter hohen Schaukel auf den Betonboden fallen, aufstehen, sich schütteln, über den Rasen laufen und einen Salto über die Rutsche schlagen.

Ich rufe jetzt deine Mutter an, sagte ich.

Er klammerte sich an meinen Ärmel. Bitte nicht, sagte er. Ich habe Skorbut.

Ich schaute ihn entgeistert an. Waaas?

Skorbut, wiederholte er. Seine Augen waren halb geschlossen und seine Wangen gerötet.

Ach was, du hast kein Skorbut, sagte ich. Ich nahm die Hand von seiner Stirn. Nur Matrosen kriegen Skorbut. Wer hat dir das mit dem Skorbut eingeredet?

Er schaute mich aus großen, feuchten Augen an, und eine Träne lief an seiner Wange nach unten und zog eine helle Linie, heller als seine Gesichtsfarbe, bis zum Ohr.

Ich stand auf. Bin gleich wieder da, sagte ich. Ich rufe sie nur schnell an, dann kann sie dich zum Arzt bringen. Er hängte sich an mein Bein, aber ich machte mich los und lief zur Küche hinüber, wo es ein Telefon gab. Ich hatte John noch nie zuvor in diesem Zustand gesehen und dachte ständig nur an Wasch dir die Hände, wasch dir die Hände, als ich um ein Haar über Ann DiLanno gestolpert wäre.

Auch sie hatte sich zu einem Ball zusammengerollt, lag auf der Seite und atmete flach.

Eine Epidemie.

Ann, was ist los? Was hast du?

Miss Gray, jammerte sie. Oooohhh.

Ich fühlte auch ihre Stirn. Die nur allzu kühl war.

Rühr dich nicht vom Fleck, rief ich. Ich rufe deine Mutter an. Geh zur Zeichenlehrerin. Sie soll dir ein Glas Wasser geben. Trink Wasser. Du brauchst viel Flüssigkeit.

Ich habe Krupp, krächzte sie kaum vernehmlich.

Du fantasierst ja, sagte ich. Bleib, wo du bist.

Inzwischen kam mir der Gedanke, dass Ann die 3 aus Nichts in einem plötzlich über sie gekommenen Delirium erfunden haben könnte, und machte mir schon Vorwürfe, weil ich sie kritisiert hatte. Ich war fast an der Küchentür, als ich noch zwei Schüler entdeckte, Elmer und Danny, die mit baumelnden Köpfen und wie ausgeleierten Hälsen ihre Oberkörper vor und zurück warfen.

Ich sah zu, dass ich in die Küche kam, wo das Telefon stand, und wählte hastig die Nummer der Auskunft.

Welche Stadt, bitte?, fragte die Stimme am anderen Ende.

Alle in derselben Stadt, schnauzte ich sie an. Was soll die Frage?

Sie hüstelte. Entschuldigen Sie, sagte sie. Welche Nummer hätten Sie gern?

Es ist eilig. Verbinden Sie mich auf der Stelle mit Mrs. Eudora Beeze im Fleischerladen, keifte ich. In der Küche stand die Zeichenlehrerin an der Spüle und wusch gerade die Pinsel von der letzten Zeichenstunde aus; der Bio-Lehrer mit dem breiten Kreuz und den sommersprossigen Armen beugte sich zu Ellen hinunter, dem bravsten Kind der ganzen Schule, und unterhielt sich leise mit ihr.

Sie sind alle krank, rief ich mit überschnappender Stimme der Zeichenlehrerin zu. Irgendwas grassiert hier.

Über den laufenden Wasserhahn hörten sie nicht, was ich sagte. Während die Verbindung mit dem Fleischgeschäft hergestellt wurde, konzentrierte ich mich darauf, nur ja nicht mein Gesicht zu berühren, um mich nicht selbst anzustecken. Das Telefon klingelte zwei Mal.

Rrring.

Rrring.

Hallo? Eine Stimme meldete sich.

Ich dachte an heißes Wasser, Bakterien, Meningitis, und mein Blick streifte den Biologielehrer, der ein leuchtend rotes Hemd trug, bei dessen Anblick es mir warm wurde, aber mittlerweile stellten sich meine Ohren auf das ein, was er zu Ellen sagte. Kannst dich darauf verlassen, flüsterte er gerade, du darfst nächste Woche Skorbut haben. Aber nur, wenn du heute eine richtig gute Schwindsucht hinkriegst.

Hallo?, wiederholte die Stimme am Telefon. Hier ist die Metzgerei. Wer spricht da bitte?

Ich presste den Telefonhörer an meine Wange. Ellen nickte. Wie waren die Symptome noch mal?, fragte sie. Sie wippte Hacke, Spitze, Hacke.

Er hielt ihre Hände in seinen Händen. Abgeschlagenheit und Husten. Kapiert? Und jetzt ab durch die Mitte!

Wer spricht denn da bitte?, fragte Johns Mutter noch einmal, viel zu nahe an meinem Ohr, an das ich den Hörer presste. Ich legte auf.

Was geht hier eigentlich ab, fragte ich betont ruhig und deutete auf Ellen. Ich hatte Schwierigkeiten, die Worte zu formulieren. Die Zeichenlehrerin, beschäftigt mit ihren Pinseln, zeigte keine Reaktion. Der Biologielehrer lächelte Ellen an, die sich aus der Küche trollte und zurücklächelte. Ich ging zur Zeichenlehrerin hinüber und tippte ihr auf die Schulter.

Sie drehte sich um. Hallo Mona, sagte sie. Sie hatte grüne Farbe am Kinn. Ich wiederholte meine Frage. Meine Stimme war höher als normal.

Das hast du nicht gewusst, dass er Theatererfahrung hat, was?, fragte sie zurück. Sie strahlte den Biologielehrer an. Welch ein Glück, sagte sie, dass Sie ein solches Multitalent sind.

Draußen vor der Küche hörte ich, wie Ellen, die stets folgsame Ellen, zu husten anfing.

Ich stellte mich an die Küchentür und warf einen Blick in den Flur. John lag noch immer in embryonaler Stellung auf dem Boden. Ann wälzte sich hin und her. Ann hatte nicht das geringste Problem, sich für diesen Lehrer voll ins Zeug zu legen.

Meine Lippen verhärteten sich zu Drähten. Ich baute mich vor Mr. Smith auf.

Sie. Sind. Gefeuert, presste ich heraus.

Haben Sie nicht schon Feierabend?, erkundigte er sich. Er stand aus der Hocke auf und strich sich die Haare mit einer Handbewegung aus dem Gesicht.

Die Zeichenlehrerin zeigte mit einem nassen Pinsel auf mich. Übrigens, sagte sie, ich glaub, ihr beiden wohnt in derselben Straße. Ist das nicht cool, wie er den Kindern Bio beibringt? Wie nennt man das noch mal?

Stegreif-Theater, sagte er. Damit lernen sie verstehen, was wir meinen, wenn wir im Gesundheitsunterricht von Symptomen sprechen. Das sind praktische Übungen. Und wo wohnen Sie genau?

Er ist *gefeuert*, sagte ich.

Dazu haben Sie gar kein Recht, lachte er, Schauspieler, der er war, jovial, witzig, ha ha, ho ho. Sie sind nicht die Direktorin. Sie sind genauso neu an der Schule wie ich, sagte er. Er kratzte sich den mit Brandmalen übersäten Handrücken. Ich lächelte nicht. Er schaute mir in die Augen. Ich bin nicht gefeuert, stellte er klar.

Und da spuckte ich doch tatsächlich auf den Fußboden. Sie glotzten erst mich an, dann glotzten sie meine Spucke an, eine Perlenbrosche, die auf der Fliese allmählich auseinander lief. Die Zeichenlehrerin kicherte. Ich verzog mich schleunigst aus der Küche. Ich hatte einen derart schlechten Geschmack im Mund, dass ich am liebsten einen ganzen Eimer vollgespuckt hätte. Verdrecktes, giftiges Zeug, mit dem man Leute umbringen kann.

Im Turnsaal lagen weitere Kinder auf dem Fußboden verstreut, wie Miniatursoldaten in einem Bürgerkrieg.

Aufstehen!, rief ich und klatschte in die Hände. Dalli, dalli! Für heute ist Schluss mit der idiotischen Bio-Theaterstunde! Los, los!

Die vier Kinder, die ich im Blickfeld hatte, kamen sofort auf die Beine. Hinter mir in der Küche hörte ich noch immer die Zeichenlehrerin kichern.

Und jetzt zehn Runden laufen, rief ich. Immer schön an der Wand lang. Und hinterher zwanzig Liegestütze.

Sie stöhnten.

Und Ellen achtet darauf, dass ihr nicht schummelt. Sie wird mitzählen, ob ihr tatsächlich ZEHN Runden dreht. Und jetzt LOS, sagte ich.

Ihre Turnschuhe mit Klettverschluss quietschten gleichmäßig durch den Saal. Danny, immer schön an der Wand lang, rief ich. John, du gibst Acht, dass alle an der Wand bleiben.

Okay, Miss Gray!, plärrte John, dessen Beine doppelt so schnell liefen wie die der anderen.

Auf der Suche nach weiteren embryonal zusammengekrümmten Kindern öffnete ich die Türen aller Klassenzimmer. Die Lehrerin für Lesen und Schreiben, die mit ihren Kindern gerade das schwierige Schreibschrift-G paukte, warf mir einen vernichtenden Blick zu, aber ich ignorierte sie.

Ein Kind fand ich auf dem Fußboden meines Mathe-Zimmers und eines, das wie ein nasser Sack an der Wand lehnte, in der Klasse für Rechtschreiben. Ich teilte beide zum Laufen ein. Mit brennenden Augen machte ich mich weiter auf die Suche, bis ich, bingo, im leeren Biologiesaal, in dem Saturn-Mobiles quälend langsam an der Zimmerdecke baumelten, Lisa Venus entdeckte, die sich unter einem Tisch zusammengekauert hatte.

Aaaahhh, stöhnte sie, Aua.

Ich ging zu ihr hinüber.

Steh auf, Lisa, sagte ich. Du bist *nicht* krank.

Aaaahhh, ächzte sie wieder.

Komm schon, sagte ich. Auf.

Sie stützte sich kraftlos auf die Ellbogen. Ich kann nicht, sagte sie. Mir ist so schlecht.

Aufstehen!, brüllte ich.

Sie hievte sich hoch, bis sie saß. Sie sind gemein, sagte sie.

Du bist gesund, schnauzte ich sie an.

Sie blinzelte. In der Nacht, sagte sie, tu ich so, als wär ich tot.

Ich beugte mich halb unter den fleischfarbenen Tisch und schaute sie an. Komm schon, Lisa, sagte ich. Steh auf. Ich will nicht wieder deinen Namen an die Tafel schreiben müssen.

Aber ich hab doch Krebs, sagte sie. Sie fiel zurück und rollte sich zu einem Ball zusammen. Aaah, sagte sie, die ganze Seite tut mir weh.

Ich hatte das Gefühl zu verdampfen. Pffft. Futsch. Fertig mit der Welt. Natürlich musste sie Krebs haben. Natürlich. Hat er dir gesagt, was du spielen musst?, fragte ich, und meine Stimme erklomm wieder eine höhere Tonlage. Hat er oder hat er nicht?

Aber nein, sagte sie. Ich hab ihn extra drum gebeten.

Ich ließ mich auf die Fersen sinken und strich über ihre dicken Haare.

Meine Ma hat Krebs, sagte sie.

Weiß ich, antwortete ich, das hast du mir schon gesagt. Augenkrebs. Das ist sehr schlimm, sagte ich. Und ich hatte gedacht, dass du nicht mal 'ne Erkältung kriegst.

Sie hat eine rote Perücke auf, sagte Lisa. Aus echten Haaren.

Sie ließ die Hände schlenkern wie Fische. Und ich krieg echt nie 'ne Erkältung, sagte sie. Wir haben Theaterstunde.

Lisa. Ich ließ meine Hand auf ihrem kleinen Kopf liegen. Warum wolltest du unbedingt diejenige sein, die Krebs hat? Sie streckte sich ein wenig aus, gerade so viel, dass sie auf dem Rücken lag und zur Zimmerdecke schaute. Weil es mir Spaß macht, sagte sie. Dann kann ich ihr später, wenn wir zusammen fernsehen, richtig Gesellschaft leisten, erklärte sie. Ich kippte aus der Hocke nach hinten und setzte mich auf den Boden. Immer wieder strich ich über ihre struppigen Haare. Draußen vor der Tür des Biologie-Klassenzimmers hörten wir das Getrampel der Kinder, die ihre Runden liefen, und Ellens hohe Stimme: Nein, es sind erst acht! Ihr müsst noch zwei laufen! Ich durfte nicht vergessen, Ellen einen Aufkleber zu schenken.

Die Perücke von meiner Ma ist echt rot, sagte Lisa.

Ich weiß, sagte ich.

Ach, Sie haben gewusst, dass es eine Perücke ist?, fragte Lisa. Sie zog die Knie so dicht an ihren Körper, dass ihre Fersen beinahe den Po berührten, und schlang die Arme herum.

Nein, sagte ich. Du hast es mir erzählt.

Sie ist aus menschlichen Haaren gemacht, sagte sie. Sie hatten auch welche ohne echte Haare, aber das hat man gemerkt. Meine Ma hat gesagt, dass ihr eine Perücke mit echten Haaren das Geld wert ist.

Komm, sagte ich, komm schon, Lisa. Bitte. Die Theaterstunde ist zu Ende.

Warten Sie, bat sie. Ein bisschen Krebs muss ich noch machen. Sie kniff die Augen zusammen.

Ich saß da und beobachtete sie. Mit fest geschlossenen Augen wälzte sie sich auf dem Boden, und nach zwei weiteren Minuten setzte sie sich auf.

Okay, sagte sie. Fertig.

Sie stand auf und umarmte mich unvermittelt.

Weißt du eigentlich, dass mein Dad auch krank ist?, fragte ich sie.

Ihr Gesicht hellte sich interessiert auf, und sie hüpfte von einem Fuß auf den anderen.

Hat er Augenkrebs?, fragte Lisa, bereit, sich wieder fallen zu lassen und noch ein bisschen weiterzumachen.

Nein, sagte ich, überhaupt keinen Krebs.

Was hat er dann? Sie wandte sich zum Gehen. Draußen hatten ihre Klassenkameraden zu laufen aufgehört und lachten über irgendetwas.

Ich weiß nicht, sagte ich zu ihr. Es hat keinen Namen.

Sie nickte, und dann rannte sie aus der Tür. Ach ja, rief sie. Ich glaub, davon hab ich schon gehört.

7

Am selben Abend rief ich die Direktorin an und erzählte ihr, was der Biologielehrer machte.

Ja, ich *weiß*, sagte sie. Höchst interessant, nicht wahr?

Ich ging zu meinem Bett hinüber. Ganz im Gegenteil, antwortete ich, und meine Fingerknöchel hobelten Späne vom Nachtkästchen. Ich finde das alles andere als interessant, sagte ich.

Sie räusperte sich. Sonst noch was?, fragte sie. Wie läuft's mit Mathe?

An Skorbut sind jede Menge Leute gestorben, fuhr ich fort. Morgen früh, wenn Sie Ihren Orangensaft trinken –

Sie wünschte mir eine gute Nacht und legte auf. Ich klopfte so heftig gegen den eingetopften Baum, dass er umfiel.

Der Sonntag stand im Zeichen meines zwanzigsten Geburtstages, und schon ganz früh am Morgen rief mich meine Mutter an, sang das halbe Geburtstagslied, bis es sie langweilte und sie mittendrin abbrach. Okay, meine große 20, fuhr sie dann fort, lass uns ausnahmsweise mal gemeinsam frühstücken gehen. Wie eine richtige Familie. Ich richtete mich im Bett auf. Wir *sind* eine richtige Familie, murmelte ich verschlafen und wickelte die Decke fester um mich. Sie hörte sich gut gelaunt an. Na ja, dann wie eine andere Familie eben, sagte sie.

Mit geschlossenen Augen stellte ich mich unter die Dusche. Freitag und Samstag hatte ich schlecht geschlafen, endlos geklopft, bis ich einschlafen konnte, und jede Krankheit, die ich kannte, in das Holz gepocht: Skorbut, Krupp, Cholera, Polio, Mumps, Krätze, Beulenpest, Augenkrebs – weg da aus meiner Hand, hinein mit euch in die Wurzeln, hinaus, wie fauliges Wasser aus meinem Blut.

Während ich mich abtrocknete, hörte ich die einzige Nachricht vom Anrufbeantworter ab. Sie war von der Zeichenlehrerin, die mir mit jovialer Stimme alles Gute wünschte. Sie war der Typ, der mit der wilden Entschlossenheit von Leuten, die selbst oft vergessen werden, alle Geburtstage in ein kleines Notizbuch schreibt. Die Geschichte von Freitag erwähnte sie mit keinem Wort. Ich zog mir ein Kleid mit Grasmuster an, und im Haus meiner Eltern fasste mich meine Mutter an den Händen, streckte unsere Arme zur Seite, wie süß du aussiehst! Ich wurde rot, ihr glühendes Groupie. Mein Vater hatte schlechte Laune; er sagte, alles Gute!, um gleich darauf loszujammern, dass er sich vorhin beim Rasensprengen einen Sonnenbrand geholt hatte; seine Haut sah gereizt aus und glühte.

Wir fuhren die sechs Häuserblocks zum Café hinüber, parkten das Auto und stellten fest, dass das Lokal rappelvoll war – an jenem Sonntag fand der alljährliche Herbst-Marathon statt, und auf den Straßen drängten sich die Zuschauer. Eine Gruppe von Läufern rannte vorbei, mit angespannten Bein- und ausgeprägten Gesäßmuskeln, und vom Straßenrand brandete Beifall auf.

Nach zehn Minuten rief der Wirt unseren Namen, und wir setzten uns an einen Tisch.

In der Nische neben der Tür zog es. Die Nische hinten war nicht abgeräumt. Die Nische in der Mitte lag direkt unter der Klimaanlage.

Mir ist kalt, klagte mein Vater mit säuerlicher Miene.

Ich wäre am liebsten nach Hause gegangen. Nichts wie weg von hier.

Meine Mutter ließ sich nicht aus der Ruhe bringen. Sie hatte es sich in den Kopf gesetzt, derartige Situationen für meinen Vater so angenehm wie möglich zu machen, damit er sich zum nächsten Geburtstag wieder aus dem Haus locken ließ. Sie winkte dem Kellner, der ihr zuliebe die Klimaanlage herunterdrehte, obschon er bei der Arbeit nicht schlecht schwitzte. Sie bestellte heißen Tee. Ich trank meinen Saft und dachte an Leichen auf großen Schiffen und daran, dass ein einziger Schluck eines pulverisierten Konzentrats aus meinem kleinen, bauchigen Saftglas ihre Wirbelsäulen hätte gerade biegen können und sie dank des wundertätigen C in Minutenschnelle – Verwunderung im Blick und fast wie neu – hätte wiederauferstehen lassen.

Wir gaben unsere Bestellung auf und plauderten miteinander, aber während des ganzen Essens drehte sich alles um meinen Vater, der, von einer geheimnisvollen Kälte befallen, zitterte, einer Kälte, die weder meine Mutter noch ich zu spüren vermochten. Als wäre sie der Vorkoster im Palast, der das königliche Mahl auf Gift zu prüfen hatte, probierte sie seinen Tee, und sie ging in dieser Rolle so auf, dass sie tatsächlich meinte, die Zitrone hätte einen merkwürdigen Geschmack. Wir ließen den Tee zurückgehen. Ein zweites Kännchen Tee wurde serviert, gänzlich ohne Zitrone. Diesmal reklamierte meine Mutter, dass der Tee nicht richtig heiß war. Ich schrumpfte in unserer Nische zusammen, mein Kleid eine zurückweichende Wiese.

Draußen jubelten die Zuschauer weitere Marathonläufer vorbei. Für den Vormittag war trockenes Wetter angesagt, und ich wusste genau, wie sich der Schweiß auf ihrer Haut anfühlte, wie die Atemluft in ihren Nasenlöchern wie Popcorn knackte. Es war mir zuwider, mich mit meinem Vater an Orten aufzuhalten, wo Leute um die Wette liefen. Früher war er selbst gelaufen; früher war ich selbst gelaufen.

Wir waren mit dem Essen fast fertig, als meinem Vater einfiel, dass er Dünger für den Garten brauchte. Diese Gelegenheit ließ ich mir nicht entgehen. Meine Pfannkuchen hatte ich schon aufgegessen. Und ich musste dringend an die frische Luft.

Mein Vater fischte einen Zwanziger aus seiner Geldbörse. Damit tust du mir wirklich einen großen Gefallen, Mona, sagte er. Danke. Kauf was Anständiges, sagte er. Frag Mr. Jones, was er empfiehlt.

Ich hatte seit Jahren keinen Fuß mehr in den Haushaltswarenladen gesetzt.

Meine Mutter fischte einen Fünfziger aus ihrer Geldbörse. Das ist für deinen Geburtstag, sagte sie. Kauf dir was Schönes. Aber versprich mir, dass du es nicht auf die Bank trägst.

Die Bank hat zu, sagte ich.

Umso besser, meinte meine Mutter. Sie drehte sich zu meinem Vater um. Seit wann interessierst du dich denn für Gartenarbeit?

Wir treffen uns dann zu Hause, sagte ich, ließ die beiden mit ihrem Tee und dem genervten Kellner allein. Draußen war die Luft warm, und in den Straßen leuchteten die vielen orangeroten Begrenzungskegel, aber ich hatte Glück, dass sich weit und breit kein Läufer blicken ließ.

Im Park gingen die Rasensprenger an. Wwuuussch. Nach diesem Frühstück war ich hibbelig, und so beschäftigte ich mich auf dem Weg zum Haushaltswarenladen mit meiner neuen Zahl 20. XX. Ein Ikosaeder hat zwanzig Flächen. Die Summe ihrer eigenen Faktoren: 1, 4, 5, 10. Die Vollkommenheit dieser Null, diese blitzeblanke, nagelneue Zwei. Willkommen im neuen Jahrzehnt.

Ich ging am Kino und an der Bank vorbei, an der Bücherei, der Post, der Drogerie, am Süßwarenladen, und setzte meinen Weg bis zum Ende der Straße fort, zum Backsteingebäude mit der Glasfassade, das den einzigen Haushaltswarenladen der Stadt beherbergte.

Als ich eintrat, mein Magen grummelte, waren gerade keine Kunden im Geschäft. Was sich überraschenderweise sehr angenehm anfühlte. Diese Minuten gehörten mir ganz allein.

Die Klingel hatte meine Ankunft angekündigt, aber bis auf das Rascheln einer Zeitung, die auf der Ladentheke umgeblättert wurde, blieb alles still. Mr. Jones thronte auf einem Hocker hinter der Registrierkasse und las. Er schaute nur einmal flüchtig auf. Ich registrierte die altbekannte Ausbuchtung unter seinem Hemd, hatte an diesem Tag aber keine Lust, mich zu erkundigen, was es diesmal war.

Stattdessen spazierte ich an ihm vorbei, durch *Gang Eins* des Ladens. Hier gab es Drahtgitter, Wasserhähne, Steckdosen, Scharniere – unglaublich, was es für ein Haus alles einzeln zu kaufen gibt. Ich nahm einen Türknopf aus blauem Glas in die Hand und drehte ihn. Offen. Mr. Jones blätterte auf die nächste Seite seiner Zeitung um.

Ich war neun Jahre alt gewesen, als ich zum ersten Mal etwas zu seinen Zahlen gesagt hatte. Damals war es einer seiner schlechten Monate mit der 2 gewesen. Eine Zeit lang hatte ich ihn einfach nur beobachtet, wenn er mit eben dieser 2 aus Wachs um den Hals den Müll heraustrug und still und mit gesenktem Kopf wieder ins Haus zurückschlich. Dann streichelte ich seine Hecke und hoffte, dass es ihm dadurch irgendwie besser ginge. Damals hatte ich ihn ein paar Tage schon nicht mehr gesehen, und ich begann mir allmählich Sorgen zu machen, als Mr. Jones eines Nachmittags, just als ich mit dem Fahrrad ein paar Runden um den Block drehte, mit klimpernden Autoschlüsseln aus dem Haus kam und eine 18 um den Hals hängen hatte.

Hi, Mr. Jones!, sagte ich und radelte neugierig über den Gehweg zu ihm hinüber.

Hallo, Mona, sagte er.

Ich bin froh, dass es Ihnen besser geht. Neun Mal besser. Er war gerade dabei, sein Auto aufzuschließen, und hielt mitten in der Bewegung inne. Ich fuhr noch näher heran. Sein Gesicht sah weich und abgetragen aus wie Stoff.

Na so was, sagte er. Danke. Das ist wirklich nett von dir, dass du das beobachtet hast, sagte er. Das ist wirklich ganz besonders nett, wenn ein Kind so etwas bemerkt.

Na ja, sagte ich. 18 ist neun Mal mehr als 2. Mindestens eine Tonne mehr ist das.

Er zwinkerte mir zu. Trotzdem, sagte er. Du glaubst gar nicht, wie viele Leute kein einziges Wort darüber verlieren. Er wünschte mir einen schönen Tag, stieg in sein Auto und fuhr davon. Den ganzen Nachmittag freute ich mich unbändig, weil ich es beobachtet hatte. Ich war eine richtige Beobachterin. Und deshalb beobachtete ich an jenem Tag jede Einzelheit – ich war sozusagen eine Mega-Beobachterin. Einer anderen Nachbarin, die gerade vorbeikam, sagte ich, dass ich ihre Frisur hübsch fand, woraufhin sie mich in die Arme schloss. Dem kleinen Jungen, der am anderen Ende der Straße spielte, sagte ich, dass er am Arm blutete, und er sagte: Waaas?, und rannte erschrocken davon. Als ich meinem Dad sagte, dass er müde aussah und meine Ma das ungezogen von mir fand und mich in mein Zimmer zum Aufräumen schickte, ließ ich es dann sein.

Das folgende Jahr war das Jahr, in dem mein Vater aus der aktiven Welt herausfiel, und im selben Jahr veränderten sich auch meine Gefühle zu Mr. Jones. Mit dreizehn ertappte ich mich oft dabei, dass ich die Hecke anspuckte, die unser Haus von seinem Haus trennte, und einmal, zu Halloween, bombardierte ich höchstpersönlich seine Garage mit zwei Dutzend Eiern. Ein paar faule waren auch darunter. Er erfuhr nie, dass ich es gewesen bin. In jener Woche war er ständig mit einer 10 herumgelaufen und hatte die Eierschalen mit einem Handbesen und einer Kehrschaufel fein säuberlich aus seiner Einfahrt gekehrt.

Ein paar Monate später war er wieder bis auf 3 abgesackt. Ich verlor kein Wort darüber. Einmal wartete ich frühmorgens neben dem Auto auf meine Mutter, um mich zur Schule fahren zu lassen, als Mr. Jones zur Haustür herauskam, um den Müll wegzubringen. Es war noch keine acht Uhr, und die Luft war kalt und fahl.

Hallo, Mr. Jones, sagte ich.

Ich meinte, ich hätte einen kummervollen Blick erhascht, als er zu mir herüberschaute, und daraus schloss ich, dass er mich inzwischen für einen egoistischen Teenager hielt, dem seine jugendliche Unbefangenheit und Beobachtungsgabe abhanden gekommen waren. Da stand ich, Aug in Aug mit der protzigen, traurigen 3 um seinen Hals, aber ich dachte nicht im Traum daran, irgendetwas zu sagen.

Hallo, Mona, grüßte er. Hoffnung schwang in seiner Stimme. Sagen Sie, Mr. Jones, fragte ich und bohrte absichtlich in der Wunde: Warum tragen Sie eigentlich ständig diese Zahlen um den Hals?

Seine Augenbrauen zogen sich zusammen wie bei einem Hund. Ich dachte, das wüsstest du, sagte er.

Mit kalten, hasserfüllten Augen stierte ich ihn an. Seit ziemlich genau drei Jahren, dachte ich bei mir, sieht Mr. Jones nun meinen Vater in seinem Anzug mit den drei Grauschattierungen und dieser gnadenlos stumpfen, kranken Gesichtsfarbe ins Auto einsteigen, und nie, auch nicht ein einziges Mal wäre es ihm eingefallen, auch nur ein Wort darüber zu verlieren. Die anderen Nachbarn waren zwar auch nicht besser, aber ich hatte wenigstens erwartet, dass Mr. Jones, der Mann, der gute Beobachter lobte, vielleicht anders war. Inzwischen trug ich selbst mein eigenes, unsichtbares Zeichen. Es hieß: Leck mich, du Heuchler!

Nicht ein einziges Mal hat er mich angesehen und gesagt: Mona, ich weiß, dass bei euch etwas nicht stimmt. Ich habe beobachtet, dass du trauriger aussiehst als früher.

Eine Million Dollar wäre es mir wert gewesen, hätte er irgendetwas in der Art gesagt. Auf ewig wäre ich seine Sklavin gewesen. Aber was tat er? Ständig tauschte er seine Zahlen aus und brachte den Tag irgendwie hinter sich, mal ging es bei ihm auf und dann wieder ab, wie auf einer Wippe.

Erinnerst du dich nicht mehr?, fragte er an jenem Morgen und kam zur Hecke herüber.

Ich blinzelte ihn müde an. Erinnern?!, gab ich unbarmherzig zurück. Er starrte mich an, schüttelte den Kopf, ging kurz ins Haus und kam mit einer 1 wieder heraus. Schwer wog die Zahl an seinem Hals, als er den Müll in die Tonne warf. Er würdigte mich keines Blickes mehr. Die 1 hatte ich bis jetzt noch nie an ihm beobachtet, sie sah auch ganz neu aus. Mein Tag in der Schule war schrecklich, und als die Mathe-Vertretung mir eine Gleichung zum Rechnen gab, tat ich ihr den Gefallen, rechnete das richtige y aus und erklärte anschließend, ich müsste dringend auf die Krankenstation, ob sie denn nicht sehen könnte, dass ich beinahe erstickte?

8

Mr. Jones verschanzte sich immer noch hinter seiner Zeitung, als ich um die Ecke bog und mir *Gang Zwei* vornahm. Hier gab es Schraubenzieher, Meißel und Regale voller Hämmer. Ich ließ einen Finger über die glänzende, rote Kunststoff-Folie eines Duschvorhangs quietschen und strich über den Ahorngriff einer Säge. Wenn ich ehrlich sein soll, ich liebe Werkzeugläden. Am liebsten hätte ich mir alles auf die Arme geladen, wäre zum Café zurückgelaufen und hätte meinem verfrorenen Vater einen stählernen Blumenstrauß aus Schraubenschlüsseln, Zangen und Bohrern hingeschmissen.

Hätte gebrüllt: Los jetzt! Reparier dich!

Ich stellte mir die beiden vor, wie sie langsam zum Auto gingen, wie der Sonnenbrand, ein rötlicher, schlammiger Sumpf, die Gesichtszüge meines Vaters unkenntlich machte.

An der Stirnwand des Baumarkts rückten die Zeiger aller sieben Uhren auf fünf vor elf. Ich schlenderte durch *Gang Drei*. Hier gab es Muttern und Schrauben, Dosenöffner, Holzlöffel, Fäustel und Klebepistolen. Messer mit scharfen Klingen, die mein Profil in die Länge zerrten und meine Augen, aufgeschlitzt und blau, in dem grauen Stahl reflektierten.

Ich berührte alles und bog dann in den nächsten Gang ein. Irgendwo draußen pfiff jemand einen der Marathonläufer aus.

Gang Vier war Gartenzubehör. Dort lagen Schläuche, Schaufeln und kleine Schilder, Markierungstäfelchen für frisch gesätes Obst und Gemüse. An der Wand hingen mehrere Hausnummern aus der Werkstatt von Elmer Gravlakis Vater, ein paar verschnörkelte Zweien und Siebzehnen aus Holz, mit Sandpapier auf Kieselsteinglätte geschliffen, und ich dachte an Elmer, der ständig die Hausnummern aller Leute im Kopf zu behalten versuchte, genauso wie andere Kinder sich bemühten, ihre Fäuste schlagkräftiger zu kriegen.

In drei Minuten mach ich zu!, rief Mr. Jones von seinem Hocker.

Wie bitte?, fragte ich ungläubig. Es ist ja noch nicht mal elf.

Er verzichtete auf eine Antwort.

Ich fand den Dünger in einem grünen Beutel neben einem spitzen Spaten und nahm ihn mit. Ich hatte meinen Vater zwar noch nie im Garten arbeiten sehen, konnte mir eine solche Beschäftigung für einen abgeschlafften Mann allerdings gut vorstellen. Dieser Dünger sah genauso aus wie der im blauen Beutel oder der im roten Beutel, weshalb also sollte ich mir die Mühe machen, Mr. Jones zu fragen? Die erste Hälfte meines Auftrags hatte ich erledigt. In *Gang Fünf* schüttete ich mir eine Hand voll Nägel in die Hand, kalte, kleine, stählerne Zaunpfähle. Ich rührte mit einem Finger darin herum und versuchte, mir eine Ausrede für meine Mutter zurechtzulegen, weil ich mein Versprechen gebrochen hatte, mit leeren Händen zurückgekommen war, eine neue Ära ganz ohne Geschenke eingeleitet hatte, als ich plötzlich, zwei Minuten vor Geschäftsschluss, den Kopf zwei Zentimeter nach links drehte und entdeckte, was ich mir zu meinem zwanzigsten Geburtstag wünschte.

Mein Herz schlug schneller.

Ich wusste es sofort, ließ die Nägel in die Schachtel zurückrieseln und ging hinüber.

Es war nur noch eine Einzige da.

Von einem Haken, hoch oben in der Wand in *Gang Fünf*, hing eine mittelgroße, stabile Axt aus Stahl. Scharf, böse und perfekt. Ich war mir nicht sicher, ob ich jemals zuvor eine gesehen hatte, aber diese hier war genau so eine Axt, wie sie Holzfäller benutzen. Mit einem geschmiedeten, silbrig glänzenden Kopf, aufgesetzt auf einem leichten, gemaserten Holzstiel von der Farbe naturblonder Haare.

Alle machen sich über Leute lustig, die dem Kaufrausch erlegen sind, dabei geht es doch nur um eines: Es geht nur darum, dass man sich urplötzlich so sehr von einem Gegenstand angezogen fühlt, dass man es nicht übers Herz bringt, ihn im Geschäft zurückzulassen. Ich wollte diese Axt unbedingt haben. Ich war für diese Axt geschaffen. Ich war fasziniert von dem anmutigen Schwung des stählernen Kopfes und davon, dass sie genauso aussah, als wäre sie direkt aus dem Wald gekommen. Ich bewunderte ihre Schneide, die so scharf war, dass sie blitzte, und die unbändige Kraft, die dieser Stahl ausstrahlte, einem Panter gleich, der sprungbereit auf dem Holzstiel lauerte. So voller Hoffnung war sie, die Axt dort oben, sie wollte in einer Warmwetterstadt wie dieser gekauft und benutzt werden, in einer Stadt, in der man Häuser ohne Kamine baute. Ich streckte den Arm nach ihr aus, hob sie von der Wand und trug sie geradewegs zu Mr. Jones. Geburtstagsfreude rieselte meinen Nacken hinunter.

Gerade noch geschafft, sagte ich.

Er schaute von seiner Zeitung auf und warf einen Blick auf das Preisschild.

Vierundzwanzig Dollar, sagte er.

Heute ist mein Geburtstag, erzählte ich ihm.

Er faltete die Zeitung zwei Mal zusammen und legte sie neben sich. Seltsame Wahl, meinte er. Der wievielte?

Der zwanzigste, sagte ich.

Er nickte. Kommt ziemlich selten vor, dass jemand an einem Sonntag um diese Tageszeit etwas kauft. Was ein Glück für uns beide, dass ich noch aufhatte.

Ich hätte gern die Axt hier, sagte ich. Und Lakritz.

Vorsichtig nahm er das Preisschild vom Stiel ab und zog anschließend eine rote Lakritzschnur aus einer Dose, die in Höhe seiner Knie stand.

Okay, sagte er. Das macht dann neunzehn Dollar. Ich gebe Ihnen zwanzig Prozent Rabatt, weil Sie heute Geburtstag haben. Plus einen Dollar für das Lakritz. Das sind dann zusammen genau zwanzig. Einen Dollar für jedes Jahr, sagte er und nickte wichtig.

Ich roch die Sonntagsluft, die trocken und unermesslich in seinen Laden strich, ein ganzer Himmel.

Danke, sagte ich. Ich fischte den zusammengeknüllten Fünfziger aus der Tasche und gab ihn Mr. Jones. Fünfzig: ungefähr ein halbes Leben. Ein halber Count-down. Ein L. Ich malte mir aus, wie ich meiner Mutter mit vor Seligkeit überschlagender Stimme erzählte, dass ich endlich, endlich etwas gefunden hatte, was ich wirklich gewollt hatte. Ihre Stirn würde sich glätten, ihr Gesicht ist ganz entspannt, und sie sagt: Ach wie schön, Mona! Was hast du dir denn gekauft?

Was Praktisches, würde ich sagen. Etwas, das ich gut gebrauchen kann.

Mr. Jones zählte mir das Wechselgeld in die Hand. Ich faltete die Scheine und steckte sie zusammen in meine Gesäßtasche: ein Schein, so alt, wie ich gerade geworden war, der andere Schein, so alt, wie ich war, als sich mein Vater von einem kraftstrotzenden Mann, der sich mit mir auf dem Sportplatz Wettrennen lieferte, in jemanden verwandelte, der in Restaurants zum Eiszapfen gefror.

Und vierzig und fünfzig, sagte Mr. Jones, und –

Ich brauche keine Tüte, sagte ich ihm. Ich nehm sie so in

die Hand. Ach ja, und den Dünger da möchte ich auch noch.

Fast hätte ich den kleinen, schlaffen Beutel auf der Ladentheke liegen lassen.

Er tippte den Betrag ein.

Wozu braucht eine junge Dame wie Sie eine Axt?, fragte er. Wollen Sie vielleicht Brennholz hacken? Er lachte über seinen eigenen Witz.

Erinnern Sie sich nicht mehr an mich?, fragte ich ihn.

Er verzog die Nase. An Sie erinnern?, sagte er. An was soll ich mich erinnern? Das macht vier Dollar.

Geistesabwesend strich ich mit dem Zeigefinger über die stählerne Schneide der Axt, und obwohl sie ganz oben an der Wand gehangen hatte, ungeschliffen und unbeachtet, schnitt sie glatt durch die Haut. Aus der Schnittwunde erblühten Blutstropfen. Rosen.

Oh nein, sagte er, sehen Sie sich das an. Augenblick, ich hole Ihnen was zum Abwischen.

Kein Problem, sagte ich, gab ihm einen Zehner und schickte mich zum Gehen an. Ich habe früher direkt neben Ihnen gewohnt, sagte ich. Mona Gray. Links von Ihnen. Daran werden Sie sich doch noch erinnern, oder? Ich war Ihre Schülerin in Mathe, sagte ich. Die Beste von allen.

Er gab mir das Wechselgeld heraus und betrachtete mich, während er von seinem Hocker aus nach einem Papiertaschentuch angelte.

Was haben Sie mit der Axt vor?, fragte er.

Und für welche Zahl haben Sie sich heute entschieden, Mr. Jones?, fragte ich ihn.

Er schaute mich verdutzt an. Ich trat einen Schritt weiter zurück, und er griff brav unter sein Hemd und zog aus dem Kragen eine kleine, akkurate, wächserne 12, ungefähr so groß wie ein Tennisball. Sie hing an einer Schnur und schimmerte matt unter der künstlichen Beleuchtung.

Eine 12, sagte ich.

Eine 12, sagte er. Danke der Nachfrage.

Nicht gerade berauschend.

Nein, sagte er, nicht gerade berauschend.

Nachdem ich ihn danach gefragt hatte, erhellten sich seine Gesichtszüge, öffneten sich, als hätte ich einen Schlüssel umgedreht und seinen Körper betreten.

Aber ich tat genau das Gegenteil – je erwartungsvoller sein Blick wurde, desto entschlossener strebte ich der Tür zu. Ich spürte das Sonnenlicht im Rücken, es wartete, ein Schritt ins Trockene. Ich biss ein Ende der Lakritzschnur ab.

Er war nun ganz von seinem Hocker aufgestanden, schaute mich an, schaute meinen Finger an, aus dem es rot auf das Heft der Axt blutete. Die 12 baumelte um seinen Hals, aber ich war schon zur Tür hinaus, und die Türglocke besang meinen Abgang; das Licht draußen war weiß, die Rasensprenger im Park waren abgedreht, und über dem Rasen hingen nur noch Tiaras aus Tautropfen.

Ich wickelte das Lakritz um mein Handgelenk, nahm den Dünger in die eine Hand und hielt mit der anderen die gleißende Axt hoch in die Luft. Die Schneide wippte im Sonnenlicht.

Herschauen, Leute!, sagte ich laut. Hier seht ihr das, was ich mir immer schon gewünscht hatte, rief ich.

9

Auf der Straße waren zwei der leuchtend orangeroten, gleichschenkligen Kegel umgefallen. Das Café war immer noch gerammelt voll. Das Auto meiner Eltern stand nicht mehr da. Zuerst kreiste ich mit der Axt die Luft um meinen Kopf ein, dann strich ich damit über Baumrinden, und schließlich stützte ich mich auf sie wie auf einen Spazierstock. Ich war begeistert von meinem neuen Geschenk, das meine Liebe zu Geburtstagen neu erweckt hatte. Weniger begeistert war ich von der Tatsache, dass ich mich im Dunstkreis von Marathons herumtrieb, und ebenso wenig begeistert war ich davon, dass mich Mr. Jones nicht erkannt hatte. Und außerdem hatte ich keinen Plan, wie ich es schaffen sollte, am folgenden Morgen in die Schule zu gehen, wo Kinder mit voller Absicht husteten und das auch noch cool fanden. Auf dem Weg zum Haus meiner Eltern trödelte ich herum und lutschte gelegentlich an meinem verletzten Finger, während ich an verlassenen Klappstühlen am Straßenrand vorbeikam. Vor den Häusern standen Familien auf dem Rasen, plauderten miteinander und tranken Eistee. Es war erst kurz nach elf. Die Straßen waren angefüllt mit Sonntagsruhe.

Ich spazierte an dem Haus mit den vielen Blumen vorbei, in dem John Beeze mit seiner Mutter, der Schlachterin, wohnte, und an der grünen Kneipe, in die kein Mensch mehr gehen wollte, seitdem die Fallrohre einer unbarmherzigen Baumwurzel zum Opfer gefallen waren. Wenn es regnete, war das Haus bei den Kids ein beliebter Spielplatz. Mehr als ein Einwohner der Stadt war in seinen Hinterzimmern gezeugt worden.

Auf den Rasenflächen lagen achtlos hingeschmissene Drahtesel mit kreisenden Rädern.

Der Dünger rieselte im Beutel zwischen meinen Fingern hin und her, während ich mir überlegte, wo ich die Axt zu Hause am besten aufbewahren sollte. Die dünne Schneide sirrte leise wie ein Lied.

Ein paar Häuserblocks weiter hörte ich wieder laute Anfeuerungsrufe.

Ich bog um die Ecke. Bis zu meinen Eltern war es noch sieben Häuser weit.

Ich kannte sie alle. Während meiner Kindheit hatte ich jeden einzelnen unserer Nachbarn gekannt. Mr. Jones wohnte immer noch rechts von meinen Eltern, aber links davon hatte früher einmal die alte Mrs. Finch gewohnt. Jedes Jahr hatte sie abscheuliche Kuchen gebacken und alle Nachbarn zu Geburtstagen damit beschenkt. Nie war ihr auch nur ein Jahr durch die Lappen gegangen. Immer hatte sie so lange an der Tür gewartet, bis wir ein Stück davon probiert, genickt und ihr ungeachtet des ekligen, sauren Salzklumpens im Mund ein strahlendes Lächeln geschenkt hatten.

Während ich auf ihr Haus zuging, versuchte ich, den Kopf der Axt auf meinem Schuh zu balancieren.

Mrs. Finch war mir wichtig. Nicht, weil ich sie besonders gut kannte, und auch nicht wegen ihrer Kuchen, die wirklich grauenhaft schmeckten. In ihren letzten Lebensjahren hatte sie nicht mehr gebacken und war eine kränkliche Dame mit Spazierstock, Gehhilfe und Rollstuhl geworden, sie brauchte alle drei, und so überraschte es niemanden besonders, als sie starb. Damals war ich zwölf, und zu der

Zeit waren schon zwei meiner Großeltern gestorben, weshalb der Tod für mich nichts Neues mehr war, besonders nicht der Tod alter Leute. Das wirklich Bemerkenswerte war aber an dem Tag passiert, *bevor* sie starb. An jenem Tag war ich mit meinem Fahrrad an ihrem Haus vorbeigefahren, als ich auf dem Gehweg meine Runden drehte. Obwohl mich die Fußgänger mit vernichtenden Blicken bedachten, fuhr ich immer auf dem Gehweg, aus lauter Angst, ich könnte versehentlich auf die Straße geraten und bis in die Stadt hineinfahren. Wenn ich mit meinem Fahrrad unterwegs war, hatte ich immer das Gefühl, im nächsten Augenblick über den Lenker zu segeln: benommen, benommener, tot.

Als ich also am Haus von Mrs. Finch vorbeifuhr, stach mir ein Stück Einpackpapier vom Schlachter ins Auge, das sich um den Baum im Vorgarten gewickelt hatte. Auf dem Einpackpapier stand in schwarzer Schrift eine Zahl. 84. Ich weiß noch, dass ich sie angesehen und mich darüber gewundert hatte, dass ihre Hausnummer so viel kürzer war als die unsere und dass sie ihre Nummer ausgerechnet am Baum befestigt hatte. Aber vielleicht hatte sie ja auch Mr. Jones in einem Anfall guter Laune dort hingehängt, überlegte ich. Dann kam ich zu dem Schluss, dass es weder ihre Hausnummer war noch dass Mr. Jones etwas damit zu tun hatte, und ich verbrachte eine geschlagene Minute damit, mir den Kopf darüber zu zerbrechen, weshalb sie dort war, ich kramte in meinen Gehirnwindungen nach einer Antwort, während ich in die Pedale trat, an Baumstämme klopfte und Gedanken dachte, an die ich längst nicht mehr gedacht hätte, Gedanken, dazu bestimmt, unerinnert zu bleiben, wäre sie nicht in der Woche darauf gestorben und hätte nicht in ihrer Todesanzeige gestanden, dass sie 84 Jahre alt geworden war.

Und während ich den Schriftzug in der Zeitung betrachtete, sah ich plötzlich die Zahl auf dem Einwickelpapier vor mir. Das hatte was: eine Schönheit und eine Ordnung, die ich mochte. Ich fand es einerseits seltsam, andererseits aber auch perfekt.

Ich riss die Todesanzeige aus der Zeitung und legte sie in die Schublade meines Nachtschränkchens, das ich für außergewöhnliche Dinge reserviert hatte und wo sie sich den Platz mit einem winzigen Marathonläufer aus Plastik, einem spanischen Kaugummipapier und mit dieser welligen Seite aus dem Wäschekatalog meiner Tante teilte, die wegzuwerfen ich nicht übers Herz gebracht hatte.

Geburtstage kamen und gingen, und niemand bekam mehr einen sauren Salzkuchen geschenkt. Ein Jahr lang hatte ich nicht mehr an die 84 gedacht, als es wieder passierte, und diesmal sollte es viel schlimmer sein.

Genau gegenüber von Mrs. Finch stand ein großes, freundliches, gelbes Haus. Heute wohnten andere Leute dort, eine Familie mit elf Katzen, aber damals in meiner Kinderzeit hatten in dem Haus noch die Stuarts gewohnt. Ausgesprochen nette, hoch gewachsene Leute, auch wenn sie die Tröte an meinem Fahrrad nicht mochten und ziemlich sauer reagierten, als ich aus einer Laune heraus eine ihrer goldenen Zuchtrosen geköpft hatte, um sie mir ins Haar zu stecken. Sie hatten drei Kinder, ungefähr in meinem Alter, und ein neugeborenes, nagelneues Baby, das rosarot und knuddelig auf der Decke lag und mit seinen Fingerchen in die Luft griff.

Ich war damals dreizehn Jahre alt und radelte wieder mal den Gehweg auf und ab, als ich eines Nachmittags auf dem Rasen der Stuarts eine Flagge wehen sah. Es war eine Flagge mit einem Kreis drauf, einer großen, schwarzen Null. Ich weiß noch, dass ich dachte, dass die Leute vielleicht einer verrückten Religionsgemeinschaft angehörten, in der man Nullen anbetete. Eine geschlagene Minute überlegte ich hin und her, was das bedeuten könnte, dachte an Gummireifen, an Ringe, an Mondfinsternis.

Bevor ich schlafen ging, durchströmte mich plötzlich ein Gefühl von Sorge, so flüchtig, dass ich mich normalerweise auch daran später nicht mehr erinnert hätte.

Eine Woche später starb ihr Baby. Es war in seiner Krippe gelegen, und Mrs. Stuart hatte das Zimmer verlassen. Als sie zurückkam, atmete das Baby nicht mehr. Einfach so. Sie brachte es auf die Welt; es machte sich davon. Die Welt gefiel ihm nicht. Es ging fort. Mrs. Stuart schüttelte es viele Male, konnte es lange nicht fassen; schaute es immer nur an und stellte dem Baby Fragen: Fehlt dir was? Was ist los? Baby? Sie war ein einziges Fragezeichen, und sie konnte es nicht begreifen, aber ich schon. Mir war es klar. Ich erinnerte mich an die 0.

Hätte ich sie warnen können? Was hätte ich sagen sollen? Ich hörte auf, Fahrrad zu fahren und schickte es an die Seitenwand der Garage in Rente. Autos fuhren vor dem Haus der Stuarts vor, und Leute gingen zu ihrer Haustür mit Terrinen, die sie an ihr Herz drückten, warmes Essen hinter Glas, das auf ihren Hemden feuchte Flecken hinterließ. Die Flagge knatterte und wehte in meinem Kopf. Ich wusste nicht, wie man eine Terrine zubereitete, und ich sprach nie mehr mit den Stuarts. Allerdings brachte ich ihnen einen Ersatz für die Rose, die ich ein paar Monate zuvor abgeschnitten hatte. Ich kaufte eine langstielige, rote Rose im Blumenladen und steckte sie wie eine Fahnenstange neben ihren Rosenstrauch. Eine Rose als Wachtposten. Zum Schutz gegen Rosendiebe. Nach ein paar Monaten zogen die Stuarts und ihre drei Kinder fort, ich glaube nach Florida.

Manche Sorgen liegen einem im Magen wie altes, verdorbenes Essen. Die meiste Zeit verhalten sie sich so still und unbeweglich, dass man sie überhaupt nicht spürt. Wie schön, könnte man versucht sein zu denken. Sie sind verschwunden.

Der Herbstmarathon fand nur einmal im Jahr am letzten Sonntag im September statt. Heute war einer dieser Sonntage – außerdem der von Geburtstag, Dünger, Äxten, Frühstück. Die Marathonstrecke verlief durch sämtliche Wohnviertel, und die kleine Gruppe der Läufer aus unserer Gegend trainierte monatelang darauf hin, die Stadt in Schleifen zu umrunden. Knappe Lycra-Shorts, schwer muskelbepackte Oberschenkel. Schuhe, weich wie Slipper.

Von den Leuten, die ich kannte, lief nie jemand beim Marathon mit. Ich stellte keinen Klappstuhl auf, um zuzuschauen, weil ich es nicht über mich brachte, die Leute beim Laufen zu beobachten, die Ausbuchtungen ihrer Muskeln zu sehen, die sich in ihren Beinen bewegten wie lebendig gewordene Geometrie. Ich hatte keine Lust, daran zu denken, dass ich ihn hätte gewinnen können, was übrigens das Einzige war, woran ich beim Zuschauen ständig dachte.

Ich wirbelte den Stiel der Axt durch die Luft, als ich am Haus von Mrs. Finch und am alten Haus der Stuarts vorbeikam, an einem Klappstuhl nach dem anderen, und als ich mein Ziel erreicht hatte, sah ich im Vorgarten meiner Eltern eine Marathon-Startnummer, hingeweht auf dem Rasen, deren Kanten sich im Wind blähten.

Und darauf stand 50.

Ich schaute das Viereck auf dem Rasen an.

50 stand darauf, gar kein Zweifel: Sie gehörte dem Läufer mit der Nummer 50. Schwarze Zahl auf weißem Papier mit orangefarbener Umrandung.

Diesmal saß ich nicht auf meinem Fahrrad. Wenn ich mich heutzutage wieder auf mein altes Fahrrad setzen würde, würden meine Beine auf dem Asphalt nachschleifen. Ich ging zur Startnummer hinüber und hob sie auf. Sie war aus reißfestem Material – kein Papier, aber auch kein Stoff; irgendein giftiges Gewebe, produziert in einem fernen Land und in Kisten herübergeschafft auf einem großen, stählernen Schiff.

Meine Mutter war älter als mein Vater. Im Juli war sie 53 geworden. Bis zu seinem Geburtstag war es noch einen Monat hin.

Ich ließ meine Finger über die Ziffern gleiten; sie waren dick und dunkel und unmissverständlich. 50.

Früher glaubte ich immer, dass der Tod sich irgendwo in unserem Körper versteckt hält: wie eine Münze hinter der Pupille verborgen, hinter einen Daumennagel geklemmt oder als Band um einen Handgelenkknochen gewickelt. Ein spitzer, dunkler Splitter; ein frei schwebendes, bleiches Schrotkorn. Bei jedem Menschen woanders. Jede Lebensspanne vorbestimmt. Am Tag des Todes breitet er sich im ganzen Körper aus wie ein warmes, geplatztes Badekügelchen. Bis dahin wartet er ab – eingekapselt und still. Wenn man wüsste, wo man suchen sollte, würde man ihn finden, schlafend im Bogen der Ohrmuschel, wo er geduldig auf seinen großen Tag wartet. Diejenigen Menschen, die schreckliche Autounfälle überleben: noch nicht ihr Tag. Diejenigen Menschen, die an einem verdorbenen Hamburger sterben: Ihr Kügelchen war geplatzt. Um Wahrsagerinnen schlug ich immer einen großen Bogen. Was, wenn eine ihr Geschäft wirklich verstanden und ihn entdeckt hätte? Ihn unter dem Daumennagel hervorgeholt, ans Licht gehalten und es mir gesagt hätte?

An diesem oder jenem Tag. Zu dieser oder jener Stunde. Du hast noch so und so viel Zeit.

Aus zwei Gründen halte ich mich von Wahrsagerinnen fern. Erstens: was, wenn sie mich ansieht und sagt: *Mona.* Und ihre Stimme verdunkelt sich: Arme Mona. Sie kann ihr Mitleid nicht verbergen. Sie sagt: Du wirst jung sterben, du wirst als Mädchen sterben, das seinen Platz im Leben noch nicht gefunden hat. Dein Herz wird stillstehen, bevor es an der Zeit ist.

Ich drehe mich um und gehe aus dem Zelt mit hängenden Schultern und gelähmtem Körper.

Aber unter dieser Angst lebt die andere Angst, die weniger klare Angst, die brodelnde Flut: was, wenn sie sagt, ach, *Mona*, und ihre Stimme jubiliert: ach Mona, du wirst ganz lange leben. Du wirst dein Leben genießen, und es wird ein wunderbares Leben sein.

Diese 50 hatte nichts mit mir zu tun; ich wohnte woanders. Sie hatte nichts mit meiner Mutter zu tun; sie war ja schon darüber hinaus.

Ich stand auf dem Rasen, die Blätter auf dem Baum vor dem Küchenfenster flimmerten in der Brise, und ich konnte mir vorstellen, wo er gerade war. Vor dem Fernseher, nur halb bei der Sache, er horcht in alles hinein, was unter seiner Haut lebt: Gallenblase? Funktionstest. Leber? Funktionstest. Herzschlag? Funktionstest. Gehirn? ABCDEFG – Funktionstest. Er spürt, dass sie da ist, dass sie im Haus herumwerkelt und gnadenlos Reklame wegschmeißt. (Den Kupon da brauch ich nie, murmelt sie. Teppichreinigung? Blödsinn. Ab in den Müll. Beim Wegschmeißen ist sie einsame Spitze.)

Ich stand auf dem Rasen, die Startnummer zu meinen Füßen raschelte, die Blätter des Baums über dem Küchenfenster raschelten, und die beiden Menschen, die ich auf der ganzen Welt am meisten liebte, waren durch Wände von mir getrennt.

Ich ging noch nicht hinein. Ich stellte mir die Stuarts in Florida vor. Die Kids inzwischen fast erwachsen. Braun gebrannt. Meister im Brustschwimmen. Ich denke an die jetzt jüngste Stuart – Joanna. Sie war zehn, als das Baby starb. Sie ist mit ihrem ersten Freund in seinem Wohnzimmer, und er hat einen neugeborenen Bruder, ein Baby, das neben ihnen in einem Stubenwagen schläft. Der Freund fragt sie: Magst du Babys?, und sie sagt: Babys? Babys? Hab noch nicht darüber nachgedacht. Er fragt nicht weiter; seine Befragungspflicht hat er erfüllt, und jetzt zieht er ihr das Shirt aus. Während sie zum ersten Mal in ihrem Leben Küsse auf ihrer Brust spürt, ein Gefühl, süßer als Schmerz, ein stechender Schmerz, ein geheiligter Schmerz, denkt sie an die cremigweichen Bewegungen in dem Stubenwagen. Es ist ein Mädchen gewesen. Ihre einzige Schwester. Die Jüngste. Von Rechts wegen hätte sie alle überleben müssen.

Meine Augen sind geschlossen, aber ich sehe ihn im Haus: Mein Vater, 50, sitzt allein vor dem Fernseher. Wenn ich mich ganz stark konzentriere, höre ich die künstlichen Stimmen aus dem Fernseher durch das geöffnete Fenster zu mir herausdriften.

Ich bewege mich noch nicht.

Irgendwo am anderen Ende der Stadt durchbricht der schnellste und ausdauerndste Bürger der Stadt das Band und gewinnt den Marathon.

TEIL ZWEI:

50

10

Am College war mein Vater ein Sprintstar. Einmal zeigte er mir Fotos in seinem Album, er in einer Reihe mit gut zehn anderen Jungs, allesamt mit knubbeligen Knien und viel zu nackten Oberschenkeln; damals war die Sportmode noch anders. Die schreckliche Verletzlichkeit seiner nackten Haut war mir ziemlich peinlich, aber dann blätterte er weiter, und zu meiner Überraschung kamen alle Preise, die er gewonnen hatte, zum Vorschein – blaue Bänder, eingequetscht in Schutzfolien, die das Album beinahe sprengten. Erster Platz auf der Kurzstrecke über fünfzig Meter. Erster Platz in der Staffel – er war Schlussläufer gewesen. Erster Platz beim Weitsprung. Der verblüffte mich. Echt?, fragte ich nach und las noch einmal die Fragmente der Goldschrift auf dem blauen Satinband. Er nickte. Seine Hände mit den sorgfältig manikürten, bleichen Fingernägeln, die auf der Seite des Albums ruhten, sahen mir im Moment eher danach aus, als hätten sie sich noch nie schnell bewegt.

Er war es gewesen, der mich zum Laufen angespornt hatte, und bevor er krank wurde, waren wir um die Wette gelaufen, dass der Sand nur so spritzte und meine Lungen vor Anstrengung pfiffen. Ich gehörte zur Mannschaft der High School, aber als ich richtig gut wurde, hörte ich natürlich – wie konnte es anders sein – auf. Meinem Vater erzählte ich, dass es einfach nicht das Richtige für mich war – zu wettkampfbetont, so drückte ich es aus. Meinem Vater war es recht, aber meine Trainerin verstand die Welt nicht mehr. Sie versuchte, mit mir zu reden, aber ich sagte nur ein paar abgedroschene Phrasen auf: Meine schulischen Leistungen würden leiden, erklärte ich, woraufhin sie mir süffisant meinen Beurteilungsbogen unter die Nase hielt. Keine Ahnung, woher sie ihn hatte. Aber deine Zensuren sind doch ausgezeichnet!, sagte sie. Ich will in meinem Leben eben andere Prioritäten setzen, erklärte ich. Sie senkte den Kopf und sprach mit dem Fußboden. Es gibt kaum etwas auf der Welt, das so schön und so schlicht ist wie Laufen, sagte sie.

Ich wollte mir das nicht länger anhören, drehte mich um und ging. Im selben Jahr sah ich mir zwei Leichtathletik-Wettbewerbe an, hatte aber nur Augen für die Fehler, die alle machten, und wäre am liebsten losgerannt und hätte es allen gezeigt. Also hörte ich auf hinzugehen. Beim Abschlussfest an der High School kam die Trainerin zu mir herüber, um mir Glück zu wünschen. Sie trug ein Kleid, in dem sie ziemlich lächerlich aussah.

Viel Glück, Mona, lächelte sie und nahm mich in die Arme. Ich spürte, wie mir die Tränen in die Augen stiegen. Ihre Umarmung war locker und leicht. Ihnen auch, sagte ich. Sie lächelte und beugte sich dann näher zu mir.

Jetzt kannst du mir ja sagen, warum du wirklich aufgehört hast?, raunte sie.

Hinter uns umarmten unzählige meiner Klassenkameraden in ihren grünen Roben und grünen Hüten diverse Eltern. Ich hatte das schon hinter mir; stolz hatte meine Mutter mein Gesicht in ihren Händen gehalten, und mein Vater hatte gestrahlt und mich gelobt und sich dann erschöpft hingesetzt. Ich wandte mich wieder der Trainerin zu. Die gelbe Quaste auf meinem Hut hüpfte seitlich von meinem Augenwinkel auf und ab wie ein weit entferntes Haus.

Ich hab aufgehört, weil Gewinnen einsam ist, sagte ich.

Ihr Gesicht rückte von mir ab. Natürlich hatte sie einen Jungen hinter meiner Entscheidung vermutet.

Aber wenn du nur aus Spaß an der Freude gelaufen wärst – meinte sie.

Ich fiel ihr ins Wort. Ist ja auch egal jetzt, sagte ich. Meine Stimme klang unbeteiligt. Ich tätschelte ihre Schulter.

Danke für alles, sagte ich und ging davon.

Am nächsten Morgen, nachdem ich die Marathon-Startnummer 50 gefunden hatte, wachte ich voll bekleidet auf. Der Wecker zeigte leuchtend auf 4:30, jede Ziffer sah aus wie ein Haus aus schmalen, roten Parallelogrammen. Ich griff in meine Tasche; natürlich war sie da. Ich zog sie heraus und faltete sie auseinander. Die Zahlen waren unmissverständlich, und wieder erblühte die Furcht, eine ekstatische Blume, in meinem Magen.

Ich war gewarnt worden. Normalerweise wird niemand gewarnt. Ich wollte Holz heiraten. Ich wollte ein paar Vierkanthölzer zerbeißen, wollte in einen Baum kriechen, wollte mir Ulmenholz in die Aorta schieben, das Vorrücken jeder Sekunde würde Wiener Walzer mit dem Glück sein.

Ich war sofort hellwach. Stand auf. Ging in die Küche. Meine Schuhe hatte ich ja schon an. Ich hatte die ganze Nacht in den Schuhen geschlafen. Ich öffnete den Schrank unter der Spüle und holte die Axt heraus, die ich dort hineingelegt hatte, als ich nach Hause gekommen war. Das Blatt roch nach zitronenfrischem Geschirrspülmittel.

Der Stiel rutschte in meinen verschwitzten Handflächen, aber die Axt schimmerte im Dunkeln wie das kalte Blinken der Hornhaut eines Reptils, und ich setzte mich mit ihr auf die Wohnzimmercouch in dem fahlen Zwielicht kurz vor Einbruch der Morgendämmerung und war gespannt auf das, was kommen würde.

51: ein Summen, direkt um die Ecke.

Am Tag zuvor, als ich es nicht länger ertragen konnte, die 50 auf dem Rasen anzusehen, hatte ich sie zusammengefaltet, in meine Tasche gesteckt und die Axt unter der Hecke verborgen. Dann war ich ins Haus meiner Eltern gegangen. Nachdem ich mich zusammen mit meiner Mutter mit Geburtstagskuchen voll gestopft hatte, schaute ich mit meinem Vater stundenlang in die Glotze. Er verkündete, dass er Kuchen nicht vertragen konnte, und trank nur Mineralwasser mit einem Strohhalm. Er sah genauso aus wie sonst. Meine Mutter wollte wissen, ob ich im Haushaltswarenladen auch etwas für mich gefunden hatte, und ich sagte Nein? mit Fragezeichen, und sie bedachte mich mit einem seltsamen Blick. Ich werd mir schon noch was kaufen. Ich brauche einen Duschvorhang.

Als ich gehen wollte, begleitete sie mich zum Vorgarten hinaus.

Inzwischen war es Nacht geworden, und der Himmel war übersät mit Sternen, ein geometrischer Traum von Stecknadelköpfen. Sie sagte, dass sie sich noch an meine Geburt erinnerte. Ich sagte ihr, dass sie das mittlerweile getrost vergessen konnte. Sie berührte mich am Arm und sagte: Mona, du hast noch so viel vor dir, das spüre ich ganz tief drin.

Für mich hörte sich das wie eine Drohung an. Tschüss, sagte ich.

Sie stand unter dem Baum im Vorgarten, und eine weiße Blüte schwebte an ihrer Wange vorbei zu Boden, wie ein riesiger, watteweicher Ohrring.

Mona, sagte sie. Und mit einem durchdringenden Blick schaute sie mich an, durchstach damit die nächtliche Bläue, so durchdringend, dass ich zu erstarren, zu verkümmern, mich aufzulösen drohte. Ich schüttelte den Kopf, um dagegen anzukämpfen, streckte eine Hand aus und berührte den Baumstamm. Zwischen der Rinde und dem durchdringenden Blick meiner Mutter spürte ich eine Art Schimmern in der Luft. Ich konnte es nicht ertragen.

Ich ruf dich morgen an, sagte ich.

Sobald die Tür ins Schloss gefallen war, und ich wusste, dass sie im Haus war, rannte ich zur Hecke und holte die Axt hervor, deren Blatt in der Nachtluft abgekühlt war. Als ich den Stiel in der Hand spürte, überflutete mich eine Welle der Erleichterung. Wenn ich die Handfläche ganz fest um den Holzstiel presste, brauchte ich keine Baumstämme zu berühren.

Zittrig vor lauter Schlafmangel, konnte mich in meiner dunklen Wohnung um 4:40 Uhr früh nichts besser beruhigen, als diesen hellgelben Stiel in der Hand zu spüren und das blitzende Heft aus Stahl anzuschauen.

Es kam mir richtig vor. Es kam mir möglich und nützlich vor: mich der Truppe anzuschließen.

Ich überlegte mir verschiedene Alternativen.

Das Einfachste wäre ein Finger oder ein Zeh. Die unauffälligste aller Alternativen. Ein Finger würde auffallen, aber einen fehlenden Zeh könnte ich verstecken, notfalls mein ganzes Leben lang. Ich trage nie Sandalen.

Aber nein. Das Opfer wäre nicht groß genug.

Ich könnte eine meiner Kniescheiben abhacken, diesen flachen Kiesel eines Knochens, sie polieren und als Briefbeschwerer benutzen, sie der Direktorin als Mitbringsel aus den Ferien für ihren ohnehin schon überquellenden Chefschreibtisch schenken.

Ich könnte mir die Ferse abschneiden. Ich könnte mir die Hand abschneiden. Ich könnte mir den Arm abschneiden. Ich könnte mir noch mehr abschneiden.

Ohren. Augen. Nase. Waden.

Hände. Beine. Brüste. Fäuste.

Die Axt war unschuldig, strahlend und männlich. Mein

Magen rebellierte, diesseits des Erbrechens, aber mitten drin spürte ich das unverkennbare Sprudeln der Erregung. Jetzt, in diesem Augenblick, konnte ich mein Leben verändern. Ich konnte mich unterscheidbar machen und mich so mein ganzes restliches Leben unterscheiden, und jetzt – diese Sekunde – war der Moment, in dem sich alles verändern sollte.

Zack. Das neue Ich. In der Presse. Im Fleischerladen. Gelesen von Mr. Jones auf seinem Hocker im Haushaltswarenladen. Wetten, dass Sie sich jetzt an mich erinnern, an das einzige Mädchen in der Stadt mit keinem Kopf auf den Schultern?

Ich umklammerte den Stiel der Axt. Dumme Mona, sagte ich, und fast wäre ich aufgestanden und hätte sie weggelegt, aber ich rührte mich nicht von der Stelle, weil ich nicht wollte. Die Axt fühlte sich in meinen Händen so gut an, so stark und so präsent, so ebenmäßig und so stabil, und diese 50 lag auf meinem Bett, grell und unübersehbar.

Ich packte den robusten Holzstiel fester, stand von der Couch auf und legte mich auf dem Teppich flach auf den Rücken. Ich starrte zur Zimmerdecke und hob die Axt hoch. Sie war schwer, und als ich sie blinzelnd anschaute, dachte ich daran, was ich tun könnte. Mein Herz schlug laut, und Erregung und Furcht durchrieselten meinen Körper, Schwindel erregend und leicht, und ich rappelte mich auf, stand auf und war kurz davor, Luftblasen wie Glocken zu rülpsen. Ich hielt die Axt in der rechten Hand ausgestreckt nach oben und malte es mir aus: Wie mein Arm nach unten schwingt, in einem weiten Bogen nach unten schwingt, und wumm, krach, wo der Schwung endet, gräbt sie sich tief ein. Ssschht, friedlich, dösig, wie im Traum, fällt das Mädchen, ssschht, kippt seitlich weg, fällt, etwas wurde getroffen, Bauholz, sie liegt da, ein tiefer Schnitt klafft in ihrem Bein, ich blute über den ganzen Teppich, aber da ist das Handtuch!, und da ist mein Vater!, und wenn jemand mich in dem gläsernen Krankenhaus fragt, während sie meine unheilbare Wunde zu heilen versuchen, wenn sie mich mit spitzen Stimmen befragen, was passiert ist, dann sage ich mit klarer Stimme: Ich habe mich gefällt.

Und dann bin ich eine ganze Weile Tagesgespräch im Krankenhaus. Durch dieses Glanzstück bin ich auf einen Schlag berühmt.

Mein Arm war oben, Axt oben, hoch oben, und ich stellte mir vor, ich wäre dieses Mädchen, das gefiel mir, das berauschte mich: Ich humple ins Krankenhaus und ziehe eine Blutspur hinter mir her; ich bleibe kurz vor dem Eingang stehen, wo das Gebäude vor mir himmelwärts strebt wie weites, hartes Wasser; ich bin im Lift, ich bin in einem Zimmer, will mich davonstehlen, bereite meine Flucht vor, damit ich zum Haus meiner Eltern humpeln und ihnen berichten kann: Ich habe es getan! Ich habe die Familie gerettet; meine Haare sind bezaubernd verwuschelt, und das Krankenhaus-Nachthemd bauscht sich auf wie ein Hochzeitskleid, und ich bin genauso erlaucht wie alle anderen, und ich bin ein Teil der Mannschaft, ich spiele in der Mannschaft mit, und dann, ausgerechnet, mittendrin, mitten unter all den Leuten, fiel mir Lisa Venus ein.

Sie ist auch im Krankenhaus, hat sich verlaufen, schaut aus einem blauen Fenster in die dunkelblaue Nacht, sucht nach der anderen Station, beide sind wir eingekerkert in dieser meisterhaften Glaskonstruktion. Von meinem Bein fehlt ein Stück, und vielleicht habe ich keinen Fuß – wer weiß –, und sie spaziert durch die Gänge, die kleine Lisa, hält eine Zeichnung in der Hand und erkundigt sich, wo Krebs ist, weil dort ihre Mutter wohnt.

Und sie entdeckt mich. Miss Gray!, ruft sie. Was machen Sie denn hier?

Aber ich liege schwach im Krankenbett, habe nicht genug Blut, und ich schaffe es nicht einmal, mich aufzusetzen. Ich kann ihre Gedanken lesen: Sie denkt, dass ich ohne Make-up schlecht aussehe. Die Krankenschwester läuft schnell auf sie zu, weil sie nicht möchte, dass dieses kleine Mädchen mit ihrer hübschen Zeichnung mit Totenköpfen und gekreuzten Knochen, dass dieses kleine Mädchen sich mit dieser Verrückten unterhält, die sich für einen Baum hält, den man fällen kann.

Miss Gray, sagt Lisa, verzieht das Gesicht und sieht aus, als wollte sie jeden Augenblick in Tränen ausbrechen.

In meiner Wohnung ist mein Arm himmelwärts gestreckt, und die Axt wackelt in meiner Hand, und ich bin zur Statue erstarrt. Ich will wissen, ob ich es tun kann. Werde ich es tun? Werde ich mich kennzeichnen?

Im Krankenhaus sage ich zu Lisa: Keine Angst, ich bin nur zu Besuch. Ich wollte ohnehin gerade gehen.

Ich versuche vom Bett aufzustehen, aber in meinem Kopf dreht sich alles vor Schwäche, und die Schwester hält Lisa an der Schulter gepackt und führt sie fort. Ich höre, wie sie im Flur zu weinen anfängt. Sie bringen sie jetzt auf die Krebsstation. Alle dort haben eine Glatze. Was kein schöner Anblick ist, und es ist auch schlimm; aber mit einer Glatze hat man keine Haare, die man sich NICHT bürstet, und deshalb sieht man nicht struppig und verrückt und schlampig und alt aus. Man sieht nur weniger aus.

Ich kriege es hin, vom Krankenhausbett aufzustehen, ich folge Lisa in meinem Krankenhaus-Nachthemd und stütze mich dabei an der Wand ab. Der Mond scheint durch die Glasscheiben, eine Münze in Blau, und er wirft auf den hellen, gefliesten Boden Schatten von der Farbe des Morgenhimmels. Wir gehen ihre Mutter besuchen. Vor dem dünnen weißen Kopfkissen sieht sie aus wie ein schlafender Totenschädel.

Lisa strahlt vor Lebenskraft. Mir kommt es vor, als hätte sie alles Leuchten versehentlich absorbiert. Sie geht ans Bett und setzt sich auf die Bettkante. Sie legt ihre Zeichnung auf den Nachttisch und fängt an, ein Lied über Kickball zu singen. Ihre Mutter schläft noch. Ich schaue an mir hinunter, durch mein Krankenhaushemd durch, und die Schnittwunde ist so dick und tief, wie sie nur sein kann, ohne etwas verletzt zu haben, und ich versuche, das Hemd darüberzuziehen, damit es niemand sieht, aber Krankenhaushemden tendieren dazu, ein wenig Bein zu zeigen. Wenn sie sich zu mir umdrehte, würde sie es sehen. Ein Stück von mir: Verschwunden. Ich warte, bis sie sich umdreht. Ich warte darauf, dass sie sich umdreht. Ich betrachte ihren Hinterkopf und warte darauf, dass sie es merkt.

Sie. Nein –. Ich hatte Sie mir anders vorgestellt.

Ich stehe an der Wand und mache kehrt. Ich fühle mich nicht wohl. Ich möchte mir Lisa schnappen und mit ihr in die Cafeteria gehen, Eiskrem kaufen, aber ich bin eine Einbeinige mit einem Spalt im Bein, und es fällt mir zunehmend schwerer, mich zu bewegen.

Fangen Sie mich, ruft sie, läuft wie ein Blitz an mir vorbei und rennt vier Mal um den Gang herum, mit vor Anstrengung roten Wangen, lebendig! Lebendig!, atemlos japsend, und ist in der Zeit, in der ich bis an die Tür gehoppelt bin, um ihr nachzuschauen, längst wieder zurück. Was für ein Gesichtsausdruck, als sie sieht, wie wenig ich geschafft habe.

In meiner Wohnung lege ich die Axt aus der Hand.

11

Es war noch dunkel, als ich am Morgen die Wohnung verließ. Ich warf mir die Axt über die Schulter und machte mich auf den Weg zur Schule, schloss mir auf und ging sofort ins MATHE-Klassenzimmer. Knipste das Licht an. Das beleuchtete Zimmer: schummrig. Nicht richtig. Die ausgeschnittenen Zahlen wellten sich in ihren Rahmen. An der Tafel stand noch das Datum von Freitag.

Klassenzimmer sehen nur bei Tageslicht richtig aus. Der Raum machte mich müde.

Ich suchte in den Schränken, bis ich fand, was ich brauchte, zog dann einen orangefarbenen Plastikstuhl an die Wand, schlug ein paar Nägel ein und hängte die Axt hoch hinauf. Ich hängte sie verkehrt herum auf, das Blatt nach links. Als ich fertig war, erwärmte sich das Zimmer allmählich mit Licht, und durch die Gangfenster sah ich, wie der Himmel aufklarte und sich weitete und die ersten Autos durch die Straßen gondelten. Ich setzte mich auf einen Stuhl, legte den Kopf auf das Pult und schlief zu Ende.

Als die Sonne am Himmel stand, flogen die Eingangstüren auf, und eine Horde Kinder stürmte herein, so energiegeladen, dass mir die Zähne wehtaten. Ich stand auf, kochte mir einen Tee und ging dann los, um meine Kleinen zu unterrichten.

Ich zwang mich zur Konzentration. Wir nahmen Adressen und Telefonnummern durch. Die Erstklässler zählten 4 und 5 und 1 zusammen. Niemand verlor ein Wort über den neuen Wandschmuck.

In der dritten Stunde war es natürlich Lisa Venus, die ihn als Erste bemerkte. Sie war noch keine fünf Sekunden im Klassenzimmer, als sie die Axt an der Wand entdeckte. Gefällt mir, die 7, sagte sie und zeigte nach oben. Ich schenkte ihr ein strahlendes Lächeln.

Wofür braucht man so was?, erkundigte sich Mimi Lunelle, als sie in einem pinkfarbenen Kleid mit lauter Schleifchen hereinspaziert kam.

Manchmal hacken die Leute Holz damit, sagte ich, aber bei uns ist das eine 7.

Ann kam zur Tür herein und setzte sich auf ihren Platz. Sie machte ein finsteres Gesicht, hörte kurz zu und sagte dann in ihrem üblichen trockenen Tonfall: Das ist eine Hacke. Und einer 7 sieht das kein bisschen ähnlich.

Mir ging es ein bisschen besser, einfach weil ich die Axt in meiner Nähe hatte, ein Zeugnis meines 20. Geburtstages, des Morgens in meiner Wohnung. Im Hinterkopf spürte ich die 50, einem gerade leer gewordenen Schaukelstuhl gleich, der permanent nachschwingt und permanent einen Teil meines Gehirns besetzt. Sein Geburtstag war in einem Monat. Lisa saß auf ihrem Platz und kramte in einem Haufen mit Knöpfen. Die anderen Kinder saßen ebenfalls auf ihren Stühlen, mit hellwachen Augen, aber zappelig und unausgeschlafen, typisch für einen Montagmorgen. Nach den Krankheitsschüben vom Freitag machten sie mir heute einen mehr oder weniger gesunden Eindruck. Nebenan hörte ich den Bio-Lehrer, der mit klarer, wacher Stimme unterrichtete. Ungekündigt.

Wäre die Schule ein Restaurant gewesen, hätte ich mittlerweile meinen Job hingeschmissen. Die Schürze an den Haken gehängt, mir die Hände gewaschen und wäre abgehauen. Hätte mehr Zeit, mir Sorgen zu machen, mir einen neuen Job zu suchen, den ganzen Tag Zeit, mich zu foltern oder zu verletzen.

Aber stattdessen stemmte ich mich müde und mit schweren Gliedern hoch, verbannte die 50 bis auf Weiteres aus meinen Gedanken und malte ein großes < an die Tafel.

Guten Morgen, zweite Klasse, sagte ich. Heute fangen wir mit etwas ganz anderem an.

Ein Vogelschnabel!, rief Lisa.

Das ist wie ein Mund, sagte ich. Aufgepasst. 1 < 2. Was meint ihr, was das bedeuten könnte?

Der Mund spricht mit der 2, weil er sauer auf die 1 ist, schlug Lisa vor.

Der Mund spricht mit der 2, weil die 1 stinklangweilig ist, sagte Ann.

Der Mund küsst die 2, weil die 1 sich nicht um ihn kümmert, sagte Elmer.

Die 1 ist die Nummer eins, murmelte ein schlecht aufgelegter Danny.

Ich lächelte. Ich hatte sie vermisst. Um ein Haar hätte ich heute gefehlt.

Nun, sagte ich und atmete aus: Nein. Der Mund ist immer hungrig, und die 2 ist größer als die 1. Der Mund will immer das essen, was größer ist.

Mehr ist nicht dahinter?, staunte Lisa.

Ich schrieb noch ein Beispiel auf: 55 > 23.

John zeigte auf. Der Mund frisst die 55, weil sie größer ist, sagte er.

Richtig, sagte ich.

Ich löschte die Tafel.

Sie haben aber ein Stück von der 5 vergessen, sagte Ann und zeigte nach vorn. Nur ein kleiner Strich war noch zu sehen. Ich wischte ihn fort. Solange die Tafel nicht makellos sauber war, konnte Ann sich nicht konzentrieren.

Nebenan in der Biologiestunde stieß einer der Drittklässler einen gedehnten Klagelaut aus.

Diese Zeichen heißen größer als und kleiner als, sagte ich und hob die Stimme. Ich schrieb 44 und 90 an die Tafel.

Holte Ellen nach vorn. Ich schrieb 2800 und 2300 auf. Diese Aufgabe bekam Danny zu lösen. Er malte eine dicke fette > an die Tafel. Mimi vermasselte die 11 und die 111, aber gerade als ich den Unterschied erklärte, hustete jemand nebenan so gottserbärmlich laut, dass es sich anhörte, als hätte er seine Lunge mit ausgespuckt. Aus der Bio-Klasse drang verhaltener Applaus herüber.

Dann tat ich etwas, was ich besser hätte lassen sollen. Ich schrieb an die Tafel: Scheinbar krank. Wirklich krank.

Diese Aufgabe hatte ich Ann zugedacht. Sie kam nach vorn und malte ein gelangweiltes < zwischen die beiden Begriffe. Aber kaum hatte ich die Worte hingeschrieben, als Lisas Energie übersprudelte und sie anfing, auf ihrem Stuhl auf und ab zu hüpfen.

Ich will auch eine aufschreiben!, rief sie, kaum dass Ann die Kreide aus der Hand gelegt hatte. Können wir uns bitte selber Aufgaben ausdenken?

Ich warf einen Blick auf die Uhr. Wir hatten noch elf Minuten. Im Zimmer hingen mehrere Tafeln, also sagte ich, okay, schickte die Kinder an die Tafeln, ließ jedes einen Claim abstecken und ein paar Zahlen aufschreiben. Hinterher würden wir alle gemeinsam entscheiden, welche davon größer und welche kleiner war. Lisa stieß ihren Stuhl fast um, und auch die übrige Klasse ließ sich nicht lange bitten. John schrieb eine 5 und eine 1 000 000 auf, Mimi eine 2 und eine 4, und als Elmer sich gerade anschickte, etwas aufzuschreiben, krakelte Lisa in ihrer großen, flinken, schiefen Klaue die Worte Krank und Autounfall an die Tafel. Was ist größer als?, fragte sie die Klasse.

Alle schauten herüber.

Echt krank oder scheinbar krank?, fragte jemand.

Echt, sagte Lisa.

Die Lisa nervt mich, schimpfte Ann, die immer noch nichts an ihre Tafel geschrieben hatte. Können wir aufhören?

Ich ging zu Lisa an die Tafel und schnappte mir den Schwamm. Das passt nicht zusammen. Die beiden kann man nicht miteinander vergleichen. Schreib etwas anderes auf.

Draußen polterte ein Kind über den Gang und brüllte nach Zitronen.

Die Woche bin ich mit Skorbut dran, hörte ich Ellen Elmer zuflüstern.

Warum nicht?, fragte Lisa. Sie schrieb eine riesige > an die Tafel. K-r-e-b-s, sagte sie. Juhuu. Wie ein Boxchampion warf sie die Arme in die Luft.

Das ärgerte Danny, der zu ihrer Tafel marschierte, eine Kreide aus der Schale nahm und neben Krank das Wort Krieg schrieb. Er malte einen Mund, der auf Krieg gerichtet war, und damit hieß es nun Krieg > Krank > Autounfall.

Krieg schlägt den Popo vom Krebs, sagte er.

Lisa versuchte mir den Schwamm wegzunehmen. Stimmt überhaupt nicht, sagte sie.

Ich konnte ein Flattern der Hilflosigkeit in meinem Brustkorb spüren.

Kinder, sagte ich.

Mimi mischte sich ein. Leute mit einem Autounfall finden das bestimmt nicht witzig, was du da aufgeschrieben hast, beschwerte sie sich affektiert.

Krebs hat überhaupt keinen Popo, sagte Ann.

Popokrebs hat, sagte Danny.

Ich hatte auch einmal einen Autounfall, sagte Ellen. John schaute zu ihr hinüber. Die anderen beachteten sie nicht.

Inzwischen hatte sich Ann an Lisas Tafel gestellt und Hohes Alter unter die anderen Wörter geschrieben. Und ein > davor gemalt.

Stin-kend-öde, leierte Lisa. Sie drückte fest auf und schrieb etwas in riesigen, fetten Buchstaben links neben Krieg. Rechts davon setzte sie ein gigantisches >. Nun hieß es GRAUSAMER MORD > Krieg > Krank > Autounfall. Hohes Alter schwebte still darunter.

Grausamer Mord hat gewonnen!, freute sich Lisa.

Nun versuchte Ann den Schwamm zu fassen zu kriegen und Danny ebenfalls. Als die Worte Grausamer Mord fielen, fing auf der anderen Seite der Klasse Elmer zu zittern und zu beben an. Setzen!, sagte ich. Keiner setzte sich. Ich schrieb Zweite Klasse neben Erste Klasse und malte ein > dazwischen. Elmer lächelte wieder.

Setzen!, sagte ich. Keiner setzte sich.

Wie buchstabiert man bitte Nahkampf Mann-gegen-Mann, fragte Danny, dringlich. Kann ich die Kreide haben?

Wir machen jetzt Schluss, sagte ich. Setzt euch.

Danny zeigte auf die Fahne in der Ecke des Zimmers. Er fuchtelte in der Luft herum. Dich gäb's ja nicht mal, sagte er zu Lisa.

Wer ist am Freitag mit ›*Zahlen und Gegenstände*‹ dran?, fragte ich.

Ich hab gewonnen, rief Lisa.

Danny und Ann bedachten sie mit feindseligen Blicken. Gar nichts hast du gewonnen, sagte Danny.

Die anderen Kinder packten die Schulhefte und Arbeitsblätter in ihre bunten Rucksäcke. Die Uhr tickte zurück.

Ich, sagte Mimi. Ich bring was mit.

Abmarschbereit lauerten die Kinder auf das Läuten und rannten dann in die Pause. Lisa ging zu Danny und Ann hinüber und knuffte beide mit den Fingerspitzen, Danny gab ihr einen Schubs, und Elmer quiekte Attackeee! und im nächsten Augenblick verdichtete sich die Luft, und es roch nach Zirkusarena. Lisa packte Ann am Pferdeschwanz, und in dem Moment, als Anns Gesicht implodierte und Danny die Hände zu Fäusten ballte, ging ich dazwischen, griff mir Lisa und hielt sie zurück, offenbar aber nicht entschlossen genug. Denn binnen einer Sekunde hatte sie sich wieder befreit.

Ihr drei sitzt die ganze Woche auf der Strafbank!, sagte ich und packte Lisa am Handgelenk. Sie versuchte sich loszureißen. Nein!, sagte sie. Kurz bevor Danny das Klassenzimmer verließ, lief er zur Fahne und sagte ganz leise etwas zu ihr, als wäre er in der Kirche.

Die ganze Woche!, bekräftigte ich und schrieb ihre Namen an die Tafel. Und zwar alle!

Lisa wand sich aus meinem Griff und rannte schnurstracks zu Anns Tafel, wo sie Lisa und Ann schrieb und ein > zwischen beide Namen setzte. Ha!, kreischte sie und schoss zur Tür hinaus.

Ann löschte die Tafel mit zwei Wischern und warf mir einen verächtlichen Blick zu, bevor sie hinausging. Ganz offensichtlich haben Sie die Klasse nicht im Griff, Miss Gray, sagte sie. Ihr Blick war kalt.

Als sie draußen war, setzte ich mich auf die Tischkante und schaute mich um. Auf Elmers Tafel stand Gutes Ich > Böses Ich.

Ich fing an zu zittern. Aber auch ein bisschen zu lachen. Meine Hände bebten, und ein paar Tränen lösten sich. Als ich mir gerade über die Augen wischte, klopfte es, und die Direktorin kam herein. Ich lief an Lisas Tafel und löschte sie.

Guten Morgen, Mona, sagte sie und beäugte die Reste von GRAUSAMER MORD, die gerade von der Tafel verschwanden.

Sie warf einen Blick in die Runde, registrierte die leere

Kreideschachtel und die verstreuten Knöpfe. Die Axt hatte sie offenbar nicht entdeckt.

Wie ich sehe, macht den Kindern Ihr Unterricht Spaß, stellte sie fest.

Ich wartete auf meine Kündigung, nachdem ich am letzten Freitag dem Bio-Lehrer gekündigt hatte.

Was haben Sie heute mit den Kindern durchgenommen?, wollte sie wissen.

Ach, nichts Besonderes, sagte ich und blies den Kreidestaub vom Schwamm. Ich löschte Krieg > Krank aus.

Die Direktorin setzte sich in eine Bank, wo sie in ihrem elfenbeinfarbigen Kostüm, dem perfekten Kleidungsstück für einen Montag, seltsam aussah.

Ich wollte Sie um einen Gefallen bitten, Mona, sagte sie.

Ich blieb im wirbelnden Kreidestaub an der Tafel stehen. Ich würde mich nicht entschuldigen, dass ich den Bio-Lehrer gefeuert hatte. Das ist unmöglich, wollte ich ihr sagen. Insgeheim übte ich schon mal dafür.

Ich hätte gern, dass Sie ein Auge auf Lisa Venus haben, fuhr sie fort. Ihre Mutter macht sich Sorgen um sie, kann sich aber nicht so um das Kind kümmern, wie sie es gern möchte. Wie es aussieht, sind Sie Lisas Lieblingslehrerin (ich wurde rot, obwohl ich wusste, dass es stimmte), und wir machen uns auch Sorgen um sie. Allem Anschein nach hat sie letzte Woche Zigaretten in ihrer Pausenbrotdose in die Schule gebracht.

Ach das, sagte ich und gewann allmählich wieder Oberwasser. Aber doch nicht zum Rauchen.

Sie haben davon gewusst?, fragte die Direktorin.

An diesem Tag war das ihr Themen-Lunch, erklärte ich. Milzwurst und Margarine, ein Getränk mit Süßstoff und Zigaretten.

Die Direktorin lächelte gequält. Mmmmm, sagte sie. Ulkig. Schon klar, was das für ein Thema war, oder?, fragte ich. Mona, fuhr sie fort, Sie sollten mich immer informieren, wenn Sie merken, dass ein Kind Zigaretten in die Schule mitbringt.

Ich werde auf sie aufpassen, meinte ich.

Schön, sagte sie offenbar erleichtert. Sehr schön. Äh, da ist noch etwas, Mona, sagte sie.

Sie ging zur Tür und schloss sie.

Lisa ist ein ziemlich verstörtes kleines Mädchen, sagte sie. Wir machen uns ernsthaft Sorgen um sie.

Ich nickte ungefähr fünf Mal. Die Uhr tickte wieder zurück, blieb stehen, tickte vorwärts. Ich sagte: Wer ist wir?

Die Leute im Krankenhaus, sagte sie. Die Ärzte. Ihre Mutter. Sie haben den Eindruck, dass sie sich seltsam benimmt. Sie streckte einen Arm aus und begann, die herumliegenden Stifte auf dem Tisch in die Schachtel zu legen. Sie ordnete sie akkurat nach Farben. Die blauen neben die grünen, die roten neben die orangeroten. Mich machte das ganz kribbelig. Ihre Stimme wurde ein Dezibel leiser. Die Geschichte mit ihrer Mutter ist Ihnen natürlich bekannt.

Ich nickte. Sie ist mir natürlich bekannt, sagte ich.

Die Enttäuschung darüber, dass ich es schon wusste, war ihr anzumerken.

Sie rechnen irgendwann im nächsten Frühling damit, sagte sie.

Am liebsten hätte ich ihr die Haare büschelweise ausgerissen.

Kann es sein, dass ich mich täusche, sagte sie, oder stand da auf der Tafel eben noch Grausamer Mord?

Ich tat so, als klopfte ich Kreidestaub aus meinen Klamotten. Nicht so wichtig, sagte sie. Ich bin jedenfalls froh, dass wir uns ausgesprochen haben. Schönen Nachmittag noch, Mona. Wir sehen uns ja später noch bei der Schulanfangsfeier.

Schulanfangsfeier?, fragte ich nach.

Sie verzog den Mund.

Heute Abend, sagte sie. Ich habe einen Zettel in Ihr Fach gelegt. Übrigens liegen da bereits mehrere Zettel von mir.

Ich habe ein Fach?, fragte ich.

Sieben Uhr, sagte sie kurz. Bis später dann.

12

An jenem Abend vor der Schulanfangsparty ging ich die drei Straßen zu Fuß zum Haus meiner Eltern, um zu sehen, ob es meinem Vater schlechter ging. Das Auto meiner Mutter stand nicht in der Einfahrt, was bedeutete, dass sie noch im Reisebüro saß und an ihren Broschüren arbeitete. Aber ich ging trotzdem rein. Drinnen war es dunkel, der Fernseher ausgeschaltet, und wie es aussah, war keiner da, bis ich aus den Augenwinkeln heraus eine Bewegung wahrnahm. Ich schaute durch das Wohnzimmerfenster, dessen Scheibe im Dunkeln völlig klar war, und durch die Scheibe sah ich meinen Vater, der mutterseelenallein mitten im Garten auf dem Rasen stand, mit konzentriertem, ernstem Gesichtsausdruck, das linke Bein wie zum Hürdenlauf nach hinten gestreckt.

Hallo, rief ich durch die Scheibe. Was machst du da draußen? Als er meine Stimme hörte, zuckte er zusammen, drehte sich aber nicht zu mir um. Er machte seltsame Sachen mit seinen Armen, stieß sie von seinem Körper nach außen und versuchte anschließend seine Füße zu berühren. Ich ging nach draußen.

Es roch mehr nach Herbst als im Herbst, und ich konnte mir keinen Reim darauf machen, bis ich sah, dass er einen Kreis in den Rasen gebrannt hatte. Es sah aus wie ein Brandzeichen, ein Kreis mit einer Öffnung auf einer Seite, eine Form, ungefähr so:

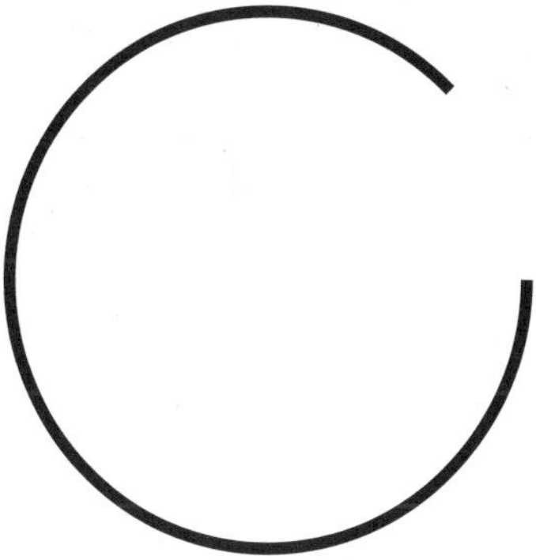

Und er stand mittendrin.

Hallo, sagte ich lauter, war besorgt, wusste nicht, was hier vor sich ging.

Was tust du da? Ich bin's, Mona.

Er drehte sich halb zu mir um. Es war ihm sichtlich peinlich.

Ich wollte vor der Schulanfangsparty nur schnell mal vorbeischauen, sagte ich. Ist alles in Ordnung?

Er blieb im Kreis stehen. Ich will nur etwas ausprobieren, was ich in einem Buch gelesen habe, sagte er. Ein Professor der Medizin, der in Harvard studiert hat, hat es geschrieben. Das sieht bestimmt idiotisch aus. Es nennt sich *Gesundheit und ihre Form*, sagte er und deutete auf das verbrannte Gras ringsum. Ein wissenschaftliches Buch. Extra für Sportler geschrieben, sagte er.

Ich kam näher heran.

Nicht hereinkommen, bat er mit banger Stimme. Hier drin ist nur für einen Platz.

Ich blieb, wo ich stand. Er wechselte vorsichtig vom linken auf das rechte Bein. Also, in dem Buch steht, dass die Krankheit dort hinausgeht, sagte er und zeigte auf die Öffnung. Man muss sie nach außen stoßen. Wegstoßen. Ich will's wenigstens mal versuchen. Darüber gibt es wissenschaftliche Studien. Er schreibt, dass Olympiateilnehmer das machen, wenn sie krank sind. Komischerweise hat das ziemlich vielen Leuten geholfen. Er atmete aus, mit leicht rasselndem Atem, zog das rechte Bein an, beugte den Oberkörper und versuchte, seine Füße zu berühren. Vor dem Hintergrund des Nachthimmels bildete sein Rücken eine krumme Silhouette. Ich muss nur noch ein paar Minuten im Kreis bleiben, sagte er und sprach den Boden an. Hast du gesagt, dass du in die Stadt gehst? Kannst du mir einen Gefallen tun?, fragte er.

Ich stand da und schaute ihm zu. Ich hatte das bestimmte Gefühl, dass ich lieber nicht hätte kommen sollen. Dieser Akt der Hoffnung hatte etwas so Grausames und Intimes an sich, dass es mich anwiderte, ihn hier draußen zu sehen, mitten in einem Kreis, in dem er mutterseelenallein Dehnübungen machte, bevor seine Frau von der Arbeit kam, wo sie Touristen begrüßte und dabei selbst seit zehn Jahren keinen Fuß mehr vor die Stadtgrenzen gesetzt hatte.

Er schaute nicht zu mir herüber. Natürlich kann ich dir was aus der Stadt besorgen, sagte ich. Ich streckte die Hand zu einer Kübelpflanze aus und klopfte auf die spindeldürren Äste.

Bringst du mir von Jones wieder einen Dünger mit? Deine Mutter wird bestimmt nicht begeistert sein, wenn sie den Rasen in dem Zustand sieht. Der letzte Dünger, den du mitgebracht hast, war super, aber es ist nichts mehr da.

Mach ich, sagte ich und klopfte weiter. Ich geh gleich hin. Tut mir Leid, dass ich so unangemeldet hereingeplatzt bin. Geht's dir einigermaßen? Meine Stimme klang einen Tick höher als sonst.

Er wandte den Kopf zu mir hin, ohne den Blick von der Öffnung im Kreis zu wenden.

Danke, Kleines, sagte er. Weißt du, ich möchte einfach nichts unversucht lassen.

Ich drehte mich um, wollte ihn in Ruhe lassen und von hier verschwinden, weil ich kurz davor war, in Tränen auszubrechen, als er geräuschvoll ausatmete, sich streckte, aus dem Kreis heraustrat und mit aschfahlem Gesicht auf mich zukam. Ich wich nach drinnen ins Wohnzimmer aus.

Hübsches Kleid hast du da an, sagte er. Was macht die Schule?

Soll ich dir den gleichen Dünger wie letztes Mal mitbringen?, erkundigte ich mich. Geht's dir schlechter?

Er setzte sich auf die Wohnzimmercouch, zog ein Papiertuch aus der Schachtel und wischte sich damit über die Stirn. Nachdem ich ihn nicht ansehen wollte, starrte ich in den mittlerweile leeren Garten hinaus und überlegte mir, wohin die Krankheit wohl verschwinden sollte, nachdem sie den Kreis verlassen hatte. Ich stellte mir einen riesigen Heuschreckenschwarm im Garten vor. Abgestorbene Blätter und durchlöcherte Blüten. Eine sirrende Dunkelheit. Aber da draußen sah alles so grün aus wie immer. Und hier drin war alles so lauwarm und beige wie immer.

Extra für Sportler, hatte er gesagt.

Mein Vater setzte sich auf die Couch. Ist egal. Bring mir einfach irgendeinen Dünger, sagte er.

Auf meine zweite Frage blieb er mir die Antwort schuldig. Ich hörte, wie das Auto meiner Mutter in die Einfahrt fuhr, und sagte ihm viel zu hastig, dass ich ihm den Dünger bald vorbeibringen wollte. Er achtete schon nicht mehr auf mich und beugte sich vor, um den Fernseher einzuschalten. Ich verabschiedete mich, und er sagte: Viel Spaß, und keiner von uns wusste vor Verlegenheit so recht, was er sagen sollte, also murmelte ich etwas von der hervorragenden wissenschaftlichen Arbeit in Harvard, und er nickte stumm in den Fernseher. Sein Gesicht war fahl wie immer, aber die

Aura der Hoffnung, die sich rings um seine Gesichtszüge gelegt hatte, ließ ihn schlechter denn je aussehen. Ich ging hinaus, winkte meiner Mutter zu, die gerade ihre Sachen im Auto zusammenkramte, und sie winkte zurück und lächelte mich aus dem Autofenster heraus an. Sie sah es gern, wenn ich ein Kleid trug. Am liebsten wäre ich zu ihr hineingegangen und hätte ihr in dem abgeschlossenen, kleinen Abteil des Autos alles erzählt, aber ich wusste auch, dass mein Vater damit gewartet hatte, bis sie aus dem Haus war und damit aufgehört hatte, bevor sie zurückkam, und dass ich diese Geschichte nicht weitererzählen sollte.

Ich schaute auf die Uhr. Ich konnte es gerade noch schaffen. Ich ging schnell und strich unterwegs mit der Hand über die raue Borke der Bäume. Während ich an einem Grundstück nach dem anderen vorbeiging, dachte ich an meine Mutter – wie sie die Autotür zumacht, ins Haus geht, ihren Mann umarmt, dessen Stirn verschwitzt ist, und er sagt: Weißt du, Schatz, ich krieg das in den Griff, und wie sie nickt, immer wieder nickt, weil ihr Kopf dann etwas zu tun hat. Sie trägt neuerdings Nachthemden zum Schlafen und träumt von Flugzeugen. Er träumt davon, durch die Wüste zu laufen, sieht nur seine Knie, huschende Schatten, aufspritzender Sand, der Wind treibt ihm Tränen in die Augen, und er schreckt hoch, drei Uhr früh, sein Herz rast, und er denkt: Ist es der Tod? Ist es das Leben?, und auch sie wacht auf, ihr Schlaf ist leicht, und ihre Fingerspitzen, die den Puls an seinem Hals fühlen, sind kühl. Es ist dunkel und still, zwei Menschen im Haus, sie liegen ausgestreckt im Bett, nur zwei sind noch da, zwei und dann nur noch einer, und beide schlafen wieder ein, und ihre Finger sind auf seinem Hals ineinander gehakt wie schlichter, rosaroter Schmuck. Bis zum folgenden Morgen hat er alles vergessen. Sie aber erinnert sich, liegt allein im morgendlichen Bett, ihre Augen starren die Wand an, aber er ist schon aufgestanden und schüttet Frühstücksflocken aus der Packung. Der Kreis ist taufeucht, und der Garten ist wie immer. Er ist wie immer. Sie ist wie immer. Und während ich meinen Weg fortsetzte, dachte ich daran, dass dieser Kreis den Garten aufwertete, und ich dachte daran, in meine Wohnung zu gehen, mich auf den Wohnzimmerboden zu knien und mit dem Stöckel eines Schuhs einen akkuraten, großen Kreis in den Teppich zu zeichnen. Ungefähr so:

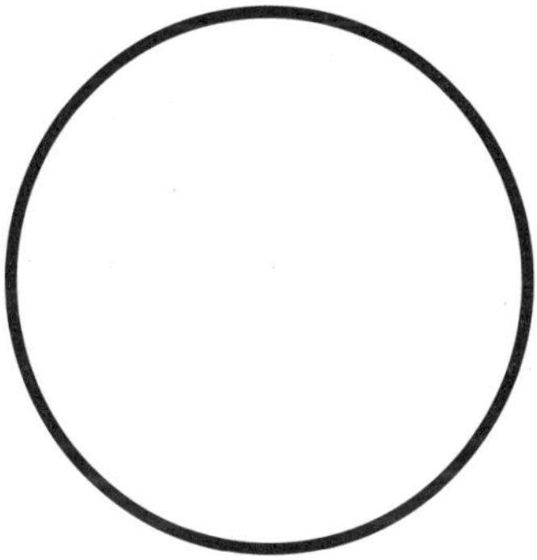

Ja, genau. Ich wollte die Kreislinie so oft nachzeichnen, bis ich den Flor des Teppichs plattgewalzt hatte und der Kreis deutlich hervortrat. Dann würde ich die Knie anziehen und mich in den Kreis kauern. Es nach draußen stoßen. Es wegstoßen. Genau wie mein Vater, nur dass mein Kreis unversehrt wäre, der Bogen vollendet, mit keinem einzigen Durchbruch darin.

Eigentlich hatte ich nicht vorgehabt, in die Stadt zu gehen, aber ich sauste direkt in den Haushaltswarenladen und schnappte mir in *Gang Vier* den gleichen Dünger wie gehabt. Wie immer hatte sich Mr. Jones auf seinem Hocker neben der Registrierkasse hinter seiner Zeitung verschanzt. Neue Werkzeuge stapelten sich auf dem Fußboden – blitzblanke Schraubenschlüssel, direkt aus dem Karton, an den Wänden große, blaue Eimer mit Warnhinweisen, dass Kinder darin ertrinken können. Grausam, in einem Eimer zu sterben, wie beschämend und mickrig, sich auf diese Weise von der Welt zu verabschieden. Ich ging mit dem Dünger zur Kasse.

Nicht schlecht, dass ich noch so spät auf habe, war alles, was er sagte.

Nicht schlecht, wiederholte ich. Ich senkte den Blick, schaute dann wieder hoch, aber er hatte sich schon wieder in die Zeitung vertieft, die Blätter raschelten. Seine Finger griffen professionell in die Fächer der Registrierkasse und gaben mir das Wechselgeld heraus. Die Zeitung versperrte mir den Blick auf die Ausbuchtung an seinem Hemd, und so konnte ich nicht einmal raten, ob es ein schlechter oder ein guter Tag für ihn war, und auch sein neutraler Gesichtsausdruck verriet nichts. Gerade in diesem Augenblick aber hätte ich viel darum gegeben, ihn zu sehen, damit ich meine Miene an die seine hätte anpassen können; wenn ich mir jemals sehnlichst gewünscht hätte, dass er mich erkennen und etwas bemerken würde, dann in diesem Augenblick, aber er schaute nicht einmal auf.

Ich überquerte die Straße und ging durch den Park. Als ich das Reisebüro meiner Mutter erreicht hatte und mich umdrehte, um zurückzusehen, waren die Lichter im Haushaltswarenladen schon ausgegangen, und das Schild an der Tür, auf dem in großen, schlichten, schwarzen Lettern *Geschlossen!* stand, wackelte ein wenig.

13

Als ich auf der Schulanfangs-Party ankam, ging es bereits hoch her; in allen Räumen brannte helles, gelbes Licht. Ich deponierte den Dünger in meinem Klassenzimmer und stellte mich an den Tisch mit den mit Liebesperlen bestreuten Plätzchen. Kaum war ich da, kam auch schon Mimis Mutter mit den weichen, blonden Haaren zu mir herüber. Ich war mir nicht sicher, ob sie überhaupt wusste, wer ich war, aber dann nahm sie das Baby auf den anderen Arm und beugte sich zu mir: Schon faszinierend, sagte sie, dass Mimi neuerdings in den unmöglichsten Sachen Zahlen erkennt! Ihre grünen Bohnen sind Einsen, und ihre Spagetti legt sie zu Achten aus. Mrs. Lunelle strahlte. Haben Sie eine Ahnung, wo der neue Biologielehrer steckt? Das Baby strampelte, aber sie drückte es nur fester an sich. Ich schüttelte den Kopf. Tschüss, Mona, sagte Mrs. Lunelle. Nur weiter so.

Ich gab mir einen Ruck. Mein Vater ist krank, murmelte ich, aber da war sie schon gegangen.

Während ich herumstand und einen trockenen Keks mit einem Schokoladenklecks in der Mitte aß, kamen noch ein paar Eltern zu mir, die mich zu meiner Überraschung auf *›Zahlen und Gegenstände‹* ansprachen. Ich hatte das in keiner anderen Klasse als Lehrstoff eingesetzt, und die anderen Schüler bedachten meine Zweitklässler mit neidvollen Blicken, wenn die mit magischen, aus Spiegelscherben ausgeschnittenen Siebenen und mit kleinen Segelboot-Vieren ins Mathe-Zimmer marschierten. Die Lehrerin für Lesen, eine eher nichts sagende Gestalt, hatte versucht, ein Plagiat mit der Bezeichnung *Buchstaben und Gegenstände* auf die Beine zu stellen, aber ihr Projekt scheiterte bereits nach Runde Eins kläglich. A wie Apfelmus. Auch sie war da und übte in ihrem Klassenzimmer die Lautsprache von Buchstaben, b-b-b, damit die Eltern mit ihren Kindern zu Hause Lesen üben konnten.

Ich füllte Fruchtsaft in eine Karaffe und stellte mich in die Mathe-Klasse neben meine Zahlengalerie.

Nach ein paar Minuten steckte Elmer Gravlakis Vater den Kopf zur Tür herein. Er war ein riesiger, muskelbepackter Mann mit glänzendem, kastanienbraunem Schnurrbart und Händen, groß wie Wagenräder, ein absurder Kontrast zu seinem schmächtigen Sohn.

Er setzte sich auf die Kante des fleischfarbenen Tisches, der unter seinem Gewicht ächzte.

Ehrlich gesagt, weiß ich nicht, was ich von *›Zahlen und Gegenstände‹* halten soll, verkündete er mit seinem starken Akzent.

Ich hob überrascht die Augenbrauen. Seit der Einführung von *›Zahlen und Gegenstände‹* hatte sich Elmer in Mathe deutlich verbessert.

Er beugte sich näher zur mir. Ich kann mir jedenfalls nicht vorstellen, dass es gut für mein Geschäft sein soll, wenn die Kinder in Ihrer Klasse Hausnummern basteln.

Aber das sind keine Hausnummern, erwiderte ich.

Er trank seinen Saft auf einen Zug aus und wischte rote Tropfen aus seinem Schnurrbart.

Es wird sich bestimmt niemand einen Infusionsschlauch an die Hauswand hängen, sagte ich. Und eine 8 aus Hustenbonbons wird sich auch niemand an die Tür kleben.

Er zog den Schnurrbart bis zur Nase hoch und ließ ihn wieder sinken.

Also, ich mache jetzt seit zwanzig Jahren Hausnummern in meiner Werkstatt, brummte er. Er stand auf. Ich weiß, wo Sie wohnen, sagte er.

Die Zahlen an der Wand flatterten im Luftzug seines Abgangs. Traurig für beide von uns, dass ich dieses *Ich weiß, wo Sie wohnen* nicht als Drohung empfand. Wenn er zu mir nach Hause kommen wollte: von mir aus. Vielleicht gelänge es mir ja, ihn zu überreden, mir den Fuß abzuhacken. Aber ich war unter zwei Adressen gemeldet, und die andere war das Haus meiner Eltern. Was, wenn er sich irrte, der arme Gustav Gravlaki, sich heimlich durchs Küchenfenster stehlen und ins Wohnzimmer meiner Eltern poltern würde. Uups! Binnen Minuten hätte ihn dieses Haus fertig gemacht. Er würde sich in Elmer verwandeln statt andersrum.

Ich verließ mein Klassenzimmer. Überall wuselten Kinder herum; klein und mickrig sahen sie aus, wenn sie nicht vom Tag beleuchtet wurden. Ich entdeckte Ann, die ihre kleine Schwester am Ellbogen fest hielt. Lisa schaufelte sich gerade Essen auf einen großen Teller. Ich winkte ihr zu, sie stopfte sich einen mondsichelförmigen Keks in den Mund und winkte zurück. Dannys einarmiger Vater, George O'Mazzi, der Kriegsveteran, dessen rechter Ärmel wie eine abgestreifte Schlangenhaut von seiner Schulter baumelte, stand im Klassenzimmer für Zeichnen und unterhielt sich angeregt mit der Zeichenlehrerin, die Kreidearbeiten in Wischtechnik vorführte. Den Biologielehrer entdeckte ich nirgendwo.

Mein Fach im Konferenzraum war bis obenhin voll gestopft. Mr. Gravlaki ließ mich nicht aus den Augen und hatte seinen Pappteller mit Paprikachips und Sellerieschiffchen mit weißen Klecksen an den Enden schon fast leer gegessen, als ich bemerkte, dass die Tür zum Schulhof nur angelehnt war. Schnell ging ich darauf zu und schlüpfte durch den Spalt. Hier draußen war es viel ruhiger und dunkler; das Gelb des Drinnen hatte sich in das weiche Schwarz des Draußen verwandelt; da waren die Silhouetten der Baumstämme und das Klettergerüst aus Stahl, und ein einziger Mensch stand da draußen, ganz hinten, die Seite mir zugekehrt, und ruderte mit den Armen. Ein großer, hagerer Schatten.

Und einen Augenblick lang dachte ich, dass es wieder mein Vater war. Der immer noch übte, immer noch das linke Bein hinter sich ausgestreckt hatte, immer noch so aussah, als wollte er gleich loslaufen. Und am liebsten hätte ich auf dem Absatz umgedreht, die Augen zugemacht, wäre nach Hause gegangen, nichts wie weg von hier, statt ihm ständig dabei zusehen zu müssen, wie er sich abmühte, bis er jeden Garten in der Umgebung durchprobiert hatte und der Geruch brennenden Grases um jeden einzelnen Häuserblock zog. Seine Beharrlichkeit, so absurd wie verzweifelt, bereitete mir physische Schmerzen, aber dann ließ der Mann den Arm sinken und nahm Gestalt an. Ein anderer, jüngerer Mann stand dicht neben einem Sammelsurium seltsamer Gerätschaften.

Und einen weiteren Augenblick später erkannte ich, wer es war.

Der Biologielehrer hielt eine Drahtschlinge in der rechten und eine Zigarette in der linken Hand. Er bückte sich, tauchte die Schlinge in einen Eimer mit Seifenlauge, zog sie heraus und hob den Draht höher, damit sich die Seifenblase nach unten ausbeulen konnte. Sie blähte sich auf, schillerte in allen Regenbogenfarben und löste sich wippend als dicker Seifenblasenbauch. Während sie noch in der Luft wackelte, hob er die linke Hand, inhalierte den Rauch der Zigarette, führte den Mund dicht vor die Öffnung der Schlinge und blies sachte eine Rauchwolke ins Innere. In den gewölbten, rosaroten und blauen Wänden formte sich der Rauch zu einer Perle. Ich bemühte mich, still zu stehen. Der Rauch und die Seifenblase zitterten.

Ganz vorsichtig bewegte er den Arm, um alles im Gleichgewicht zu halten, um den Rauch in die Seifenblase einzuschließen, aber im letzten Augenblick verdrehte er das Handgelenk, und die ganze Herrlichkeit zerplatzte. Die Seifenblase war weg, die Perle hatte sich aufgelöst.

Scheiße, murmelte er. Ich lächelte.

Die Luft roch nach Seife und Asche. Die flüssige Seife war übrigens die gleiche Sorte, die ich einmal in fester Form gegessen hatte, deshalb assoziierte ich diesen sauberen Duft mit Sex und Erbrochenem, aber der muffige Geruch von verbranntem Papier und Tabak ließen mich funkeln wie Gold; ich spürte die nur allzu vertraute Mischung aus Übelkeit und Verlangen. Ich fühlte mich zu Hause.

Ich trat einen Schritt vor.

Die Schlinge fiel in den Eimer. Er fischte sie heraus und fing wieder von vorn an. Die Seife umspannte eine Scheibe und zerplatzte. Er probierte es noch einmal. Plopp. Er probierte es wieder. Zögernd entwickelte sich eine Seifenblase aus der Schlinge, zitterte. Diesmal war es eine große, eine riesige, übergewichtige Blase, die sich zum Boden hin ausdehnte. Er stellte sich auf die Zehenspitzen, verdrehte sich ein wenig, hob den Draht an, um der Seifenblase mehr Platz zu geben, und im selben Moment sah er mich.

Hallo, sagte er. Die Blase wippte auf den Betonboden und zerplatzte. Ich hab Sie gar nicht bemerkt, sagte er.

Ein schwacher Lichtschein aus der Schule beleuchtete ihn. Er trug ein T-Shirt, auf dem *Go away* stand, und er sah anders aus als sonst. Bis jetzt hatte ich ihn noch nie bei Nacht gesehen: die Augenbrauen nach oben gezogen, der Mund bedächtig und präsent, große Hände.

Ich war ihm seit dem bewussten Skorbut-Tag erfolgreich aus dem Weg gegangen.

Soll ich wieder gehen?, fragte ich.

Nein, sagte er.

Die sind wirklich schön, sagte ich.

Er warf mir einen Blick zu und nickte dann. Er tauchte die Schlinge wieder in den Eimer und begann eine neue Seifenblase, aber wieder rutschte ihm der Draht aus der Hand und fiel in den Eimer.

Ich hab mich von da drin abgesetzt, sagte er. Sollte mich jemand fragen, mache ich eben ein physikalisches Experiment. Kugelförmige Körper. Wenn sie aber rauskriegen, dass ich rauche, fliege ich garantiert von der Schule.

Ich verkniff mir eine Antwort, aber ein Bündel Gelächter lockerte sich in meinem Bauch, entwirrte und löste sich, wie Buchenscheite, die ins Feuer fallen. Er schaute auf.

Ich bin nahe dran, einen Rekord zu brechen, nickte er. Mal sehen, wie oft sie mich in einem Schuljahr rausschmeißen. Er schüttelte Seifenlauge von der Schlinge.

Den Rekord haben Sie bestimmt schon gebrochen, sagte ich. Moment mal, widersprach er. Sie sind mir aber dicht auf den Fersen. Erst neulich habe ich die 5 aus Fleisch gesehen. Abartiger geht's wohl nicht mehr.

Er hielt die Zigarette wie einen Pfeil zwischen den Fingern, führte sie wieder an den Mund und inhalierte den Rauch.

In der vergangenen Woche hatte John sein Pausenbrot ausgepackt, das Brot aufgeklappt und ein dickes Steak aus dem Fleischgeschäft seiner Mutter zu Tage gefördert, das zu einer 5 zurechtgeschnitten und mit Ketschup zugeschmiert war. Ungefähr zehn Minuten lang hatte ich lachen müssen, während ich ihm zusah, wie er sein Sandwich aß und mit vollem Mund 5 – 2 = 3 rechnete und dann, als er aufgegessen hatte, schluckte und 5 – 5 = 0 murmelte.

Elmers Vater ist der Meinung, dass ich seinem Hausnummern-Geschäft Konkurrenz mache, sagte ich.

Mr. Smith lachte Rauch in die Seifenblase. Was hab ich gesagt?, lachte er. Sie sind Ihren Job schneller los, als Sie denken. Wir könnten doch zusammen eine Schule aufmachen. Nur Mathe und Bio. Das wäre doch was, oder?

Ich stellte einen Schuh auf den anderen. Ganz vorsichtig hob er die Schlinge an. Die Blase rutschte heraus.

Äh, das mit der Geschichte vor ein paar Tagen, begann ich. Er schüttelte den Kopf. Komm schon, sagte er zur Seifenblase. Sie haben Ihre Meinung kundgetan, gab er mir zur Antwort.

Ich bohrte den Absatz in meinen Zeh.

Lisa hat gespielt, dass sie Krebs hat, fuhr ich fort.

Ja, sagte er. Ich weiß. Die Kleine ist ganz versessen darauf, Krebs zu spielen. Die Zigaretten da gehören übrigens ihr, sagte er.

Der Absatz grub sich tiefer in den Zeh. Ich spürte, wie sich mein Herz zwischen den Rippen bewegte.

Also, ich finde es ziemlich scheußlich, was Sie die Kinder da machen lassen, sagte ich.

Er bemühte sich, die mit Rauch gefüllte Seifenblase zu schließen, aber kurz bevor sie vollendet war, platzte sie wieder. Ffft.

Scheiße!, sagte er. Er legte die Schlinge einen Augenblick lang zur Seite, schaute mich an und kam erst jetzt auf das zurück, was ich gesagt hatte.

Das können Sie ruhig, sagte er. Ich sehe das anders.

Dann richtete er seine Aufmerksamkeit wieder auf den Eimer. Rührte die Seifenlauge mit der Hand um. Ich bin eben immer noch am Lernen, sagte er.

Ich stellte mir vor, eine wabernde, in Regenbogenfarben schillernde Seifenblase um seinen Körper zu drapieren und zu beobachten, wie sie ihn wie ein Aquarium umschließt.

Ich dachte darüber nach, dass er seine Art zu unterrichten gut fand. Versuchte zu verstehen, wie es überhaupt möglich war, einen solchen Unterricht gut zu finden.

Sie wissen, dass ihre Mutter eine neue Art von Krebs hat?, fragte ich.

Er schnippte die Asche von der Zigarette. Aber klar, sagte er. Deshalb will sie unbedingt Krebs spielen.

Und dass ihre Mutter im Sterben liegt, das wissen Sie bestimmt auch, oder?

Er schaute mich aus ausdruckslosen Augen an. Natürlich, sagte er. Deshalb will sie ja unbedingt Krebs spielen. Er hielt den Blick auf mich gerichtet und schüttelte die Schlinge in seiner Hand. Ich stellte den Fuß wieder auf den Boden und schickte mich an, wieder ins Haus zu gehen.

Gehen Sie?, fragte er.

Ich gab ihm keine Antwort.

Ich hätte Ihnen wirklich gern eine perfekte Seifenblase vorgeführt, sagte er. Die sehen wirklich faszinierend aus. Wahrscheinlich ist der Draht kaputt oder so, sagte er.

Ich wollte an sich zur Tür zurückgehen. Blieb aber stehen, wo ich war. Nickte. Schaute ihn an. Er atmete laut hörbar aus. Ich nickte ein zweites Mal. Ich nickte ein drittes Mal. Aber ich wusste, dass ich es schaffen würde. Der Draht war nicht kaputt. Ich stellte den einen Schuh wieder auf den anderen und wackelte im Dunkeln herum, während zerplatzte Seifenblasengeister in der Luft flatterten.

Darf ich auch mal?, fragte ich.

Er blinzelte, der Zigarettenpfeil brannte einen kleinen roten Kreis in die Luft, bereit zum Abschuss.

Ist aber nicht ganz einfach, sagte er.

Ich will's nur mal ausprobieren, sagte ich.

Er zuckte die Achseln und hielt mir den Draht und die Zigarette hin, die, fast bis zum Filter heruntergebrannt, nur noch schwach glühte.

In zehn Minuten muss ich wieder rein, sagte ich und atmete den Seifengeruch aus dem Eimer ein.

Eine schaffen Sie in zehn Minuten, sagte er. Vielleicht. Zehn Minuten, wiederholte ich.

Verlegen nahm ich ihm den Draht ab, er war klebrig und glitschig, und tauchte die Schlinge in den Eimer mit der Seifenlauge. Ich pflückte ihm die Zigarette aus den Fingern und steckte sie mir zwischen die Finger.

Er stellte sich ans Klettergerüst und ließ mich machen. Er war nicht wie andere Männer, die einen am Ellbogen nehmen und einem die Bewegungsabläufe vorexerzieren, und ich war ihm so dankbar, dass er mich nicht berührte, dass ich mir plötzlich dringend wünschte, er würde mich doch berühren. Ich zog den Draht aus dem Eimer und ließ die überschüssige Lauge abtropfen. Jemand im Schulgebäude ließ etwas Gläsernes fallen, und Gelächter und besorgtes Gemurmel schallten nach draußen.

Ich hielt den Draht mit dem Fenster aus Seife senkrecht und zog die Schlinge nach hinten, und allmählich streckte die Seifenblase ihr Gesicht aus der Schlinge, glitschig und schimmernd.

Ich gab ein wenig nach, und die Seifenblase zog sich langsam wieder zurück.

Vorsicht, sagte er aus gut einem Meter Entfernung und stellte sich wieder auf die Zehenspitzen. Gut fest halten. Und ich hielt sie fest. Die Blase blieb an Ort und Stelle. Der Geruch strich über mich hinweg. Von drinnen hörte ich, wie sich jemand für das zerbrochene Glas entschuldigte, und dann die hohe Piepsstimme der Zeichenlehrerin, die beschwichtigte – schon gut, ist ja nichts passiert.

Ich spannte das Handgelenk an, hob die Zigarette mit der anderen Hand an die Lippen und inhalierte. Der Rauch wartete geduldig in meinem Mund, und ich hob mit dem Arm die schillernde Seifenblase hoch und blies den Rauch gleichmäßig in die Öffnung der Schlinge. Der Rauch zischte aus mir heraus, weiß, intim.

Ich bereitete mich darauf vor, die Seifenblase zu schließen, und er schaute mir zu. Ich spürte, wie er wartete, ich spürte, wie die Seifenblase wackelte, ich roch den Eimer und atmete den Rauch ein, und in diesem Moment wusste ich, dass sie mir gelingen würde. Meine Seifenblase würde sich verschließen, würde abheben und über unsere Köpfe schweben. Eine wunderschöne, zitternde Perle in einer Kugel.

Ich spürte, dass er darauf wartete, und ich zerstörte sie. Gehorsam zerplatzte die Seifenblase, der Rauch verstreute sich und löste sich in der Luft auf.

Schade, sagte ich. Na ja, macht nichts.

Er beobachtete mich scharf. Sie waren kurz davor, sagte er. Na ja, meinte ich und klopfte schnell an den nächstbesten Baumstamm. Mein Magen rumorte. Es ist wirklich schwer, sagte ich.

Er blieb dort stehen, wo er die ganze Zeit gestanden hatte. Neben dem Klettergerüst.

Sie haben sie absichtlich zerplatzen lassen, sagte er.

Ich schaute nicht zu ihm hinüber. Hab ich länger als zehn Minuten gebraucht?, erkundigte ich mich, als ich mich erinnerte. Jetzt muss ich aber los. Der Draht hing schlaff in meiner Hand, und ich legte ihn vorsichtig auf den Rand des Eimers.

Machen Sie noch einen Versuch, bat er. Ganz schnell noch. Nein, sagte ich. Ich muss wirklich los.

Augenblick noch, meinte er. Seien Sie ehrlich: Stimmt es? Haben Sie sie absichtlich kaputtgemacht?

Ich spürte die Nachtluft unter meinem Kleid. Tief atmete ich den Geruch der Seife ein; ich hatte Angst, er könnte näher kommen, hatte Angst vor dem Rauch, der sich um uns senkte, Angst vor seinen Männerhänden.

Er beobachtete mich genau. Er hatte sich eine neue Zigarette angezündet und hielt sie wieder wie einen Pfeil, was jetzt in Anbetracht ihrer vollen Länge noch seltsamer aussah als vorhin.

Okay, wenn Sie wissen, wie es geht, zeigen Sie es mir.

Der Draht rutschte in den Eimer. In meinem Ohr meldete sich ein leises Klingeln. Ich klopfte an einen Baumstamm. Das Holz war knorrig.

Mir ist übel, platzte ich heraus. Es ist wegen der Seife. Ich muss jetzt wirklich gehen, sagte ich.

Er murmelte etwas vor sich hin.

Was haben Sie gesagt?, fragte ich nach und hielt ihm die Zigarette hin, die jetzt fast bis zum Filter heruntergebrannt war. Sagten Sie sterben?

Er schüttelte den Kopf. Er streckte die Hand aus und nahm mir die Zigarette ab. Dabei berührte er eine Sekunde lang meine Finger, dann drückte er den Stummel aus.

Ich trat den Rückzug an. Der Magen tat mir weh. Danke, sagte ich. Ich muss jetzt gehen, aber vielen Dank noch mal. Hat wirklich Spaß gemacht. Das wegen neulich tut mir Leid. Hoffentlich laufen Sie Mrs. Lunelle nicht über den Weg.

Er sah mich immer noch an. Er fischte den Draht aus dem Eimer; er rutschte wieder hinein; er fluchte, holte ihn wieder heraus und begann eine halbe Seifenblase – wartete, bis sie sich ausbeulte, und zog sie wieder flach.

Kurieren Sie sich aus, meinte er. Wir sehen uns dann am Montag.

Danke, sagte ich. Mach ich. Sie auch.

Vor der Glastür des Haupteingangs blieb ich stehen. Jetzt konnte ich die Zeichenlehrerin durch das spiegelnde Fenster erkennen. Ringe blitzten an ihren Fingern, und zu ihren Füßen lagen einige Glasscherben.

Er räusperte sich und wollte eine weitere Frage stellen.

Aber ich war schon durch die Glastür und im Haus. Ich war in dem hell erleuchteten Raum mit Plastikbechern und wissbegierigen Eltern. Er war draußen, in der dunklen, mittlerweile wieder klaren Nacht, und versuchte sich an hauchdünnen, kleinen Planeten. Als ich zu ihm zurückschaute, konnte ich den Rauch kaum noch sehen, den er in die neue Seifenblase flüsterte.

Er hatte sich umgedreht, stand mit dem Rücken zu mir, und auf seinem T-Shirt stand hinten: *Come back.*

Ich holte den Dünger, verabschiedete mich von der Direktorin und von ein paar wichtigen Eltern und ganz besonders von Lisa, die schon den ganzen Abend hinter Elmers Familie hergetrottet war. Eine Weile ließ ich sie ihre Faust in meine geöffnete Hand schlagen, aber mein Magen tat mir weh, und ich musste gehen. Auf dem Weg nach Hause klopfte ich an jeden erreichbaren Baum. Manchmal klopfte ich auch zwei Mal, und deshalb brauchte ich doppelt so lang für den Heimweg wie sonst. Mein Magen war durcheinander, und meine Hände zitterten. An einen Baum klopfte ich so heftig, dass ich mir die Haut auf dem Knöchel abschürfte. Und ich dachte bei mir: Wäre ich geblieben und hätte ich es noch ein paar Mal versucht, was wäre wohl am Ende passiert? Was. Dieses Herumhängen vor der Autotür oder vor der Schultür oder, Gott bewahre, vor meiner Haustür. Dieses Herumhängen vor Türen war einfach nichts für mich. Ich wollte keinen Mann berühren, mit dem ich Streit hatte, der nur darauf wartete, dass ich zusammenklappen würde; den ganzen Eimer hätte ich austrinken müssen, um dagegen anzukämpfen. Ein ganzes Schaumbad. Ich würde in diesem blauen Eimer voll mit dickem, weichem Schaum ertrinken.

In derselben Nacht lag ich neben meinem Nachttisch aus Holz und klopfte einen Sturm los. Ich hörte zu klopfen auf, es *war* mir aber noch nicht nach Aufhören, und deshalb musste ich weiterklopfen. Ich fragte mich, was das für ein Glas gewesen sein mochte, das im Klassenzimmer der Zeichenlehrerin zu Bruch gegangen war. Ein Wasserglas? Ein Fenster. Eine Brille? Ein Nippes aus Finnland. Ein Glasauge? Ein Slipper. Meine Finger. Meine Haut.

Mein gläsernes Beobachtungsgesicht: Zerbrich es. Nieder mit der Faust. Zerschlag das Glas. Die beiden Hände halten inne. Die längsten zehn Minuten meines Lebens. Sind die zehn Minuten schon vorüber? Ich schaue nach unten. Nein, sage ich, obwohl die Sonne schon aufgeht. Zehn Minuten sind noch nicht vorüber. Ich muss in zehn Minuten gehen, aber ich habe noch zehn Minuten Zeit. Ich will noch eine Seifenblase versuchen. Ich zeig dir, wie man's macht. Drei Jahre später ist die ganze Seife aufgebraucht, die Kinder sind schon groß, die Luft ist klar und der Eimer ist trocken. Ich und der Mann, wir liegen ausgestreckt auf dem Betonboden – mit verbrauchten, runzeligen Fingern, ineinander verschlungenen Beinen. Sauber und müde.

Ich bin hungrig, sage ich zu ihm und drücke seine Hand. Er nickt, und wir schlüpfen durch das Tor in den Tag.

14

In derselben Woche, in der ich an der High School aufhörte zu laufen, versäumte ich eine Mathe-Schularbeit. Ich versäumte nie Mathe-Schularbeiten, aber an jenem Morgen wachte ich auf, und irgendetwas in der Art, wie die Sonne ihre glatten Elfenbeinstrahlen im Zimmer ausrollte, machte es mir unmöglich, mich zu bewegen. Die Welt da draußen kann einen zwar einladen mitzumachen, aber die Entscheidung, ihr Angebot anzunehmen, muss jeder jeden Tag aufs Neue treffen. Als ich im Rest des Hauses nicht aufkreuzte, kam meine Mutter in mein Zimmer, legte mir eine kühle Hand auf die Stirn, erklärte mich als lauwarm, sagte aber, ich dürfte zu Hause bleiben, wenn ich wollte.

Ich blieb fast den ganzen Tag im Bett liegen. Einmal stand ich auf und setzte mich nach draußen, schaute hinüber zum Garten der dunklen Büsche von Mr. Jones und stellte mir vor, wie er vor der Klasse stand und sich plagte, das wunderbare Rätsel von X zu vermitteln, und keiner passte auf, nachdem ich ja fehlte.

Am liebsten wäre ich die ganze Woche zu Hause geblieben. Ich wollte den Rest meines Lebens im Bett bleiben, bis die Matratze auseinander fiel und mich auf den Fußboden beförderte. Ich hatte Angst, in die Schule zu gehen, um eine Ecke zu biegen und der Lauf-Trainerin in ihren marineblauen Trainingshosen und dem leicht ernsten Tonfall zu begegnen, wenn sie gerade Grünschnäbel aus den Anfängerklassen rekrutierte. Allein bei dem Gedanken drehte sich mir der Magen um. Ich wollte auch am nächsten Morgen im Bett bleiben, aber diesmal schmiss mich meine Mutter aus dem Haus. Mein Vater fuhr zur Arbeit. Der Anzug, den er trug, hatte die Farbe schmutzigen Wassers.

In den Gängen der High School schlich ich mich an der Wand entlang, geduckt, nervös, käfermäßig, und als mir Mr. Jones am selben Nachmittag in der Mathe-Stunde eröffnete, dass ich nachsitzen musste, um die Schularbeit nachzuholen, war ich selig vor Erleichterung. Alles war mir recht, solange ich nicht vor der Schule herumhängen musste. Es sind alles Textaufgaben, bereitete er mich vor. Danach war ich so gelassen, wie ich es den ganzen Tag in der Mathe-Klasse nicht gewesen war, beide Türen des Raumes standen sperrangelweit offen, um die Nachmittagssonne hereinzulassen. Nach dem Läuten blieb ich sitzen, während alle anderen Schüler hinausrannten. Mr. Jones putzte sich die Nase und kam zu mir herüber.

Die Beule unter seinem Hemd war mittelgroß, und so viel ich erkennen konnte, war sie zwei Ziffern groß, aber nicht groß genug für eine Zahl über zwanzig. Ich tippte auf seine Lieblingszahl.

15?, erkundigte ich mich und deutete auf sein Hemd.

Er lächelte leise, mit sanftem, müdem Gesicht. Nickte. Sehr gut, sagte er. Sehr gut.

Er hielt das Blatt in der Hand.

Niemand ist versessen darauf, Schularbeiten nachzuschreiben, und obendrein hatte sich mein Magen von dem Spießrutenlaufen durch die Schulgänge noch nicht erholt, aber ehrlich gesagt, war ich dann doch dankbar für diesen Tag. Nicht wegen der Zuflucht, die er mir gewährte, wenngleich ich mich darüber freute, und auch nicht, weil ich Gelegenheit hatte, noch besser in Algebra zu werden, was ich gar nicht nötig hatte, sondern deshalb, weil während dieser

Stunde Nachsitzens – nämlich zum ersten und einzigen Mal – jemand mein Klopfen bemerkte und mich auch noch darauf ansprach. Bis zu jenem Augenblick hatte ich in meinem eigenen kleinen Universum, der Glücksbringer-Hölle, gelebt. Zwar war ich vorsichtig mit dem Klopfen, am meisten klopfte ich vor dem Einschlafen, quasi zum Nachtgebet, aber ich konnte mich nie damit abfinden, dass die Menschen, die mir nahe standen, kaum davon Notiz nahmen. Meinen Eltern fiel es nicht auf, meinen Freundinnen in der Mittagspause fiel es nicht auf, und später fiel es nicht einmal diesem besagten Freund von mir auf (wenngleich er einmal, als wir gerade miteinander schliefen, sagte: Sag mal, Mona, MONA, *was* machst du da eigentlich mit dem Bettgestell?). Nur dieser Scheinheilige aus meiner Kindheit, dieser Mr. Jones war es, dem diese mechanische Handbewegung auffiel und der eine Bemerkung dazu machte.

Er reichte mir das Aufgabenblatt und einen Bleistift. Fang an, sagte er. Du hast fünfundzwanzig Minuten Zeit. Ich bin da, falls du Fragen hast.

Ich machte es mir in meiner Bank bequem. Normalerweise beruhigen mich Mathe-Schularbeiten: All die Zahlen auf dem Blatt, die ungeduldig und durcheinander gewürfelt nur darauf warten, dass ich mich darüber setze und sie in die ihnen zugedachte Reihenfolge bringe.

Aber schon bei der ersten Textaufgabe bekam ich sofort ein ungutes Gefühl, und von da an sollte es noch schlimmer werden.

Am Dienstag läuft Janet fünfzig Meter in dreißig Sekunden. Am Mittwoch läuft sie fünfzehn Prozent schneller, aber am Donnerstag läuft sie fünf Prozent langsamer als am Mittwoch. Wie schnell läuft sie am Donnerstag?

Ich übersprang Aufgabe Eins, was zur Folge hatte, dass sich meine Hand zur Faust ballte und flüchtig auf das Aufgabenblatt klopfte.

Frage Zwei war noch schlimmer.

Janet ist die schnellste Läuferin in der Mannschaft, bis Lydia aus Kentucky umzieht. Lydia läuft doppelt so schnell wie Janet am Montag, am Dienstag aber vier Mal langsamer. Wie schnell läuft Janet am Dienstag?

Ich klopfte wieder. Mr. Jones schaute auf.

Ist jemand an der Tür?, wollte er wissen. Seine Augen sahen müde und verquollen aus, mit dunklen Rändern vom ständigen Korrigieren. Ich konnte förmlich sehen, wie es mit der 15 bergab ging. Der Wechsel, wenn er nach Hause kam, der schnelle Griff zur 12, zur 7, zur 4.

Äh, nein, nein, sagte ich. Ich glaube, die sind gerade gegangen.

Augen auf das eigene Blatt, mahnte er aus alter Gewohnheit. Ich lächelte. Abgesehen von uns beiden war kein Mensch in der Klasse.

Draußen wurden Spinde aufgerissen und zugeknallt, und Schüler plapperten laut durcheinander, glücklich, dass es drei Uhr war, alle freuten sich auf das, was jetzt kam.

Ich las Frage Drei durch. Janet gewinnt wieder ein Rennen. Frage Vier. Janet beim Training. Frage Fünf: Janet fährt zu den Olympischen Spielen.

Ich spürte, wie die Schmerzen in meinem Bauch stärker wurden, legte die Faust auf das Blatt und klopfte noch einmal. Rieb die Knöchel über die weißen Stellen. Wollte Janet bremsen. Die einzige Prüfung, die ich nicht bestanden hatte, war der Führerschein, weil ich ständig den Fuß auf der Bremse hatte, während ich durch die Stadt fuhr.

Frage Sechs: Janet bei den olympischen Vorausscheidungswettkämpfen in Slowenien. Frage Sieben: Janet als Schlussläuferin in einer Viererstaffel mit zwei Variablen.

Klopf klopf klopf. Ich scheuerte mit den Knöcheln über die Worte. Ich versuchte mich nur auf die Zahlen zu konzentrieren. Aber sogar ganz unten auf dem Blatt gab es eine Zeichnung eines laufenden Mädchens mit muskulösen Oberschenkeln und mit Strichen, die von ihrem Rücken nach hinten verliefen, um ihre rasende Geschwindigkeit hervorzuheben.

Sie rannte auf die nächste Seite, die ehrgeizige, strahlende Janet.

Ich klopfte noch einmal, und diesmal ertappte er mich.

Mona Gray?, sagte er. Er stand auf.

Vermutlich knacken irgendwelche Rohre, gab ich zur Antwort und deutete nach draußen.

Rede keinen Unsinn, sagte er. Ich habe es genau gesehen. Ich habe dich gesehen.

Ich bin fast fertig, erklärte ich.

Frage Acht: Janet tritt gegen einen Zug an und gewinnt.

Ich tat so, als schaute ich konzentriert auf das Blatt, aber ich musste noch einmal klopfen. Ich stellte mir vor, wie sie tot auf der Erde lag: eine Schnecke, ein Roboter, eine Leiche in Laufshorts. Ich versuchte mir vorzustellen, dass ich Janet mit einem Tacker an die Tribüne klammerte und mit einem Stahlring an einen Fuß der Bank kettete. Absichtlich brach ich die Bleistiftmine ab.

Uups, sagte ich. Na so was.

Mr. Jones stand jetzt direkt neben mir und schaute neugierig auf mein Blatt. Er setzte sich halb auf die Bank neben mir, in der normalerweise Greg Fitzpatrick saß, der die Augen, wenn er spickte, immer wie eine Angelleine nach hinten warf. Frage Neun: Janet läuft im Weltraum und gewinnt gegen zwei Kometen und einen Asteroiden.

Mona Gray, sagte er, was machst du da eigentlich mit dem Blatt?

Ich drehte ihm das Gesicht zu und klemmte die Lippen zwischen die Zähne.

Was meinen Sie?, fragte ich.

Er deutete mit dem Kinn auf das Blatt. Ich meine, sagte

er, warum du unbedingt auf dem Blatt Papier da herumklopfen musst? Er nahm das Aufgabenblatt in die Hand und legte es wieder auf den Tisch zurück.

Weiß ich auch nicht, sagte ich. Ich klopfe auf Holz, sagte ich.

Er starrte mich über den Tisch hinweg an. Er trug ein Hemd mit der Aufschrift ›Minehead‹ über der Brusttasche. War das vielleicht sein Vorname?

Du klopfst auf Holz, wiederholte er.

Genau, sagte ich.

Warum?, fragte er.

Was?

Warum klopfst du auf Holz?, fragte er.

Ich starrte ihn an. Die Frage allein störte mich so, dass ich wieder klopfen musste, und ich senkte die Hand wieder auf das Blatt. Wir beobachteten gemeinsam, wie sich meine Hand nach unten bewegte. Ich kam mir vor wie ein Affe im Zoo.

Also, wenn du nicht aufhörst, muss ich dich schlechter benoten, sagte er. Ich krieg Kopfschmerzen davon.

Tut mir Leid, Mr. Minehead, äh, Mr. Jones, meinte ich.

Er holte tief Luft und zuckte die Achseln. Auf Holz klopfen, murmelte er.

Frage Zehn: Janet auf dem Sportplatz der High School in einem Wettrennen gegen den Tod. Der Tod trägt ein schwarzes, ultramodernes Lauftrikot, ist schnell und rücksichtslos, verschwitzt und flink; der Tod verliert mit dreißig Sekunden Rückstand.

Ich hörte zu lesen auf und hielt das Blatt in die Höhe. Fertig, sagte ich. Ich wedelte damit vor seinem Gesicht herum. Ich wollte das Blatt los sein. Nicht einmal meine Hände wollte ich in der Nähe dieses Textes haben.

Er hob die Brauen und pflückte das Blatt wie ein schmutziges Taschentuch aus meinen Fingern.

Ich schaute zur Seite, hinaus zu den beiden offenen Türen des Klassenzimmers. Draußen gingen immer noch Schüler zum Treppenhaus, verließen das Gebäude, um das zu tun, was Teenager eben tun, sich zum Beispiel zusammen in Schränke zu setzen und die Hände tastend auszustrecken, bis sie die Luft durchgegriffen hatten und auf Haut trafen. So viele Farben und Geräusche, wenn sich die Klassenzimmer leerten. Ich war überwältigt. Schon allein die Rot- und Blautöne waren so intensiv, dass ich sie stundenlang hätte anstarren können.

Mr. Jones drehte mein Blatt herum. Da steht aber nichts drauf, sagte er.

Ich musste noch einmal klopfen. Aber er hatte jetzt das Blatt, und das Pult, wenngleich rau und braun, war ganz bestimmt kein Holz. Ich zog den Reißverschluss meines Rucksacks auf und steckte die Hand hinein, neben mein Notizbuch, zwischen die Stapel von Papier, zwischen all die welken Blättchen, die ich von Bäumen gerissen und für den Notfall hineingestopft hatte.

Ich hab's nicht hingekriegt, sagte ich.

Er schaute mich über seine Brillengläser hinweg an. Du?, sagte er. Du hast es nicht hingekriegt? Ausgerechnet du?

Mir war zum Heulen zu Mute.

Genau, sagte ich kläglich.

Warum?, fragte er. Und meine Hand wühlte jetzt auf der Suche nach einem Zettel im Rucksack herum, und schließlich entdeckte ich meinen Stift in der länglichen Bleistiftrinne auf dem Pult, zog die Hand heraus und klopfte darauf, auf den schlanken, runden Holzgriff, Bleistift Härte zwei, behutsam und gefühlvoll, so leise, dass er es auf keinen Fall bemerken konnte.

Aber er bemerkte es doch. Er war eben Mr. Jones. Er beobachtete meine Hand, die auf den Bleistift klopfte.

Auf Holz klopfen, sagte er und deutete auf meine Hand.

Meine Kehle war wie zugeschnürt, und meine Augen wurden glasig. Ich hörte auf und zog die Hand zurück.

Genau, sagte ich. Genau.

Er lächelte ein kurzes Lächeln, versuchte mich aufzumuntern. Ich schaute auf meine Hand, meine rechte Hand, die Klopfhand, und eine erschütternde Sekunde lang fühlte ich mich verstanden. In diesem Moment liebte ich ihn, eine verzweifelte Liebe als Gegengewicht zu dem Hass, den ich immer noch gegen ihn hegte, weil er mich noch nie auf meinen Vater angesprochen hatte. Er war der einzige Mensch, der bemerkt hatte, dass ich klopfte. Oder besser gesagt, der einzige Mensch, der mutig genug war nachzufragen.

Warum hast du die Aufgaben nicht gelöst, fragte er wieder. Wenn es um Wettrennen geht, kann ich mich nicht konzentrieren, sagte ich.

Er starrte mich noch eine Minute lang an. Ich blinzelte mir, so gut ich konnte, den Sand aus den Augen. Wie an Flussufern, an denen das Wasser bis zur obersten Linie knapp unter die Hochwassermarke steigt, genüsslich an ihrem Rand leckt und sich dann gnädigerweise wieder zurückzieht.

Ich habe dich laufen sehen, sagte er. Du bist gut.

Ich konzentrierte mich darauf, meine Augen trocken zu legen, ohne die Hände zu Hilfe zu nehmen. Ich hatte nichts dazu zu sagen.

Mr. Jones zupfte mit Daumen und Zeigefinger an seiner Lippe und blieb eine Weile so stehen. Wir sagten beide nichts, und draußen knallten vier Spindtüren. Irgendein Mädchen lachte laut auf, ein schrilles Lachen, in dem kein bisschen Freude lag. Der Junge, mit dem sie zusammen war, erzählte noch ein paar Witze.

Weißt du eigentlich, sagte Mr. Jones und sprach in seine

Hand hinein, dass es in Texas eine Frau gibt, die alle Zahlen von eins bis einer Million abgetippt hat? Er rieb die Haut über seiner Lippe.

Dafür hat sie bestimmt massenhaft Papier voll schreiben müssen, bemerkte ich.

Sie hat mehrere Jahre gebraucht, fuhr er fort. Er drückte seine Wangen mit den Fingern ein. Auf Holz klopfen, wiederholte er.

Ich hörte ihm höflich zu. Damals klopfte ich schon, seit mein Vater krank geworden war, also ungefähr seit sechs Jahren. Bis zu dem Zeitpunkt vielleicht eine Million Mal auf eine Million Blätter Papier.

Schließlich zog Mr. Jones die Hand von seinem Mund zurück. Ich rechnete damit, dass er mir einen Rat geben wollte, aber er sagte nur: Du kannst jetzt gehen, Mona Gray. Wir verbeugten uns höflich voreinander. Ich stand auf und ging aus dem Klassenzimmer. Der Nachmittag war noch hell und sonnig, und ich folgte den Fußspuren der Teenagerhorden zurück zum Haus meiner Eltern, betrat das aschgraue Wohnzimmer, schaltete den bleiernen Fernseher ein, träumte von Steinen und Sturmwolken, Ratten und Gabeln.

Ein paar Tage später erlaubte mir Mr. Jones, die Arbeit noch einmal zu schreiben. Diesmal hatte er alle Wörter, die mit Laufen zu tun hatten, mit einem schwarzen Marker durchgestrichen und durch Wörter ersetzt, die mit Schwimmen zu tun hatten. Um den muskulösen Körper von Janet herum, dem Mädchen am Fuß des Blattes, hatte er jetzt ein Schwimmbecken gebaut, sie hatte eine Badekappe über den Haaren, und zu ihren Füßen lag ein Handtuch. Ich löste die Aufgaben in knapp zehn Minuten und bekam dafür eine Eins.

Zwei Jahre später quittierte er den Schuldienst und eröffnete den Haushaltswarenladen. Am Eröffnungstag war die Hölle los, in seinem Laden drängten sich die Leute aus der Stadt, rempelten einander aus dem Weg, um sich die besten Hämmer und Zangen unter den Nagel zu reißen. Die Schule versuchte ihn zur Rückkehr zu überreden, aber Mr. Jones erzählte jedem, der es wissen wollte, dass er die Nase voll davon hatte, Aufgaben zu korrigieren und Exponenten zu erklären und er jetzt nichts lieber tun wollte als alle möglichen Sorten Nägel zu verkaufen. In Werkzeugen, verkündete er, liegt die Zukunft. Ich hatte ihn schon längere Zeit nicht mehr gesehen und wanderte unerkannt durch die Gänge; weder sagte ich Hallo, noch gab ich mich sonst wie zu erkennen, stattdessen schätzte ich die Größe der Ausbuchtung unter seinem Hemd ab: eine zweistellige Zahl, von der Breite her fett genug, um über zwanzig oder sogar über dreißig zu sein. Er machte einen glücklichen Eindruck. Ich schaute zu, wie sich die Werkzeugkisten leerten. Ich selbst kaufte nichts, und als immer mehr Leute den Laden verließen, mit vollen Taschen und diesem gewissen Leuchten im Gesicht, das sich nach dem Kauf von Werkzeug einstellt, ging ich auch und machte mich auf den Heimweg. An jedem anderen Tag hätte mich die gute Stimmung von Mr. Jones ebenfalls aufgemuntert, aber an jenem Nachmittag war ich niedergeschlagen und antriebslos, und unsere Zahlen unterschieden sich deutlich voneinander.

15

Am Morgen nach der Schulanfangsparty besuchte ich meinen Vater. Ich hatte den Dünger vergessen, er bedankte sich trotzdem und faltete das Wachspapier von den Frühstücksflocken zu einem Briefumschlag. Ich fragte: Geht's dir gut? Er wartete auf die Ergebnisse seines Kreis-Experiments. Ich legte ihm eine Hand auf die Stirn. Sie fühlte sich normal an. Ich erkundigte mich nach seinem Herzen. Er legte die Finger auf seinen klopfenden Hals und lauschte. Ich fragte ihn, ob er sich schwächer fühlte als sonst. Ich sah, wie sein Blick beim Pulsmessen abschweifte.

Das Besondere an der 51 ist, dass sie von allen Zahlen die erste ist, die überhaupt nichts Besonderes an sich hat. Weder ist sie eine Primzahl noch eine besondere semiperfekte Zahl und auch keine Summe irgendwelcher Faktoren; die 51 ist die kleinste Zahl ohne besondere Vorkommnisse. Aber das an sich macht sie schon interessant, aber interessant auf ungefähr die Art, wie ein Betonblock mitten in einem Klatschmohnfeld interessant ist. In meinem Regal steht ein Buch mit dem Titel *Deine Lieblingszahlen,* und zur 51 heißt es da: Wenn das deine Lieblingszahl ist, gehörst du zu den Leuten, die sich zum langweiligsten, mickrigsten Welpen eines Wurfs allein schon deswegen hingezogen fühlen, weil ihm niemand sonst auch nur die geringste Beachtung schenkt. Das war die Zahl, die mein Vater allem Anschein nach nicht erreichen würde.

Auf dem Weg hinaus nahm ich meiner Mutter das Versprechen ab, mich sofort anzurufen, falls irgendetwas passiert. Mona, sagte sie, es bringt doch nichts, wenn du dir Sorgen machst. Dann mach dir auch keine Sorgen darüber, dass ich mir Sorgen mache, gab ich zurück.

In der Schule ging ich dem Biologielehrer so gut ich konnte aus dem Weg. Ich aß mein Mittagessen in meinem Klassenzimmer und verließ die Schule zum Seitenausgang. Am Freitag lauschte ich den mittlerweile vertrauten Würgegeräuschen in seiner Klasse, nahm immer noch Subtrahieren mit meinen Zweitklässlern durch und stellte ihnen Textaufgaben, in die ich Namen von Mitschülern eingebaut hatte: Im September sind Ann DiLanno fünf Köpfe gewachsen. Im Oktober hat sie nur noch zwei Köpfe. Wie viele Köpfe hat sie verloren?

Ich habe nur einen Kopf, unterbrach Ann. Ich verliere keinen einzigen Kopf.

Ich war nervös, weil Freitag war, was hieß, dass der folgende Tag ein Samstag war, und nach Samstag kam Sonntag, das hieß, zwei Tage keine Arbeit und nichts als Sorgen.

Im Übrigen schienen alle meine Schüler schlecht gelaunt zu sein.

Seit längerem schon hatte es sich Danny jeden Morgen zur Gewohnheit gemacht, vor der Fahne stramm zu stehen; er achtete darauf, dass Lisa ihn dabei sah. An diesem Freitag verschwand Lisa zur Toilette, und als sie zurückkam, hatte sie wieder den Infusionsschlauch auf dem Kopf und stellte sich damit vor die Klasse.

Ja da schau her, rief Ann. Intra.

Mimi, die sich um jeden Finger eine Locke gewickelt hatte, meckerte: Lisa, heute bin ich aber mit *Zahlen und Gegenstände* dran, nicht schon wieder du.

Ich weiß, sagte Lisa.

Ich klopfte Kreidestaub von meiner Bluse. Mimi behielt ihre Finger in den Locken, wie andere Kinder sich Oliven auf die Finger stecken. Ich schickte Lisa auf ihren Platz zurück. Als sie an mir vorüberkam, hustete sie mir so heftig ins Gesicht, dass ihre Spucke meine Wangen und die Nase besprenkelte.

Halt die Hand vor den Mund, sagte Mimi angewidert. Und ich dachte, du erkältest dich nie, sagte ich und wischte mir über die Augen.

Lisa ließ sich auf den Fußboden fallen und bekam einen Hustenanfall, dunkle Wolken, eingesperrt in ihren Rippen. Ich hockte mich neben sie und wollte ihr gerade auf den Rücken klopfen, als Ann aus ihrer Bank rief: Haben Sie's noch nicht geschnallt, Miss Gray, dass sie wieder Bio spielt?

Urplötzlich erstarb Lisas Hustenanfall. Meine Hand erstarrte in der Luft.

Ich erkälte mich niemals, sagte Lisa und setzte sich wieder auf ihren Platz.

Am liebsten wäre ich hinausgegangen.

Die Klasse starrte mich an: vierzehn Augen. Bewimperte Bienen.

Danke Ann, sagte ich langsam.

Die anderen Krankheiten öden mich an, sagte Lisa aus ihrer Bank. Machen Sie mal Ihren Vater nach.

Nun musste ich mich selbst räuspern und drehte mich zur Tafel um. Ich schrieb 20 – 11 an die Tafel.

Alle aufpassen, sagte ich. Was muss man tun, wenn an der Einerstelle eine Null steht?

Lisa erlitt einen schwachen epileptischen Anfall.

So ungefähr?, fragte sie.

John meldete sich. Man muss was behalten, meinte er. Richtig, sagte ich. Aber was behält man? Ich ließ meine Stimme neutral klingen.

Lisa lümmelte sich auf ihr Pult, verdrehte die Augen und klappte den Mund auf. Oder so?, brabbelte sie.

Man macht aus der Zwei eine Eins, sagte John. Ich strich die Zwei an der Tafel durch und schrieb eine kleine Eins darüber. John nickte.

Jetzt atmete Lisa flach. Oder vielleicht so?, keuchte sie. Ich konnte es kaum ertragen, sie anzusehen.

Wann bin ich endlich mit *›Zahlen und Gegenstände‹ dran?,* meckerte Mimi.

Mit einem strahlenden Lächeln drehte ich mich zu Mimi um. Wie wär's mit jetzt gleich?, fragte ich. Lisa ließ den Kopf vom Stuhl hängen und grunzte.

Nachdem die Eltern auf der Schulanfangsparty so positiv auf *›Zahlen und Gegenstände‹* reagiert hatten, legte ich noch mehr Gewicht auf diese wöchentliche Einlage. Selbst Ann hatte sich davon anstecken lassen und eine 100 aus Bergkristall auf einer Anstecknadel mitgebracht, ein Geschenk für mich, wie sie behauptet hatte. Ach wie schön!, hatte ich mich gefreut und sie mir an die Bluse gesteckt. Ich werde ewig leben, hatte ich gedacht. Aber Ann sah das anders: Nach dem Läuten krieg ich sie aber wieder zurück. Das ist ein Ein-Tag-Geschenk. Wie nicht anders zu erwarten, war sie nach der Stunde mit ausgestreckter Hand zu mir gekommen. Ich hatte die Brosche abgenommen, und es war mir eigentlich auch egal gewesen, bis ich feststellte, dass sie die Brosche nicht mit nach Hause nahm, sondern einer anderen Lehrerin, der Zeichenlehrerin, brachte, die sich das Stück mit der gleichen Freude ansteckte. Das ärgerte mich, schlicht und einfach deshalb, weil *ich* die Mathe-Lehrerin war und es absolut unangebracht fand, dass jemand anderer eine Brosche in Form einer 100 geschenkt bekommen sollte.

Als ich Mimi aufrief, ging sie zu ihrem roten Rucksack und holte eine Plastiktüte heraus. Lisa hob den Kopf und schaute ihr zu. Mimi machte die Tüte auf, und noch bevor ich etwas sehen konnte, roch ich es schon. Wrummm. Und gleich darauf zischte ein saurer Geschmack durch meine Kehle.

Warte, Mimi, platzte ich heraus. Und dann ordnete ich an: Wir machen etwas anderes.

Wie bitte?, fragte Mimi

Ich überlegte, ob ich mich über den gesamten Fußboden übergeben sollte. Wir machen Textaufgaben, sagte ich. Mimi, führ deine Zahl dann beim Mittagessen vor. Ann hatte sieben Köpfe – Mimis Gesicht erstarrte. Ich will aber jetzt *›Zahlen und Gegenstände‹* machen!, meckerte sie. Ich habe mich schließlich die ganze Woche darauf vorbereitet!

Arbeitshefte auspacken!, befahl ich.

Alle in der Klasse quasselten durcheinander. Sie können nicht einfach mittendrin aufhören, schimpften sie. Schließlich haben wir jetzt *›Zahlen und Gegenstände‹!* Wir haben jetzt ZAHLEN UND GEGENSTÄNDE! Danny war aufgestanden. Ich stellte mich nach hinten. Elmer ging auf Tauchstation unter seinen Stuhl. Lisa starrte mich an.

Mimis Wimpern gebaren Tränen.

Der Geruch im Zimmer war so unerträglich, dass ich mir die Nase zuhalten musste. Was ein wenig half.

Stunden um Stunden hab ich dafür gearbeitet!, jammerte Mimi. Bei jedem Wort überschlug sich ihre Stimme.

Ich legte die andere Hand auf meinen Magen. Hielt mir mit der einen Hand immer noch die Nase zu. Danny hatte eine Hand voll Gummibänder ausgepackt und suchte sich das stabilste und breiteste aus, eines, das früher einmal Brokkoli zusammengehalten hatte, und Lisa hielt sich nun selbst mit einer Hand die Nase zu, und als ich das sah, hätte ich am liebsten die Schule niedergebrannt, aber ich trat nur einen Schritt weiter zurück und nickte Mimi zu. Sagte: Los. Fang an.

Zwei Tränen kullerten von ihrem Gesicht.

Lisa starrte mich noch immer an. Ich schaute nicht zu ihr hin, nahm aber die Hand von der Nase und räusperte mich. Unmittelbar danach hatte auch Lisa ihre Hand weggenommen. Ich hätte nicht gedacht, dass ich sie von einer Minute zur anderen so abgrundtief verabscheuen könnte.

Ganz vorsichtig griff Mimi in ihren Rucksack und förderte eine riesige 9 aus Seife zutage. Ich hatte keine Vorstellung, wie sie an ein derart riesiges Stück Seife gekommen war, denn die 9 war so lang wie mein Unterarm. Allein bei ihrem Anblick drehte sich mir der Magen um.

Danny legte seine Gummibänder zur Seite. Mimi wischte sich die Wangen trocken.

Ich lehnte mich an die hintere Wand.

Bleib schön vorn an der Tafel stehen, Mimi, sagte ich und hielt meine Nasenlöcher verschlossen. Ich bleibe hier hinten stehen, sagte ich. Mal sehen, wie laut du vortragen kannst.

Und so brüllte Mimi, immer noch schniefend, ihre ganze Präsentation durch, klärte uns auf, weshalb die 9 ihre Lieblingszahl war, weil nämlich ihre ältere Schwester so alt war und weil es auch ihre Schlafenszeit war. Sie brüllte derart, dass sich die meisten Kinder die Ohren zuhalten mussten. Anschließend rechnete sie mit ihrer schnörkeligen Mädchenhandschrift an der Tafel ein paar Subtraktionsübungen und beendete ihren Vortrag mit der Einladung, dass alle sich vor dem Mittagessen die Hände mit ihrer 9 waschen durften. Das bedeutet, dass wir dann von der Seife noch mehr subtrahieren werden, sagte sie.

Sie hob den Kopf und schaute mich mit klaren Augen an. Diesen Satz hatte sie die ganze Woche lang geübt.

Sie ließ die 9 herumgehen, und die Kinder waren ganz besonders lieb, taten so, als duschten sie damit, und bevor die Glocke läutete, bestimmte ich – immer noch mit der

Hand vor dem Mund – Danny für die nächste Runde *›Zahlen und Gegenstände‹*.

Ich hörte ein allgemeines Seufzen der Erleichterung, dass ich es nicht abgesetzt hatte.

Ja!, rief Danny. Und ich weiß auch schon genau, was ich mitbringe! Er warf Lisa einen hämischen Blick zu.

Nachdem ich die Klasse in die Mittagspause geschickt hatte, ging ich schnurstracks zum Erste-Hilfe-Kasten und holte mir eine Magentablette. Lief in ein leeres Toilettenabteil und kniete mich vor die Schüssel. Hielt mir die Arme um den Bauch. Ich hatte das Gefühl, als wäre ein Geist in die Klasse gekommen, unsichtbar, aber präsent, hätte seine warmen Arme um mich geschlungen und Lippen wie Wind auf meinen Hals gehaucht. Und mitten in der Mathe-Stunde war mein Körper aufgewacht, der falsche Ort, um aufzuwachen. Und krank. Und aufgewacht. Und speiübel. Und aufgewühlt.

Ich blieb fünf Minuten lang auf der Toilette. Mein Magen krampfte sich ein paar Mal zusammen, aber es kam nichts heraus. Als ich mich wieder in der Lage fühlte hinauszugehen, streckte ich die Beine, und einen winzigen Augenblick lang krochen meine Finger unter mein T-Shirt, strichen über die Haut meines Bauches, hinauf bis zur Brust und umfassten sie. So flink, so zart, und da war meine Brust, erwartungsvoll, handlos, und wartete darauf, dass ich sie berührte. Meine ganze Haut hob sich mir entgegen, damit wir einander berührten.

Ich spülte die leere Toilettenschüssel und ging hinaus zur Pausenaufsicht.

Ich schaute in die Runde, ob ich den Biologielehrer sah, war neugierig darauf, was passierte, wenn ich ihn ausgerechnet jetzt, ausgerechnet jetzt oder ausgerechnet jetzt sehen würde.

Auf der gelben Kunststoffbank atmete ich die milde

Nachmittagsluft ein. Nach ein paar Minuten kam Lisa mit ihrem Infusionsschlauch herüber, den sie mittlerweile als Gürtel trug, und setzte sich zu mir. Heute muss ich zum letzten Mal auf der Strafbank sitzen, meinte sie. Sagen Sie mir, wenn fünfzehn Minuten vorbei sind? Ich schaute auf die Uhr. Auf der anderen Seite des Spielplatzes saß Danny mit verschränkten Armen auf der orangefarbigen Kunststoffbank. Lisa saß schweigend neben mir. Ich fragte sie, ob sie noch wüsste, weshalb sie auf der Strafbank saß, und sie sagte, ja, weil meine Mutter Krebs hat.

Aber nein, deswegen bestimmt nicht, Lisa, korrigierte ich sie. Du musst hier sitzen, weil du Danny und Ann am Montag geschubst hast, weißt du noch?

Ach ja, sagte sie desinteressiert.

John schlug einen Homerun. Ich atmete immer noch tief durch. Lisa fragte, ob mir etwas fehlte. Sie fand, dass ich blass und fiebrig aussah. Sie waren heute unmöglich, sagte sie. Sie dürfen uns *›Zahlen und Gegenstände‹ niemals mehr* wegnehmen. Eine Weile schaute sie den Kindern bei Kickball-Spielen zu. Elmer schlug vier Mal hintereinander ins Leere.

Mir hat dein gespielter Hustenanfall auch nicht gefallen, sagte ich.

Lisa blies die Wangen auf, paffte die Luft heraus, drehte den Kopf zu mir und schaute mich an.

Tut mir Leid, dass ich Sie angespuckt habe, sagte sie.

Ich sah sie an. Schlafkörnchen parkten in ihren Augenwinkeln, und ihr Gesicht sah schmächtig und sieben Jahre alt aus.

Ich werde euch *›Zahlen und Gegenstände‹* nicht wegnehmen, Lisa, sagte ich.

Schnell drehte sie ihre Augen weg, und ich sah, wie sie sich mit Wasser füllten, glänzend und hell.

Wissen Sie, sagte sie nach einer Weile, manche Leute

wollen es geheim halten, und vielleicht sollten Sie es auch nicht allen anderen Kindern erzählen, aber ich bin anders, und ich möchte es gern wissen.

Du möchtest gern was wissen?, fragte ich.

Falls Sie Krebs haben, sagte sie.

Meine Schultern sackten ein ganzes Stück nach unten. Am liebsten hätte ich Lisa geküsst, so sehr liebte ich sie in diesem Augenblick.

Ich hatte nur ein bisschen Magenschmerzen, beruhigte ich sie, aber jetzt geht's mir wieder besser. Ich hab keinen Krebs, versicherte ich ihr.

Magenkrebs, sagte sie.

Nein, antwortete ich und lächelte ein wenig.

So was gibt's, meinte sie.

Ich legte ihr den Arm um die Schultern und drückte sie. Sie trug ein gelbes T-Shirt, auf dem ursprünglich einmal SUN gestanden hatte, aber die Buchstaben waren abgeblättert, und jetzt hieß es nur noch *N*. Ich weiß, sagte ich, aber das ist es nicht. Es ist die 9 von Mimi. Mach dir keine Sorgen, beruhigte ich sie. Ich kann nur den Geruch von Seife nicht vertragen.

Warum nicht?, fragte sie.

Ich bin allergisch dagegen, antwortete ich.

Kein Mensch ist gegen Seife allergisch.

Ich schon, sagte ich.

Sie schüttelte den Kopf.

Lisa hatte eine schwierige Woche hinter sich, ihre Haare waren noch verfilzter als sonst. Am Dienstag hatte ich eine Haarbürste mitgebracht und mich in der Mittagspause an ihr versucht, aber diese Strähnen durchzukämmen war ungefähr so, als wollte man Erdnussbutter kämmen. Die Zinken blieben immer wieder in ihren Haaren stecken, eine brach sogar ab und blieb verschwunden. Im Krankenhaus hatte sie niemanden, der ihr ein Lunchpaket einpackte, und so kam sie ständig mit den seltsamsten thematischen Gerichten in die Schule, die sie sich selbst vorbereitete, wie das orangefarbene Mittagessen aus Karotten, Orangen und Cheddar Cheese. Oder das runde Mittagessen aus Crackern, Gurkenscheiben und Mortadella. Oder das Krebs-Mittagessen, das aus einer Kombination aus Milzwurst mit Margarine auf weißem Brot, geräuchertem Fisch, Saccharintabletten und Zigaretten bestand, alles eingepackt in Folie und in der prallen Sonne zu verzehren.

Oder das, was sie das unsichtbare Mittagessen nannte und das es bei ihr am häufigsten gab.

Meine Eltern haben mir früher immer den Mund mit Seife ausgewaschen, erzählte ich ihr. Und immer wenn ich jetzt Seife rieche, muss ich daran denken.

Während sie meine Worte in sich aufnahm, schlenkerte sie mit den Beinen herum.

Ist Ihr Vater ansteckend?, fragte Lisa.

Draußen auf dem Spielplatz sah ich, dass die Zeichenlehrerin Danny darauf aufmerksam machte, dass seine fünfzehn Minuten um waren, woraufhin er aufstand und Elmer um das Kickball-Feld jagte, aber Elmer lief so langsam, dass selbst Danny bald die Lust verlor und sich jemand Schnelleren suchte, den er quälen konnte.

Schnecke!, rief er, als er Elmer überholte.

Hauptstraße 144!, rief Elmer zurück.

Ann rutschte von der Bank herunter und ging zum Kickball-Feld, die Arme immer noch vor dem Körper verschränkt – ein menschlicher Briefumschlag.

Ich wusste nicht recht, was ich mit Lisas Frage anfangen sollte. Sie glitt mir immer wieder aus dem Gedächtnis. Wie geht es deiner Mutter?, fragte ich stattdessen. Lisa rutschte von der Bank herunter und ging davon.

Deine Zeit ist noch nicht um, sagte ich, schaute auf die Uhr und musste feststellen, dass sie Recht hatte.

Mimi kam mit der riesigen, glitschigen 9 zu mir herüber gelaufen, die, betatscht von den schmierigen Händen unzähliger Kinder, fast nicht mehr als Zahl zu erkennen war. Sie streckte sie mir hin.

Ich kann nicht, sagte ich. Tut mir Leid wegen eben, Mimi. Du hast dir wirklich viel Mühe damit gegeben.

Angesichts dieses Klumpens drehte sich mir der Magen abermals um.

Offenbar trug sie es mir immer noch nach. Miss Gray, sagte sie: Subtrahieren!

Sie hielt die Seife noch näher an mein Gesicht, und ich meinte, mich übergeben oder mich ausziehen zu müssen oder beides gleichzeitig, und ich sagte: Hör bitte auf, ich habe eine Allergie, pack die Seife weg. Sie zog ein schuldbewusstes Gesicht, lief zurück auf das Kickball-Feld, und die Kinder spielten eine Weile mit der Seife Kickball, und auch Lisa spielte mit, was ich mit Erleichterung registrierte.

Als ich meine Stunden abgearbeitet hatte und mein Schultag zu Ende war, traf ich doch noch den Biologielehrer in der Eingangshalle, wo er gerade seinen schwarzen Mantel aus der Garderobe holte. Ich malte mir aus, ihn ins Gebüsch zu stoßen und ihm das Gesicht mit dem meinen aufzubrechen. Immer noch hatte ich die Seifenschwaden, die in der Luft hingen, auf der Zunge. Ich überlegte, ob ich meine Sachen liegen lassen und mich wie üblich durch den Seitenausgang verdrücken sollte, als er mich sah.

Er sagte nichts. Ich wartete auf etwas Ähnliches wie einen Gruß.

Ich wartete. Ich überlegte, ob ich mich umdrehen sollte, bevor er mich grüßte. Ich blieb stehen. Ich hätte mich umdrehen können. Er schaute mich unverhohlen an, sagte aber nichts.

Ich ging zu ihm hin.

Sagte dann: Hallo.

Hallo, antwortete er.

Ich zog meine Jacke an. Er hatte noch mehr Flecken und Brandwunden auf den Armen.

Und?, erkundigte ich mich. Wie geht es den Skorbut-Kindern? Er steckte die Hände in die Hosentaschen. Gut, sagte er. Abgesehen davon, dass sie von Woche zu Woche kränker werden. Ich nahm meine Tasche in die Hand und machte die Tür auf, und wir gingen durch, hinaus in die frische Luft, fort von dem Lärm von Hunderten von Kindern, die aufeinander einschlugen.

Ich gehe nach Hause, sagte ich schließlich.

Ich gehe in die Nachmittagsvorstellung, sagte er.

Ich nickte.

Sie fängt um vier an, meinte er. Links von mir stand ein Baum, und ich schlug mit der Handfläche auf seine Rinde. Der Geruch des Sonnenscheins um drei Uhr fühlte sich an, als hätte jemand den Himmel aufgebrochen.

Ich mag keine Filme, sagte ich. Ich hab zwei Minuten Zeit, sagte ich.

Er lächelte, schaute mich aber nicht an. Wir gingen weiter. Wir bogen um die Ecke.

Damit wollte ich nicht sagen, dass Sie mich begleiten sollen, sagte er nach einer Weile. Sie brauchen also nicht zu lügen.

In der Ferne ragte das blaue Krankenhaus in den Himmel, wie eine Qualle vor einer großen Wasserfläche.

Wie bitte, fragte ich.

Übrigens, das mit den Seifenblasen krieg ich jetzt hin, sagte er. Ich hab es Ihnen genau nachgemacht, und jetzt schaff ich's auch.

Beim Gehen legte er den Kopf zurück und betrachtete die Blätter über uns. Wir überquerten das leere Grundstück und traten großes, weißliches Unkraut nieder. Eine Frau mit einer Baseballmütze auf dem Kopf putzte mit einem Lappen hingebungsvoll die eisernen Gänse auf ihrem Rasen.

Ich lasse mir nicht gern vorwerfen, dass ich lüge, sagte ich.

Er vergrub die Hände tiefer in den Hosentaschen.

Na ja, sagte er.

Was?

Na ja, nur dass das gerade wieder eine Lüge war, sagte er. Immer noch hatte ich den Geruch von Seife in der Nase. Ein Pärchen ging an uns vorüber: Junge und Mädchen. Eine Hand schwebte über ihrem Rücken, unsicher, ob sie ihn berühren sollte oder nicht. Sie ging wenige Zentimeter vor seinen Händen, geschoben von der Luft dazwischen.

Ich räusperte mich. Und was ist das für ein Film?, fragte ich.

Der Biologielehrer hustete einmal kurz zu den Bäumen hinauf. Mona, sagte er, dort wird immer nur ein Film gespielt.

Ich verzog vor Zorn das Gesicht.

Was Sie nicht sagen, sagte ich.

Die zwei Minuten sind vorbei, sagte er.

Ich habe fünf Minuten Zeit, sagte ich.

Wir waren fast an meiner Wohnung angelangt. Wäre ich dem üblichen Schema gefolgt, wäre ich jetzt ins Haus gegangen und hätte den restlichen Tag die 50 angestarrt, aber die Vorstellung, auf dem Sofa zu sitzen und den ewig gleichen grausamen Nachmittag vor mir zu haben, schnürte mir die Kehle zu.

Drohend ragte die Wohnung vor uns auf; wir steuerten darauf zu; ich schaute zu dem Fenster hoch, das mir gehörte. Wir gingen vorüber.

Ich muss in den Haushaltswarenladen, sagte ich. Ein paar Nägel kaufen.

Er strich sich über die Stirn. Es ist ein Krimi, sagte er. Haben Sie länger als fünf Minuten Zeit?

Ich mag keine Krimis, sagte ich.

Er lächelte wieder. Ich hätte ihn am liebsten vernichtet. Er sagte nichts mehr, und wir gingen weiter, vorbei an den Häusern, Zäunen, Fenstern, Autos, Einfahrten, Rasen, Sprinklern, Bäumen, Gehwegen, Haustüren, an einer Hausnummer nach der anderen, eine jede zugeteilt und hergestellt von Elmer Gravlakis Vater, manche aus Eisen, manche aus Holz, manche aus Kunststoff, eine aus Glas, die über der Haustür in einem kitschigen Glockenspiel aus Zahlen baumelte. Wir hatten schon längere Zeit geschwiegen, und ich wusste nicht recht, wie ich die Pause überbrücken sollte, und so sagte ich, dass ich mich darüber freute, dass ihm die Seifenblasen jetzt gelingen, und dass ich mir über Lisa Venus Sorgen machte. Er sagte, Lisa hätte Glück, dass es mich gibt.

Ich habe nicht das Gefühl, dass es ihr besonders gut geht, sagte ich. Ihre Haare sind eine Katastrophe, sie spielt ständig diese blöden Krankheiten, sie hat niemanden, der ihr ein ordentliches Mittagessen kocht, und heute hat sie mich schon zum zweiten Mal gefragt, ob ich krank bin, erzählte ich ihm. Mit dem Fuß kickte ich einen flachen, schwarzen Stein vom Gehweg.

Seine Stimme war angenehm. Und? Was haben Sie ihr geantwortet?, fragte er.

Ich räusperte mich. Am liebsten hätte ich den Stein wieder zurückgelegt. Nein, hab ich gesagt, gab ich zur Antwort. Wie meinen Sie das? Was hätten Sie denn gesagt?

Er sah mich direkt an. Ich hätte nein gesagt, antwortete er. Und plötzlich war etwas an seinem Ton anders, und das zwang mich zu klopfen, deshalb blieb ich kurz stehen, wie andere Leute stehen bleiben, um sich die Schuhe zuzubinden, und ging hinüber zu dem großen, dünnen Baum am

Gehweg mit der gesprenkelten Rinde und schlug darauf, klopf klopf klopf klopf, einatmen, ausatmen. Er wartete auf mich. Nachdem er keinen Kommentar dazu abgab, tat ich so, als kratzte ich mir die Hand, und erkundigte mich, wie er mit seiner Klasse zurechtkam.

Schlecht, sagte er. Danny O'Mazzi will eine Bombe basteln. Ich lachte, ließ den Baum in Ruhe, und wir steuerten auf den Park zu, in dessen Mitte das Reisebüro meiner Mutter stand, eine gedrungene, hoffnungsvolle Hütte. Ein paar Enten, beige und grün, spazierten mit hochgereckten Schwänzen herum. Im Übrigen gehe ich nie ins Kino, sagte ich.

Nie?, fragte er.

Nö, sagte ich.

Das finde ich doof, sagte er. Das ist, als würde man keinen Nachtisch essen.

Ich lächelte. So ist es, sagte ich. Ich kann Nachtisch nicht ausstehen.

Und? Die wievielte Lüge ist das jetzt?, fragte er. Nummer drei? Vier?

Wirklich, sagte ich. Ich muss noch was erledigen. Ich glaub, Nummer drei, sagte ich. Ich brauche wirklich Nägel, sagte ich.

Fünf!, sagte er und grinste mich ausgesprochen freundlich an. Wir überquerten die Straße zum Park, der saftig grün war und gut gewässert. Ein paar Leute saßen auf Bänken und fütterten die Enten.

Ich muss zu meinem Dad auf dem Sportplatz, erklärte ich. Lügnerin!, kam es wie aus der Pistole geschossen.

Ich starrte ihn überrascht an. Helium durchflutete die Luft. Hab ich Recht, hab ich Recht?, wollte der Biologielehrer wissen. Das Kino lag auf der anderen Seite des Parks, über dem Vordach prangte in riesigen, protzigen, schwarzen Buchstaben *Bankraub!*

Nein, sagte ich.

Sieben!, rief er.

Wir bogen uns beide vor Lachen. Das ist nicht witzig, gluckste ich andauernd. Mir war mulmig von alldem.

Unschlüssig blieben wir auf dem Gehweg stehen.

Der Film fängt um vier an, sagte er. Kommen Sie mit. Sie brauchen auch ein bisschen Abwechslung. Kommen Sie schon. Das wird sicher lustig. Sie dürfen mir auch Popcorn kaufen. Woher wussten Sie, dass mein Vater nicht auf dem Sportplatz ist?

Er zuckte die Achseln und kratzte sich am Kinn.

Weiß ich nicht, sagte er dann. Manchmal kann ich einfach gut raten. Früher hab ich oft meine Eltern verblüfft. Wie lange waren Sie wirklich nicht mehr im Kino? Aber ehrlich bitte, sagte er.

Ich blieb am Bordstein stehen und dachte nach.

Ehrlich?, fragte ich. Er nickte.

Drei Jahre?, sagte ich. Vier? Fünf?

Also, Miss Gray, sagte er und wackelte mit dem Kopf. Dann wird's aber Zeit.

Ich trat den Rückzug in den Park an. Ich brauch wirklich was aus dem Haushaltswarenladen, sagte ich.

Er überquerte die Straße in die andere Richtung zur Kinokasse. Ich sitze so ziemlich in der Mitte, rief er.

Ich winkte ihm nach und ging wieder zurück durch den Park in die entgegengesetzte Richtung. Ich spielte unsere Unterhaltung in Gedanken durch: Ist Ihr Vater auf dem Sportplatz? Nein. Er sitzt in einem Büro und lutscht an einem Teerlutscher. Ich ließ mir alles noch einmal durch den Kopf gehen , als ich am östlichen Ende des Parks Mr. Jones vorübergehen sah. Leichtfüßig. Beschwingt. Um den Hals trug er – kaum zu glauben – eine 42. Das Sonnenlicht traf sein Gesicht, und er sah jünger, strahlender, fröhlicher aus, besser denn je. Mr. Jones!, rief ich und winkte.

Er sah mich anscheinend nicht. Er blieb an der Straßenecke stehen und drückte auf den Knopf der Fußgängerampel. Drückte noch einmal. Rot. Gelb, Grün, Grün, Grün, Grün, Grün.

Die Frau, die in ihrem roten Mantel dort stand, sagte etwas zu ihm, und er nickte und lächelte sie an und scherzte mit ihr. Sie lachte. Seine Zähne waren lang und gebleckt.

Die Ampel wurde wieder grün, und er ging davon, und die 42 baumelte an seiner Brust wie der Rubin eines reichen Mannes. Er ging an seinem Geschäft vorüber, erst in Richtung Krankenhaus und dann in Richtung Autobahn, aber ich ging trotzdem in den Laden. Die Tür stand weit offen, also ging ich hinein und nahm mir ein paar Nägel. Steckte sie in die Tasche und legte einen Dollar auf den leeren Ladentisch. Nachdem ich die 42 an ihm gesehen hatte, fühlte ich mich buchstäblich bodenlos. Die 42 war eine große Sache. 42, das war wie Springen und Hüpfen. Ich hatte ihn noch nie mit einer 42 gesehen. Noch nie. Seine Laune wechselte ziemlich oft – einmal sah ich ihn mit einer 10 am Vormittag, am Nachmittag gab es einen Sprung auf 34, und gegen Abend war er wieder auf 17 abgesackt. Er war wie der lebende, atmende Aktienmarkt. Ich versuchte, meine eigene Stimmung mit der seinen zu vergleichen, aber es war eher so, als beeinflusste seine Stimmung ständig die meine: 22? Ich spazierte gelassen und friedlich nach Hause. 8? Ich schleppte mich dahin. Wenn ich Mr. Jones gar nicht sah und auf seiner Tür *Geschlossen* stand, nahm ich für die drei Straßen nach Hause den Bus, legte mich eine Weile auf die Wohnzimmercouch und starrte alle Gegenstände im Zimmer an. Ich hatte Schwierigkeiten, unbeschwert und fröhlich zu sein, wenn ich an Mr. Jones vorbeiging und er die 3 umhängen hatte und schwerfällig seinen Müll hinaustrug. Aber eine 42?

Ich ließ die Nägel in der Hosentasche durch meine Finger rieseln und verließ den Laden. Draußen war der Park still und leer. Auf dem Weg zum Kino ließ ich mir Zeit. Über dem Vordach stand *Bankraub!,* und ich hatte immer noch den Geruch von Seife in der Nase. Der Türsteher war ein bulliger, brutaler Rausschmeißer. Ein Klaps auf die Hand hätte genügt, aber ich nahm trotzdem meine Geldbörse heraus, kaufte mir eine Karte und ging hinein.

16

Dieser eine Freund von mir hatte eine Dunkelkammer, in der er seine Fotos von Dächern, Baugerüsten und das eine oder andere Nacktfoto von mir entwickelte. Einmal hatte ich ihm dabei zugesehen, und mitten beim Entwickeln hatte er mir mein T-Shirt ausgezogen und angefangen mich zu vögeln, zwei Menschen in der dunkelsten Kammer, die man sich vorstellen konnte, nach Fixierflüssigkeit riechend. Die schwarze Luft in der Dunkelkammer war mehr, als ich ertragen konnte, die Dunkelheit kam mir vor wie ein riesiger, schwarzer Ozean, und deshalb knipste ich, sobald ich einen Arm frei bekam, das Licht an und ruinierte seine ganzen Fotos. He!, schrie er, he! Er sprang auf, tauchte seine Finger in die Fixierwanne und zog das heraus, was einmal ein Foto hätte werden sollen. Was ich darauf erkannte, war mein vom Licht gebleichter Torso, ein paar dunkle Flecke mitten auf den Brüsten, ein dunkler Fleck von Nabel, sonst nichts als weiße Fläche. Schau her, sagte ich zu ihm, das da bin ich.

Im Foyer des Kinos trödelte ich eine Weile herum, ging auf die Toilette, schaute mir die Süßigkeiten an, las eine Kritik über den Film, den ich gleich sehen würde, und derzufolge mich ein Actionfilm erwartete. Schließlich ging ich hinein und zielstrebig den Gang hinunter.

Fünf Jahre Zuschauer waren hier drin gewesen, seit ich das letzte Mal das Kino betreten hatte, sechzig Monate Menschen, die über die Bilder auf der Leinwand geweint und gelacht hatten, sich gegenseitig Hände in Hosen oder Köpfe auf Schultern gelegt oder gar nichts gemacht hatten – nur kerzengerade und jeder für sich allein dagesessen waren. Der Kinosaal sah ziemlich genau gleich aus. Wie erwartet, entdeckte ich Benjamin Smith mittendrin und nahm auf dem Sitz neben ihm Platz. Er drehte sich zu mir um, und sein Gesicht hellte sich auf, als er sah, dass ich gekommen war, und das tat mir so gut, dass ich völlig konfus aufstand, hinausging und, nachdem ich nicht wusste, was ich hier draußen machen sollte, beschloss, Popcorn zu kaufen. Bis ich wieder zurück war – der butterige Duft sickerte mittlerweile überall durch –, hatte die Vorschau angefangen, und es war dunkel. Ich hatte vergessen, wie laut Kinos waren. Ich hatte das Gefühl, in dem großen, lauten Hirn von irgendjemandem zu sitzen. Ich hielt ihm das Popcorn hin, und zweimal trafen sich unsere Hände im Popcorn-Eimer. Beinahe hätte ich einen seiner Finger mit einem Popcorn verwechselt und griff so beherzt zu, dass er zischte: Mona, das war mein Daumen, weswegen ich laut lachen musste.

Er hatte seinen Arm auf der Armlehne liegen, und aus Versehen legte ich meinen oben drauf, und als ich seinen Arm spürte, zog ich ihn abrupt wieder weg. Er nahm seinen Arm dann auch weg. Die Armlehne blieb den ganzen restlichen Film über unbenutzt.

Der Film begann mit Pauken und Trompeten. Es ging um zwei Männer, professionelle Bankräuber. Als sie ihre letzte Bank ausgeraubt hatten, es war der Coup, der sie ein für alle Mal aller Geldprobleme entledigen sollte, wurden sie gefasst und ins Gefängnis gesteckt. Eine oder zwei Szenen spielten im Gefängnis, wo sie sich über alles Mögliche unterhielten; so schlimme Finger schienen sie demnach nicht zu sein. In der nächsten Szene ging es darum, dass in der Stadt ein schrecklicher Serienmörder sein Unwesen trieb, der seine Opfer gerne mit Geld zugedeckt in einer Bank deponierte. Die Polizei beschloss, sich die Weisheit der beiden erfahrenen Bankräuber zunutze zu machen, von ihnen erwartete man sich die entscheidenden Hinweise. Mit dem Versprechen, ihnen die Reststrafe zu erlassen, falls es ihnen gelänge, die Absichten des Killers aufzudecken und das Problem zu lösen, würden sie auf freien Fuß gesetzt. Die Szene, in der das Mädchen auf dem Weg zu ihrem Freund vom Fahrrad gezerrt wurde, gefiel mir gar nicht, und ich hielt mir die Hand wie ein Visier vor die Augen und schaute nur noch durch einen schmalen Schlitz, als Benjamin sich zu mir wandte, den Kopf nur ein wenig in meine Richtung kippte, und in Richtung Leinwand sagte: Irgendwas hast du an dir, Mona Gray, das mir das Herz weit macht. Auf der Leinwand verschnürte der Serienkiller die Frau gerade mit einer weißen Schnur. Was?, sagte ich laut, so laut, dass die Frau drei Reihen hinter mir, die allein mit ihren Schokopfefferminz-Bonbons dasaß, schscht sagte, und nervös wie ich war, musste ich wieder lachen. Er hatte sich jetzt zu mir gedreht, versuchte aus meinem Gesichtsausdruck herauszulesen, ob er wiederholen sollte, was er gesagt hatte, und ich wünschte mir sehnlichst, er würde es nicht tun.

Aber er hatte das Klima verändert. Einfach so. Jetzt war alles anders, konzentriert – dicht, wie Rauch.

Er drehte sich wieder zur Leinwand. Die Spannung stieg: Der Serienmörder versteckte sich in der Dunkelheit einer Einfahrt hinter einer Bank. Dann war da noch die gefesselte Frau, der er den Mund mit Geld voll gestopft hatte. Dann gab es zwei Polizisten, die ihm auf der Fährte waren. Die beiden guten Bankräuber liefen los, um die Polizisten daran zu hindern, das Falsche zu tun; ich hielt es nicht aus; ich beschloss, nicht mehr hinzusehen, und machte die Augen zu, und dann – als hätte jemand neben mir ein Kinderbuch mit aufklappbaren Bildern aufgeschlagen – spürte ich nur noch ihn neben mir, spürte ihn atmen, diesen Mann. Einen Mann. In Gedanken wiederholte ich, was er zu mir gesagt hatte. Ich wiederholte es wieder. Und wieder. Auf der Leinwand schwoll die Musik an; die Celli spielten schneller, ihre Saiten vibrierten, und ich hob innerlich ab; ich wollte ihm zu verstehen geben, dass ich ihn gehört hatte, brachte aber kein Wort heraus. Meine Hände lagen still in meinem Schoß, und ich begann, die Luft um mich zu hüllen wie einen Umhang, sie zu beschweren, sie mit Aggression und Glamour anzureichern, rotes Samt-Atmen, und ich ließ die Luft von mir zu ihm streichen, wollte, dass er wieder zu mir herübersah; ich wollte ihn allein durch meine Willenskraft zwingen, wieder zu mir zu sehen. Er schaute gebannt auf den Film. Ich dachte an ihn und an die Seifenblasen: Hast du sie absichtlich zerplatzen lassen? Daran, dass er Ellen ihre Symptome erklärte. Mach mein Herz weit. Mit immer noch geschlossenen Augen stellte ich mir vor, wie ich mich zu ihm beugte, den Popcorn-Eimer hinunterstieß, sein Gesicht in meines nahm und es mit einem Kuss stahl, einfach so, und wir sind verschweißt und vereint. Leben in seinem Mund. Ich hülle ihn in meinen Umhang. Ich höre, wie vorn an der Leinwand eine gigantische Schießerei anfängt; die Kugeln pfeifen durch die Luft, graben sich in Fleisch, und ich höre sogar das Blut, das filmreif durch die Gegend spritzt, höre, wie rot und nass sich Blut anhört, und es wird gestöhnt – die noch übrig gebliebenen Darsteller stöhnen laut: Er hat mich erwischt!, und ich denke an das Kind aus der dritten Klasse, das an Dyslexie leidet, das aber von allen Schülern am besten zeichnen kann und das mir vor ein paar Wochen ein Pferd gezeichnet und darüber – *für Moan* – geschrieben hatte, und ich denke daran, wie ich das Bild überschwänglich gelobt hatte, die Mähne des Pferdes, seine wundervollen Proportionen, und wie ich am liebsten meinen Namen, der da oben prangte, abgedeckt hätte, den Namen, der jetzt plötzlich ein anderer, ein ganz neuer geworden war: nicht mehr Mona, sondern *Moan* – Stöhnen. Auf der Leinwand höre ich Rufe, und die Musik schwenkt um und deutet mit beruhigenden Tonfolgen an: Alles ist wieder gut, jedenfalls fast, oder? Ja, alles ist wieder gut, jetzt kann man die Augen wieder aufmachen, aber ohne mich; Ich höre, dass der Schurke gefasst ist, die Frau wird befreit, das Chaos schmilzt zur Ordnung zusammen, und die Frau lehnt sich an irgendetwas an, und der gute Polizist oder der gute Räuber oder irgendein anderer guter Mensch tröstet sie, und die Filmmusik hat jetzt zu getragenen, ruhigen Akkorden gewechselt, Zeit für ein Bratschensolo, das ist genau die Stelle, auf die der Bratschenspieler seine Mutter ganz besonders aufmerksam macht, aber ich habe meine Augen immer noch zu, weil ich ihn küssen will, und wenn man jemanden küsst, gehört es sich, dass die Augen zu sind. Ich werde es nicht tun, aber ich würde es gern tun, und er stopft sich neben mir den letzten Rest Popcorn in den Mund, das mittlerweile kalt ist. Falls er etwas von meinen Schwingungen gespürt haben sollte, gelingt es ihm jedenfalls gut, es vor mir zu verbergen, und ich habe mich in mich selbst eingewickelt, habe mich eingehüllt, habe Signale zu ihm geschickt, aber er weiß überhaupt nichts. Er ist in seinen eigenen Mutmaßungen gefangen. Er schaut immer noch auf die Leinwand, er ist im Film, und er gehört nicht mir.

17

Einmal sagte meine Mutter meinem Vater, dass sie mit mir verreisen wollte. Ich kann nicht, sagte ich, ich muss Hausaufgaben machen. Damals war ich auf der Junior High School. Mein Vater kramte seinen Fotoapparat heraus, aber sie winkte ab. Ich hatte keine Ahnung, was los war, ob wir in die Stadt gehen würden oder zum Angeln oder etwas in der Art, aber dann sagte sie, dass wir bis gegen sieben Uhr wieder zu Hause wären. Wir fuhren nicht einmal mit dem Auto. Gingen nur eine Stunde lang spazieren, vorbei an Geschäften, über verlassene Grundstücke, hinaus ans andere Ende der Stadt. Die Sonne ging gerade unter, und die Luft war wie leuchtendes Gold, sie dehnte sich aus, und Staubpartikel funkelten wie winzige Laternen. Wir schwiegen eine Weile, und dann sagte sie: Mona, irgendwo da draußen ist Afrika.

Wir schauten auf das staubtrockene Land, das vor uns lag, den Streifen Horizont. Ich konnte es mir beim besten Willen nicht vorstellen. Selbst Wasser war nicht mehr als eine verrückte Idee. Sie stieß hörbar die Luft aus.

Ich möchte, sagte sie, mit einem Zug durch Russland fahren bis nach China, und durch Nepal wandern, und eine Ziege in Italien streicheln, und auf eine Pyramide in Ägypten steigen. Ich möchte die nächste Stadt sehen, sagte sie. Ich möchte einfach nur, sagte sie, einen Hamburger essen, der von einer anderen Kuhherde stammt.

Ich schaute unverwandt hinaus auf die Autobahn. Mir gefällt unsere Stadt. Das sagte ich zu ihr. Mir gefällt unser Kino, weil die einem nämlich das Popcorn in einer Glasschüssel geben.

Sie legte mir die Hand aufs Haar, zwirbelte es zu einem Pferdeschwanz und ließ wieder los. Das hab ich nicht damit gemeint, gab sie zur Antwort. Mir gefällt unsere Stadt auch.

Wir standen nebeneinander, und sie spielte mit meinem Haar herum, bis es dunkel war und der Staub unsichtbar wurde und bis wir nur noch die Scheinwerfer der entgegenkommenden Autos sahen, die auf der Autobahn fuhren, an uns vorbeifuhren. Auf dem Heimweg hielten wir uns eine Weile an der Hand, und ich kam mir vor wir ihr Prinz, und dann gingen wir ins chinesische Restaurant und bestellten doppelt so viele verschiedene Speisen, wie wir essen konnten. Die riesigen, weißen Tüten fühlten sich unten ganz warm an, als wir die drei Häuserblocks zurück nach Hause gingen. Ich legte meine Arme um die Tüten, und der Geruch stieg mir in die Nase: knusprige Frühlingsrollen, braune Soße, Knoblauch und Ingwer. Zu Hause richteten wir die Speisen in Reih und Glied nebeneinander auf dem Tisch an.

Mein Vater kam herein, rieb sich die Hände, und ich sagte: Das haben wir gerade aus China mitgebracht.

Er lächelte und strich mir übers Haar.

Ich hab nämlich unter dem Haus einen Tunnel gegraben, sagte ich. Man braucht nur zwanzig Minuten, weil es immer nur abwärts geht.

Meine Mutter zwinkerte mir zu und steckte eine Gabel in jedes Gericht. Die Auswahl war enorm: Rindfleisch mit Ingwer, Huhn mit Austernsauce, Knoblauch-Brokkoli, Schweinefleisch mit Orangenschalen. Wir schaufelten unsere Teller voll bis an den Rand, um das ganze Land in unseren Mägen zu erschaffen und die Innenwände unserer Körper auf eine Reise in Länder zu schicken, die ihre Außenseiten nie zu sehen bekommen würden.

In jener Nacht im Bett, als die Schatten wie dunkle Seen über die Zimmerdecke huschten, hörte ich, wie sich mein Vater herumwälzte und hustete. Ein vertrautes Gespräch, dieses ständige Beruhigen seiner Kehle. Aber in jener Nacht hörte es sich an wie ein Zug, der langsam ins Nichts fuhr, sich um Kurven schraubt, durch seine Lungen schnauft, unaufhörlich ums Haus herumtuckert, tschu, tschu, tschu, immer und immer wieder.

Als Benjamin Smith und ich aus dem Kino kamen, wurde es gerade dunkel, und der Himmel war in ein Königsblau getaucht, mit dem typischen Leuchten, das sich nach Sonnenuntergang und vor Einbruch der Nacht einstellt, und die Luft war wie ein Kleid.

Unter einem Vorwand lud ich ihn in meine Wohnung ein. Ich spielte mit den Nägeln in meiner Tasche – flacher Kopf, scharfe Spitze.

Wie Holzpfosten standen wir im Wohnzimmer herum. Sieh an, meinte er und deutete auf die Bilder an der Wand. Die Maler da kenn ich doch, sagte er. Von Lisas Serie bewimperter Neunen im Gras war er besonders angetan. Lisa hält die Neunen für Mädchen, weil Jungen angeblich keine Wimpern haben. In einem Anfall von Dekorationswut hatte ich mein Wohnzimmer mit den stacheligen Sonnen und blauen Himmelsbändern der Schüler voll gepflastert – Dannys Krieg, in dem Menschen Siebenen erschossen, Mimis Hund in Form einer Drei.

Ich lachte ihn an und erzählte ihm von Mimi, von der Art, wie sie ihren Namen schrieb und ihren Is jede Woche andere I-Punkte verpasste, und dass die letzte Woche Hexagone an der Reihe waren, weil wir gerade geometrische Formen durchnahmen, als er sich zu mir beugte und mich küsste, einfach so; er durchschnitt den Raum, halbierte ihn, viertelte ihn, achtelte ihn und schnitt ihn schließlich ganz weg, bis überhaupt kein Raum mehr zwischen uns war, und seine Lippen waren warm und schmeckten nach Butter von dem Popcorn.

Auf meinem Rücken glitt seine Hand unter meine Bluse. Sie lag auf der Wirbelsäule, zupackend.

Ich bekam nicht richtig mit, was geschah. Allem Anschein nach küssten wir uns. Der Biologielehrer mit Brandmalen überall auf seinen Armen. Seine Lippen, meine Hand auf seinem Gesicht, auf seinem Nacken.

So vergingen Minuten um Minuten, sein Gesicht an meinem.

Dann tauchte ich auf. Sagte, Moment bitte, drehte mich um und wollte ins Bad.

Er drehte sich auch um.

Ich will nur ins Bad, sagte ich.

Ich bring dich hin, meinte er.

Ich lachte ihn an, seine Augen waren inzwischen müde und ernst, aber er blieb an meiner Seite.

Bin gleich wieder da, sagte ich benommen im Flur an der Tür zum Bad, tauchte wieder in sein Gesicht ein, und wir küssten uns zärtlich, ich küsste seine Zähne, und er roch nach Tannennadeln und Kaffee und Schweiß.

Entschuldige mich, sagte ich. Dauert nur eine Minute.

Ich legte die Hand auf den Türknopf, aber anscheinend hatten wir Magnete getrunken. Es zog mich zu ihm hin, als säßen wir in einer Bar und würden einen Humpen mit Hufeisenmagneten leeren. Die längste Minute. Ist die Minute schon vorbei? Nein, sage ich, auch wenn die Sonne inzwischen aufgeht. Die Minute ist noch nicht vorbei. Dauert nur eine Minute, aber ich habe noch immer eine Minute Zeit. Er legte die Hand auf meine Wange, hielt mich damit fest, und wir küssten uns immer und immer wieder, die Lippen aneinander geklebt, mein Körper mit dem seinen verschweißt, und ich schmolz unkontrolliert dahin, und mir war dieses innerliche Schmelzen unerträglich, und so nahm ich mich selbst weg.

Bin gleich wieder da, flüsterte ich.

Ich finde dich wunderschön, sagte er.

Stimmt gar nicht, sagte ich.

Panik überflutete mich. Ich klopfte an die Badezimmertür. Da drin ist niemand, sagte er.

Weiß ich, antwortete ich. Das ist es nicht. Er küsste meinen Hals zu Cellos. Warte, sagte ich. Hör auf.

Er hob den Kopf. Ich schlüpfte ins Bad, machte die Tür hinter mir zu, schloss sie ab und konfrontierte mich mit meinem Gesicht – rosig, die Augen blauer als sonst. Drehte den Wasserhahn auf. Nahm sofort das Stück Seife. Hielt es eine Minute lang wie einen glitschigen Vogel in den Händen. Bewegte es unter dem Wasserhahn. Die Seife, mein Freund, diese kleine Kugel des Ruins. Ich wusch mir energisch die Hände, sog den Geruch tief ein, und sofort wurde mir übel. Ich beobachtete mein Gesicht, beobachtete es, während der Geruch das Verlangen verdichtete, es dann wegnahm, sich mit ihm vereinigte und schließlich so übermächtig wurde, dass er es umzingelte und niederwarf. Ich hob das Stück Seife an die Lippen, schob es mir halb in den Mund, lutschte an ihren weißen Rundungen, leckte mit der Zunge über die glatte Oberfläche, trank das Wasser von dem Weiß, strich damit über meinen Mund, seifte die Lippen ein und leckte den Schaum immer und immer wieder ab, leckte über die glatten Rundungen der Seife, seifte mich wieder ein, leckte wieder ab, schluckte, erzwang ein Gefühl der Übelkeit, spürte, wie sich mein Magen meldete, schaukelte wie das autistische Kind, das eines Tages in die

Schule kam und dann nie mehr auftauchte, vor und zurück und vor und zurück, und Mr. Smith stand vor der Tür, ich hörte ihn eine altmodische Big-Band-Melodie summen, und als ich hinauskam, mit völlig versautem Magen, nahm er mich wieder in die Arme.

Mona Green Blue Gray, sagte er. Jetzt sind deine Hände sauber.

Wir gingen wieder zur Couch, und mein Körper wurde schlaff und tot, und er küsste mich, aber er hätte es genauso gut sein lassen können; ich war nicht mehr vorhanden. Nach ein paar Minuten schaute er mich an. Was ist los?, fragte er. Und ich sagte, nichts, nichts, ich bin nur hundemüde, das ist alles, und er setzte sich neben mich, berührte die Seite meines Schenkels, wartete darauf, dass ich mich wieder einklinkte; er blieb bei mir, bis der Himmel dunkler wurde und das Wohnzimmer ein dunkles Schiff war mit Möbeln, die als noch dunklere Inseln aus dem Meer ragten. Er küsste meine Finger. Ich wollte ihn erschießen. Peng.

Tut mir Leid, sagte ich. Ich bin einfach nicht in Stimmung. Ich bleib hier liegen, bis es Zeit ist, ins Bett zu gehen. Bitte geh nach Hause.

Er nahm meine Finger und streichelte sie. Was ist passiert?, fragte er.

Die Luft war still und dunkel, und ich spürte, wie ich allmählich mit der Couch verschmolz.

Ich bin einfach nur müde, sagte ich schließlich. Ich bin schon die ganze Zeit müde.

Mein Herz klopfte ganz schwach und langsam. Ich wünschte mir nur, dass er ging. Ich schabte mit den Zähnen den Seifenfilm von meiner Zunge. Die Augäpfel des Biologielehrers leuchteten in der Dunkelheit, verschwanden und tauchten wieder auf, wenn er blinzelte, und er hatte die Hand auf meiner Hüfte liegen; er wollte sie einfach nicht wegnehmen, sie brannte mir auf der Haut, und ich wollte sie abschütteln und rückte meinen Körper von ihm ab, hatte den Wunsch, dass es nur noch mich gab, mich allein mit der Luft, nichts von ihm auf mir. Weg. Fort.

Aber vorhin warst du ganz bei mir, sagte er.

Stimmt nicht, sagte ich.

Was ist mit dir passiert?, fragte er. Was genau hast du im Bad gemacht? Hast du irgendwas genommen? Komm zurück.

Ich schaute ihn nicht an. Ich konnte nicht glauben, dass er das gesagt hatte.

Keine Ahnung, was du meinst, sagte ich. Heftete die Augen starr auf das Kissen. Tut mir Leid, sagte ich. Ich hab einfach keine Lust.

Aber vorhin –, begann der Biologielehrer.

Das war Theaterstunde, giftete ich ihn an. Das war ich gar nicht.

Er beugte sich wieder zu mir, aber ich drückte mich nur noch tiefer in die Couch, in die Kissen. Schließlich setzte er sich wieder auf.

Und das warst doch du, sagte er nur.

Die Polsterung schmeckte nach Staub und alter Sonne. Ich kontrollierte meine Atmung, die Lungen flach und vage, das Herz träge, ich hatte Bedenken, ich könnte ersticken, so tief hatte ich mich in den Stoffbezug gepresst. Ich wünschte mir, dass er endlich ging, damit ich die 50 anstarren und mich vor lauter Hilflosigkeit anekeln konnte. Die Couch hob sich, als sein Gewicht sie verließ, und ich spürte seine Größe, obwohl ich mein Gesicht in das Kissen gedrückt hatte. Tschüs, murmelte ich.

Dann im Zimmer seine leise Stimme: Lügnerin, so wie er es vor ein paar Stunden zu mir gesagt hatte. Das Wort hatte nichts Lustvolles mehr.

Die Luft wurde zum Schneiden. Ich drückte mein Gesicht noch tiefer in das Kissen. Die Uhr in der Küche tickte plötzlich laut.

Glaub mir doch, murmelte ich. Mein Kopf wurde benommen. Nein, sagte er. Jetzt hast du Theaterstunde – dafür kriegst du eine Eins. Aber alles andere vorhin war echt. Den Mist da, sagte er, den Mist, den du da veranstaltest, mag ich überhaupt nicht.

Womit soll ich dich angelogen haben?, fragte ich. Ich lüge nicht.

Dumme Mona, sagte er, und seine Stimme wurde einen Tick lauter. Ich war hier bei dir, weißt du noch?

Jetzt tickte die Uhr zehn Dezibel lauter, jedes Ticken wie eine Bombe. Ich spürte förmlich, wie das Muster der Couch mir die Haut abrieb. Ich presste das Kissen gegen meinen Mund, wie einen Knebel, mit aller Kraft, schob es so tief hinein, wie ich konnte, um zu behalten, was in mir zerbrach. Ich hörte, wie er fortging. Den Türknopf drehte und sich hinausließ. Ich wühlte mich aus den Kissen, die von dem Druck und dem Schweiß an meiner Wange und an meinem Bauch festklebten; es war still im Wohnzimmer, und ich war bereit, mich zu Stein zu verwandeln, hätte mein Herz nicht so schnell geschlagen; ich war bereit, mich zu Stein zu verwandeln, hätte ich im Moment nicht plötzlich Lust verspürt zu tanzen.

Ich knipste das Licht an, und das Zimmer begann in gelben Farben zu vibrieren.

Hören Sie zu. Früher einmal hatten wir eine hübsche Musiklehrerin, die rote Stiefel trug und in der Schule private Klavierstunden gab. In den Pausen erzählte sie viel über ihr Sexualleben. Mathe und Musik haben viel gemeinsam, Musik ist Mathematik im Sonntagsstaat, und deshalb hatte sie mir zehn Minuten, nachdem wir uns kennen gelernt hatten, schon erzählt, dass sie mehrere Monate mit einem Mann zusammengelebt hatte, den sie wirklich geliebt hatte, ihm aber eines Tages eröffnet hatte, dass sie nur Frauen liebte. Eine Weile war er fassungslos gewesen und hatte von ihr wissen wollen, ob denn Platz für beide wäre, und sie hatte Nein gesagt, Platz wäre nur für Frauen. Damals hatte sie das wirklich geglaubt, erzählte sie mir in der Küche und zerbröselte einen Keks zwischen den Fingern, während sie auf dem Fußboden mit ihrem roten Stiefelabsatz im Viervierteltakt klopfte. Aber, fuhr sie fort, er hat nie wirklich darüber nachgedacht. Kein einziges Mal hatte er gesagt: Hast du denn die Zeit schon vergessen, als du so glücklich warst? Hast du denn schon vergessen, dass wir einmal den ganzen Vormittag im Bett geblieben sind und um zwei Uhr Nachmittag Pfannkuchen gebacken haben? Stattdessen sagte er nur: Na ja, das lässt sich wohl nicht ändern, und ich verstehe, und das war's dann gewesen. Sie erzählte mir, wie grausam sie es fand, dass bestimmte Dinge ohne Wenn und Aber respektiert wurden, und hätte er nur ein bisschen auf seine innere Stimme gehört, hätte er vielleicht mehr um sie gekämpft. Wärt ihr denn wieder zusammengekommen?, hatte ich sie gefragt, den Kühlschrank aufgemacht und zugemacht und wieder aufgemacht. Keine Ahnung, hatte sie geantwortet. Vermutlich nicht. Aber egal, sagte sie, es hat etwas so Fürchterliches, etwas so abgrundtief Irrsinniges an sich, wenn man jemandem, der einen liebt, zusieht, wie er darum kämpft, etwas zu glauben, von dem beide tief in ihrem Innern wissen, dass es eine halbe Lüge ist.

18

Die ganze Woche wechselte ich in der Schule nicht ein Wort mit dem Biologielehrer. Am liebsten hätte ich mir eine Entschuldigung mitten auf die Stirn geschrieben, sein Gesicht in die Hände genommen, ihm in die Augen gesehen und mich unaufhörlich bei ihm bedankt, aber ich wusste, wenn er mich wieder berührte, würde ich genau das Gleiche tun. Auf der Stelle wäre ich wieder im Bad, würde mit dieser Seife Liebe machen, sie mir überall, wo ich konnte, hineinstecken, nur um die menschlichen Spuren loszuwerden.

Es gelang mir, ihm nur zwei Mal zu begegnen – einmal in der Mittagsaufsicht mitten in einer hitzigen Diskussion mit Danny. Auf den Armen hatte er noch mehr Narben als vorher, seine Handwurzeln waren übersät mit Brandwunden.

Das zweite Mal ging ich mit gesenktem Kopf im Gang an ihm vorbei, murmelte nur ein Hallo, und er sagte: Hi, und das war's dann auch.

Am Freitag war Danny mit ›*Zahlen und Gegenstände*‹ an der Reihe. Die ganze Woche hatte er aufgeregt herumgeplappert und mit Andeutungen um sich geworfen, was er mitbringen wollte. Ungefähr so: Ich hab was, was das Schärfste überhaupt ist. Ihr werdet schon sehen!, und zwei Mal kam er in der Pause zu mir gelaufen, nur um sich zu versichern, dass ich nicht wie bei Mimi im letzten Moment einen Rückzieher machte. Ich saß auf der roten

Kunststoffbank und fragte ihn: Na, Danny, was wirst du denn mitbringen?

Sie sollen es mir nur versprechen, sagte er, und seine Augen blitzelten braun und unschuldig.

Ich kann es dir nicht versprechen, sagte ich, wenn ich nicht weiß, was es ist. Aber ich kann es Ihnen doch nicht verraten!, rief er und schlug mit der Faust auf die Bank. Die Bank wippte. Seit ich Danny am Veteran's Day erzählt hatte, dass ich mit der Klasse Textaufgaben rechnen wollte, in denen es um Soldaten ging, hatte ich Danny nicht mehr so aufgeregt erlebt.

Abgesehen davon waren seit Mimis 9 bei den Zweitklässlern keine besonderen Vorkommnisse mehr zu vermelden. Keiner brachte ›*Zahlen und Gegenstände*‹ in die Mittagspause mit, und ich ließ mir für den Unterricht auch keine abwechslungsreichen Spielchen einfallen. Ich war der rechtmäßige Kapitän auf einem straff geführten Schiff. Bei den ersten Anzeichen von Chaos schrieb ich Namen an die Tafel.

Am Freitag früh stolperte Danny mit einem großen, rechteckigen Kasten in die Klasse, den er mit einem Kissenbezug zugedeckt hatte. Wie üblich salutierte er vor der Fahne, und wie üblich arbeiteten wir unser Arbeitsbuch durch und schafften sogar noch ein kleines Freitags-Quiz. Zwanzig Minuten vor Schulschluss rief ich ihn an die Tafel. Er trampelte nach vorn und legte seinen Gegenstand quer auf den Tisch. Er schaute kurz zu Lisa, dann zu Ann und zu mir, zog das Kopfkissen weg, und darunter kam ein langer Kasten aus blassblauem Glas zum Vorschein, und eingegossen in diesen Kasten lag nichts anderes als ein linker Arm.

Der berühmte O'Mazzi-Arm.

Er schaute schnell zu mir herüber, aus Angst, ich könnte es ihm verbieten.

Aber ich hätte vor Freude beinahe in die Hände geklatscht. Den geheimnisumwitterten Arm kannte ich bis jetzt nur aus der Broschüre meiner Mutter, *Die Geschichte des Krankenhauses,* zu Gesicht bekommen hatte ich ihn noch nie. Ich nickte Danny zu, und sein Gesicht hellte sich auf.

Das da ist der Arm von meinem Daddy, sagte er. Sieht aus wie eine große Eins. Er stellte den Behälter senkrecht neben sich.

In der Klasse war es totenstill, und alle glotzten. Ellen atmete laut hörbar ein. Danny warf Lisa immer wieder einen erwartungsvollen Blick zu, aber sie war still und ganz offensichtlich beeindruckt. Ann hatte die Arme verschränkt. Auf der unteren, rechten Ecke des Glasbehälters sah ich die schwungvolle Aufschrift: Erste Operation.

Was freue ich mich, dass du ihn mitgebracht hast!, sagte ich. Danny strahlte mich an und wollte gerade mit Subtraktionen beginnen, als ich ihm vorschlug, es heute zur Abwechslung mal mit Multiplizieren zu versuchen. Was ihn noch mehr strahlen ließ. Von Lisas Bank kam ein wütendes Geräusch. Danny nahm den Glasbehälter in die Hand, packte ihn an seinem unteren Ende und hob ihn so hoch er konnte; der Arm seines Vaters war ein wenig angewinkelt, die Hand halb geöffnet wie eine zarte Knospe, die ihre Blätter zur Sonne hin entfaltet. 1 mal 88 ist 88, sagte Danny. Ein weißer Streifen auf dem Arm seines Vaters markierte die Stelle, an der er die Armbanduhr getragen hatte, und die Schulter war professionell vernäht. Blut war nirgends zu entdecken.

Wie viel ist 1 mal 156?, fragte ich. 156, gab er zur Antwort und stützte mit dem Knie das Gewicht des Arms ab. 1 mal 387?, fragte ich. 387, sagte er.

Dein Dad hat ganz schön haarige Arme, stellte Ann fest. Ich finde es richtig gemein, dass er multiplizieren darf, maulte Lisa. Die anderen Kinder zappelten unruhig auf ihren Stühlen herum, und Ellens Gesicht wurde von Minute zu Minute blasser, weshalb ich sie zur Toilette schickte, sie musste immer pinkeln, wenn sie sich aufregte. Sie ging leise hinaus, aber sobald die Tür hinter ihr zugefallen war, hörte ich sie losrennen.

Wie viel ist 1 mal die Welt?, rief John Beeze.

Die Welt, sagte Danny O'Mazzi.

Vorsichtig stellte er den Arm wieder auf den Tisch neben der Tafel und zeigte uns, wo sie ihn an der Schulter abgeschnitten hatten. Mein Dad hat im Krieg einen Granatsplitter abgekriegt, erzählte Danny. Aber erst im Krankenhaus ist es richtig schlimm geworden. Er war der Allererste, der eine Nacht im Krankenhaus gewesen ist. Damals hat noch nicht mal der Aufzug funktioniert.

Benutzt dein Vater jetzt eigentlich einen Holzarm?, fragte ich.

Niemals, sagte Danny. Er ist doch kein Betrüger.

Elmer meldete sich. Kann er alleine essen?, fragte er.

Danny verdrehte die Augen.

Hat er Krebs?, fragte Lisa. Nein, beantwortete sie sich die Frage selbst.

In was für einem Krieg war er denn?, fragte ich.

Danny zuckte die Achseln. Na der, in dem in einem fremden Land, sagte er.

Die ganze Klasse nickte weise, und so bohrte ich nicht nach.

Er machte noch ein paar Multiplikationen und stellte sich dann stolz neben dem Arm in Positur – ein kleiner Sergeant mit seiner gläsernen Fahne –, als Ann sich meldete.

Ja, Ann?, fragte ich.

Ich finde, das da sieht überhaupt nicht wie eine Eins aus, stellte sie fest. Das sieht einfach nur wie ein Arm aus. Das sollte für ›*Zahlen und Gegenstände*‹ nicht zugelassen sein, finde ich.

Du hast's gerade nötig, schimpfte Danny und umfasste die blauen, gläsernen Ecken. Ich hab immerhin schon eine 11 aus Zweigen und eine 4 aus Glibber mitgebracht, und du das ganze Jahr noch nicht ein einziges Stück außer dieser blöden 3 aus nichts.

Oioioioi, sagte John Beeze.

Kinder, ermahnte ich sie und stellte mich an die Tafel. Ätsch, heute hab ich aber was mitgebracht, verkündete Ann mit affektierter Stimme, als wäre es das Selbstverständlichste auf der Welt.

Ich hob die Augenbrauen. An ihrem Platz schrieb Lisa ihre Multiplikationstabellen mit halsbrecherischer Geschwindigkeit auf ein Stück Schmierpapier.

Meine Zahl ist die beste überhaupt, sagte Ann. Echt. Viel besser als der Arm da, der nicht mal ne Eins ist.

Ann, sagte ich. Schluss jetzt. Ich schrieb ihren Namen an die Tafel: Ann.

Und zu Danny sagte ich: Vielen Dank für deinen wirklich ausgezeichneten Beitrag zu ›*Zahlen und Gegenstände*‹.

Bin ich fertig?, fragte er.

Ich lächelte. Wolltest du noch weitermachen?, fragte ich. Er legte Arm um Arm. Ein Mal eine Million Milliarde Trilliarde ist eine Million Milliarde Trilliarde, sagte er. Sehr schön, sagte ich. Vielleicht dürft ihr euch ja in der Pause den Arm von Dannys Dad genauer ansehen.

Danny nickte selbstzufrieden. Ich leitete eine kurze Runde Applaus für Danny ein, und er kehrte zu seinem Platz zurück und streckte im Vorbeigehen Ann die Zunge heraus.

Schluss jetzt, ermahnte ich die Kinder. Lisa hörte zu schreiben auf und legte ihren Bleistift zur Seite. Dann stand Ann DiLanno auf.

Kann ich jetzt?, fragte sie. Wir haben noch zehn Minuten, oder?

Hast du heute wirklich eine Zahl mitgebracht?, fragte ich nach. Eine richtige Zahl?

Sie starrte mich an. Ich bin keine LÜGNERIN, sagte sie. Natürlich hab ich eine dabei. Die allerbeste von allen. Ich lehnte mich an ein Bücherregal.

Seit der 100 aus Bergkristall, die mir immer noch nicht aus dem Kopf ging und die gestohlen war, wie ich später von ihrer Mutter erfuhr, hatte sich Ann komplett aus *›Zahlen und Gegenstände‹* ausgeklinkt. Die Brosche hatte einer alten Dame gehört, die jeden Donnerstag Nachmittag bei Ann und ihrer Schwester Babysitter war.

Also gut, Ann, sagte ich. Zeig uns, was du hast.

Ich erwartete, dass sie wieder mit den Armen herumfuchteln und noch eine Drei aus dem Ärmel zaubern würde, diesmal aus schädlichem Gas aus dem Bio-Unterricht, aber sie ging zu ihrem Rucksack und zog behutsam den Reißverschluss auf. Und – hiiieer – ist – siiiee!, rief sie.

Sie hob die Arme und hielt eine 42 aus Wachs in die Höhe. Seht her!, sagte sie. Alle mal herschauen! Schaut euch diese perfekte Zahl an, die ich mitgebracht habe.

Sie war ungefähr so groß wie ein Tennisball und hing an einer schmutzigen Kordel. Ich erkannte sie sofort wieder. Ist die nicht wundervoll?, sagte sie.

Langweilig, konstatierte Danny O'Mazzi und hielt sich an seinem blauen Glasarm fest.

Nun. Ich wusste sehr wohl, dass ich alle meine Schüler gleich behandeln sollte, aber das ging nicht, und Ann hatte mich geärgert, erst mit der 3 und dann mit dieser wankelmütigen 100 aus Bergkristall, und weitaus mehr, um nicht zu sagen, am allermeisten, missfiel es mir, diese 42 von ihrem offensichtlichen Besitzer getrennt zu sehen.

Woher hast du das?, fragte ich sie streng.

Selbst gemacht, sagte sie. Mit beigen Wachsstiften.

Es gibt keine beigen Wachsstifte, stellte Lisa fest.

Sscht, Lisa, sagte ich. Ann, ich weiß, dass du das nicht selbst gemacht hast. Ich weiß, wem das gehört, sagte ich. Gib mir die 42. Ich bringe sie ihm gleich heute zurück. Nein, sagte Ann und drückte die 42 an sich. Das ist meine Zahl. Ich hab sie mitgebracht. Ich hab sie mit beigen Stiften gemacht. Und überhaupt gibt es ganz viele beige Stifte. Und ich will jetzt damit addieren, subtrahieren und multiplizieren, sagte sie.

Lisa hielt ihr Blatt mit den Aufgaben hoch und zerriss es in der Luft. Multiplizieren verboten, rief sie.

Ann holte tief Luft. 42 + 1 = 43, sagte sie. 42 + 0 = 42. Okay, sagte ich. Und jetzt –

42 + 6 = 48, sagte Ann.

Gut addiert, Ann, sagte ich. Diese Zahl gehört meinem Nachbarn. Du musst es mir sagen: Wo hast du sie gefunden? Gib sie her.

Sie hielt sie fest. 42 + 3 = 44, sagte sie. Und jetzt subtrahieren: 42 – 1 = 41.

Eine hat sie falsch gerechnet, bemerkte John Beeze.

Sehr gut, Ann, sagte ich. Und jetzt möchte ich, dass du mir die 42 gibst, bitte. Für heute ist Schluss mit *›Zahlen und Gegenstände‹*.

Danny stülpte den Kissenbezug behutsam über den amputierten Arm seines Vaters. Die übrigen Kinder rumpelten unruhig auf ihren Bänken herum. Die 42 war eine zu schwierige Zahl, als dass sie damit konfrontiert werden wollten. Lisa hatte ihren Platz verlassen, stellte sich an den Materialschrank und hielt eine Schachtel mit Stiften in die Höhe.

Schaut her, sagte sie und suchte die Stifte einzeln heraus. Rot, grün, blau. Kein einziger davon ist beige, sagte sie. Ann hielt die 42 fest an sich gedrückt.

42 – 0 = 42!, sagte sie. Und was für einen Stift nimmt man, wenn man Brot zeichnen will?, fragte sie. Oder Kar-

toffeln? Ann, sagte ich und bemühte mich um eine ruhige Stimme. Du hast Recht. Gut gemacht. Lisa, setz dich! Das sind alles beige Sachen. Und jetzt gib mir bitte die 42.

Ich will aber nicht, rief Ann, und ihre Stimme wurde immer schriller.

Ich nehme Braun, wenn ich Brot zeichne, sagte Lisa. Weizenbrot schmeckt mir.

Ich hatte meine Stimme wieder im Griff. Ann, sagte ich. Bist du schon einmal im Haushaltswarenladen gewesen? Wo hast du die Zahl gefunden?

Ann drückte die 42 noch fester an sich.

Ich hab sie im Park gefunden, sagte sie. Unter meinem Kissen.

Und wenn ich Kartoffeln zeichne, nehme ich Grau, machte Lisa unbeirrt von hinten weiter.

Ich hab sie im Essen gefunden, sagte Ann. Im Kartoffelbrei. Alles *beige.*

Das muss aber viel Kartoffelbrei gewesen sein, stellte John Beeze beeindruckt fest.

Komm schon, sagte ich. Sie gehört einem Mr. Jones.

Ich kenne Mr. Jones, mischte sich Ellen ein.

Gut, sagte ich. Nun, dann weißt du auch, dass er die Zahlen selbst macht und dass er sie braucht. Jede einzelne dieser Zahlen braucht er unbedingt. Lisa, komm zurück und setz dich auf deinen Platz.

Ann umklammerte die Zahl. 42 ist meine Lieblingszahl, sagte sie.

Die Vorstellung, dass die 42 in ihrer warmen Hand schmutzig und weich wurde, war mir schier unerträglich. Die Kordel war alt und ausgefranst, und erst kürzlich hatte ich sie am Hals von Mr. Jones baumeln sehen, eine überwältigende Eintrittskarte in das Universum. Sein Gesicht war straff gewesen, die Augen klarer als sonst, seine Haut strahlender, sie hatte von innen heraus geleuchtet. Und ich ertrug es nicht, dass sie nun fehlte, dass er sich beim Aufwachen präzise wie 42 fühlte und keine Möglichkeit hatte, seine genaue Stimmung auszudrücken, sondern nur eine 41 oder 43 zur Hand hatte, von denen keine genau passte, sogar überhaupt nicht passte, und dass er sich deshalb in die Niederungen der Dreißiger begeben, sich auf etwas Niedrigeres verlegen musste.

Lisa ging zu ihrem Platz zurück und machte mit dem Mund klackende Geräusche. John war in Gedanken versunken, vermutlich sinnierte er gerade darüber, wie groß die Teller im Haushalt der DiLannos sein mochten. Ich streckte die Hand aus. Ann starrte mich an.

Das ist meine 42, sagte sie und knetete daran herum. Sie ist perfekt, sagte sie. Nicht wie dieser blöde Arm, der überhaupt nicht wie eine 1 aussieht.

Danny stand auf. Mein Arm ist spitze! Mein Arm ist Nummer Eins! Mein Dad war im Krieg!, rief er.

Das ist kein Spaß, Ann, ermahnte ich sie.

Die Glocke läutete zur Pause. Die halbe Klasse rannte nach draußen. Einen Augenblick lang blieb Danny angespannt und aufgeplustert wie ein Pfau stehen, dann packte er seine 1 und schleppte sie davon. Lisa trödelte in der Nähe der Tür herum. Ann blieb wie festgenagelt in ihrer Bank sitzen. Ich hab sie in meinem Ohr gefunden, sagte sie.

Lisa atmete tief ein. Also, das ist echt merkwürdig. Hörst du mich? Ihre Stimme wurde lauter: Halloooo, rief sie. Ich setzte mich vor Ann hin.

Ich habe eine Idee. Wir beide gehen nach der Schule zum Haushaltswarenladen. Er arbeitet dort. Dann geben wir sie ihm gemeinsam zurück. Er wird sich bestimmt freuen, dass du seine Zahl gefunden hast. Wer weiß, vielleicht kriegst du sogar eine Belohnung dafür.

Anns Augen wanderten durch das Klassenzimmer. Ich musste an mich halten, ihr die 42 nicht in einem unbeobachteten Augenblick aus dem Schoß zu reißen. Aber ich wollte nicht riskieren, dass die Zahl dabei kaputtging.

Mit Ihnen?, fragte sie.

Mit mir, sagte ich.

Heute?, fragte sie.

Heute, sagte ich.

Aber ich hab um halb fünf Ballettstunde, erklärte sie. Wir gehen direkt nach der Schule hin, schlug ich vor. Dann hast du noch jede Menge Zeit.

Na gut, sagte sie. Ihr bisher so verbissenes Gesicht entspannte sich allmählich.

Ich hab sie im Vorgarten gefunden, sagte sie. Sie hat dort auf mich gewartet. Sie hing im Vorgarten am Baum. Sie war perfekt, sagte sie.

42.

Du hast sie im Vorgarten gefunden?, fragte ich nach.

Genau, sagte Ann. Am Baum mitten im Vorgarten.

Der Stuhl, auf dem ich saß, war aus Holz, und ich ließ die Hand darauf sinken und klopfte. Weil Ann 8 war. Gut möglich, wenn nicht sogar irrsinnig wahrscheinlich, dass einer ihrer Eltern 42 Jahre alt war. In diesem Moment brachte ich es nicht über mich, sie direkt danach zu fragen; ich wollte einfach nur Mr. Jones seine Zahl zurückgeben und fertig. Vor Angst begann mein Magen zu rumoren.

Kann ich auch?, fragte Lisa von der Tür her, über den Lärm kreischender Schüler hinweg, die ihre Pausenbrote auspackten.

Natürlich, sagte ich. Du hast ja schließlich Pause.

Nein, ich meinte, ob ich auch mit zum Haushaltswarenladen darf?, fragte sie. Darf ich?

Ich schaute Ann an. Sie zögerte kurz und nickte dann kaum merklich.

Gut, sagte ich. Wir gehen um drei los, dann könnt ihr Mr. Jones kennen lernen.

Bis dahin häng ich sie mir um, sagte Ann und stand auf. Sie legte sich die Kordel um den Hals und stellte sich trotzig vor mich hin. Die Zahl reichte ihr bis zum Nabel und beulte ihr T-Shirt leicht aus.

Pass gut darauf auf, sagte ich. 42 ist eine gute Zahl. Ja, sechs mal sieben, sagte Lisa von der Tür her.

Und genau so alt wie meine Ma und mein Dad, rief Ann und lief auf den Schulhof hinaus.

19

Ich hatte einmal eine Ansichtskarte von Joanna Stuart, meiner früheren Nachbarin, bekommen, die jetzt in Florida lebt. Sie hatte Sand darüber geschmiert, ihn festgeklebt und die Karte losgeschickt, weil ich sie vor ihrer Abreise darum gebeten hatte. Schau! Ich hielt sie meiner Mutter hin. Florida. Wir hielten unsere Nasen an die Karte, wollten den Sand riechen, der nach Klebstoff roch. Meine Mutter nahm die Ansichtskarte mit nach oben in ihr Arbeitszimmer. Joanna hatte darauf geschrieben: Hi, Mona, ich wohne in Florida. Tschüs.

Sie hatten das Baby hier begraben. Ich ging es manchmal besuchen, wenn ich in der Stadt zu tun hatte. Dann machte ich einen kleinen Abstecher zum Friedhof, wo ich das Gras und die Erde streichelte und so tat, als wäre ich Joanna. Hi Baby, sagte ich dann, ich bin's, deine große Schwester. Ich stellte mir vor, dass es den Unterschied nicht merken würde. Der Grabstein war genauso groß wie die anderen. Es war der einzige mit diesem Familiennamen.

Lisa, Ann und ich betraten den Haushaltswarenladen um zwanzig nach drei an jenem Nachmittag, nach einem hindernisreichen Spaziergang von der Grundschule durch den Park. Die Mädchen waren schnell und geschickt über Bänke und Baumwurzeln geklettert, hatten Seeräuber gespielt, ein Spiel, das eindeutig von Lisa dominiert wurde. Sie war der böse Seeräuber, der Ann, den Sklavenpiraten, knechtete. Ann war nur halbherzig bei der Sache. Immer wenn sie vorschlug: Komm, spielen wir was anderes, rief Lisa: Oho! Böser Pirat will anderes Spiel! Dreihundert Peitschenhiebe!, und damit hatte es sich. Ann zahlte es Lisa schließlich doch heim, als sie erklärte, ihre Haare wären beige. Ist überhaupt nicht wahr, schnaubte Lisa. Meine Haarfarbe heißt aschblond. Und wenn ich sie male, nehme ich einen *gelben* Farbstift.

Ich mischte mich nicht ein. Es war ja keine Tafel da, auf die ich hätte Namen schreiben können. Ich erkundigte mich nur einmal bei Ann, ob ihre Eltern wohlauf waren, aber sie verstand meine Frage nicht. Ich schüttelte besorgt den Kopf und strich mit den Fingerknöcheln über Baumrinden.

Als wir zur Straße kamen, sagte ich zu Lisa und Ann, sie sollten sich zum Überqueren der Fahrbahn an den Händen halten. Ein paar Minuten lang lehnten sie mein Ansinnen rundweg ab, und so blieben wir ein paar Minuten lang an der Bordsteinkante stehen. Schließlich war ich damit einverstanden, dass sie sich nur an den Ellbogen berührten und in die entgegengesetzte Richtung schauten, was aussah wie ein volkstümlicher Country-Western-Tanz. Wir überquerten die Straße und betraten den Haushaltswarenladen; die Türglocke kündigte unser Kommen an. Ich schaute zur Kasse. Mr. Jones saß nicht hinter der Ladentheke.

Ann und Lisa inspizierten die Regale.

Türknöpfe!, rief Lisa und hielt einen aus blauem Glas in die Höhe.

Ann schaute in die Schachtel mit den Nägeln und tauchte vorsichtig eine Hand hinein, als wäre es eine Wanne mit Wasser. Ich schaute auf die leere Stelle an der Wand, wo meine Axt gehangen hatte.

Mr. Jones?, rief ich.

Nichts.

Vermutlich ist er nicht da, sagte ich.

Die Mädchen achteten nicht auf mich. Ann schaltete eine Taschenlampe ein und malte mit dem weißen Licht Figuren an die Wände, wippende Kreise, Striche und Pluszeichen.

Lisa hatte sich ein Messer gegriffen.

Leg das sofort zurück, sagte ich.

Sie schaute mich treuherzig an.

AUF DER STELLE!, sagte ich mit barscher Stimme, und sie hängte es wieder an die Wand.

Miss Gray ist gemein, hörte ich sie Ann zuflüstern. Ann kicherte.

Immer noch kein Mr. Jones.

Ich ging zu dem Platz, an dem meine Axt gehangen hatte, und stellte mich einfach daneben, der Raum, den sie eingenommen hatte, war mir immer noch angenehm, ich stattete der leeren Stelle hier im Haushaltswarenladen einen Besuch ab. Ann und Lisa hatten ihr Piratenspiel wieder aufgenommen, und Lisa verkündete, sie würde Ann jetzt an einen Duschvorhang tackern.

Mr. Jones?, rief ich noch einmal.

Mr. Jones, rief Lisa.

Ich habe Ihre 42, sagte Ann.

Ich habe Ihre 42, äffte Lisa nach.

Es gibt auf der ganzen Welt nichts, das so nervtötend ist, wie ein Kind, das alles nachplappert.

Hör sofort damit auf, sagte ich. Ich hörte ein winzig kleines, kaum hörbares Hör-auf-Echo von Lisa. Ich warf ihr einen wütenden Blick zu und ging zur Hintertür, schaute mich um, sah aber immer noch niemanden.

Na ja, vermutlich ist er nicht da, sagte ich.

Ich entdeckte die Mädchen am Regal mit den Hämmern.

Geht da weg, sagte ich. Haushaltswarenläden sind wirklich nichts für Kinder, sagte ich.

Ann ist ein menschlicher Nagel, sagte Lisa. Man muss sie einschlagen. Sie waren es doch, die uns hierher mitgenommen hat, Miss Gray, sagte sie. He, Ann, halt mal den Kopf still. Lisa hob einen riesigen Hammer von der Wand. Gedankenlos hielt ihr Ann den Kopf hin. Ich riss Lisa zur Seite. Was fällt dir ein?, herrschte ich sie an.

Sie vermied es, mich anzusehen. Keine Ahnung, sagte sie. Ich bin heut nicht gut drauf, sagte sie.

Ich nahm ihr den Hammer aus der Hand und steckte ihn in einen Berg Schraubenschlüssel.

Geht's deiner Mama gut?, fragte ich.

Sie versteifte sich sichtlich. Gehen Sie weg von mir, sagte sie.

Ich entdeckte Ann mutterseelenallein bei den Bohrern. Ich werde die 42 behalten, erklärte sie. Er ist nicht da. Damit gehört sie dem Finder.

Ann, sagte ich. Er wird jeden Moment kommen. Ich weiß auch nicht, warum er nicht da ist. Vielleicht trinkt er irgendwo eine Tasse Kaffee oder so was. Sind deine Eltern eigentlich gesund?, erkundigte ich mich.

Lisa ging zur Eingangstür.

Ich zähle jetzt alle geraden Zahlen bis fünfhundert, rief sie.

Super Idee, sagte ich erleichtert.

Und wenn wir dann immer noch nicht gehen, überfährt mich eben ein Auto, erklärte Lisa. Achtung, fertig, los: zwei, vier, sechs –

Anns Finger strichen über einen Bohrer.

Meine Eltern sind gesund, sagte sie. Mein Dad hat gesagt, er braucht einen Bohrer.

Sehr schön, Ann, sagte ich. Aber dazu musst du noch mal wiederkommen.

Ich will aber einen Bohrer haben, sagte sie. Wenn der Verkäufer nicht da ist, ist er selber schuld. Außerdem merkt's eh keiner.

Vergiss es, sagte ich. Komm jetzt.

Zweiundfünfzig, vierundfünfzig –

Okay, und wie wär's mit einem Nagel?, bohrte sie. Kann ich dann wenigstens einen Nagel haben?

Sie lagen lose in der Schachtel, kleine, winzige T-s. Dunkelbraungrau.

Und kann ich jetzt die 42 in meinem Zimmer an die Wand hängen?, fragte sie.

Aber du wolltest die 42 doch zurückgeben, sagte ich. Weißt du noch? Die 42 gehört nicht dir. Weißt du noch? Mr. Jones!, rief ich. Sind Sie da?

Hundertzwanzig, zählte Lisa laut.

Ann scharrte mit den Füßen. Keine Ahnung, was Sie meinen, maulte sie.

Ann!

Ihre Miene wurde säuerlich. Na gut, meinte sie. Ich geb sie zurück.

Dann darfst du dir einen Nagel aussuchen, sagte ich. Aber nur einen.

Ich hatte das Gefühl, dass sie eine Stunde brauchte, bis sie den perfekten Nagel gefunden hatte. Sie nannte ihn Howard und ging damit zur Tür. Immer noch kein Anzeichen von Mr. Jones. Lisa hatte fast zu Ende gezählt, und ich scheuchte Ann zur Tür. Als Lisa Fünfhundert! rief, hatte ich schon eine Hand auf ihrer Schulter, und als sie so tat, als wollte sie auf die Straße und in die Autos laufen, packte ich hart zu und zischte: Wage nicht einmal daran zu DENKEN, und sie ließ die Schultern sinken, stellte sich dicht neben mich und war plötzlich ausgesprochen zugänglich. Wir gingen zur Tür hinaus, die Sonne stand einen Tick tiefer, und im Park hatten die Kinder schulfrei und hüpften um die Bänke und bespritzten sich mit Wasser aus dem Trinkwasserbrunnen.

Eigentlich müsste ich jetzt ins Krankenhaus, sagte Lisa und nahm meine Hand.

Ann sagte: Und ich müsste wieder in die Schule, weil ich zur Ballettstunde abgeholt werde.

Sollen wir Rollen tauschen?, bot Lisa Ann an, als wir wieder im Park waren.

Klar, sagte Ann. Los.

Lisas Gesicht hellte sich auf. Echt?, fragte sie. Echt? Ann begann zu lachen, grausame Rache würde sie üben für die Piratenqualen, die sie hatte erdulden müssen.

Vergiss es, sagte Lisa. Hab nur Spaß gemacht.

Nachdem ich Ann vor der Schule und Lisa in der blau spiegelnden Wasserfläche des Krankenhauses abgesetzt hatte, ging ich zurück zum Haushaltswarenladen, um nach Mr. Jones zu sehen. Die Tür stand immer noch sperrangelweit auf, und im Raum breitete sich der Abend aus, Schatten von Werkzeugen reihten sich an den Wänden. Mr. Jones!, rief ich. Sind Sie da? Hallo? Alles war ruhig und still. Ich ging in das Hinterzimmer, in dem braune Kisten aufgestapelt waren und das süß nach dem Sägemehlgeruch zerrissener Kartonagen und alten Äpfeln duftete, doch von ihm keine Spur. Mr. Jones?, rief ich noch einmal. Mittlerweile machte ich mir ernsthaft Sorgen. Er hatte sein Geschäft während der Öffnungszeiten noch nie so lange allein gelassen, deshalb ging ich zu seinem Haus hinüber und klopfte gut zehn Minuten lang an seine Tür. Keine Antwort. Ich konnte das Gefühl gebrauchen, auf diese schöne Eiche zu klopfen, und so blieb ich noch eine Weile stehen und arbeitete meinen ganzen Tag auf der Tür ab, die Sorgen, die ich mir um Anns Eltern machte, um Ann, die Mr.

Jones seine 42 weggenommen hatte, um das nahende Ende der 50, um einen Tisch voller hustender Siebenjähriger, um Lisas Mutter, die für den Rest ihres Lebens im sechsten Stockwerk des Krankenhauses gefangen war, um das Lächeln des Biologielehrers, die Art, wie er es mit Bedacht einsetzte, ohne es überzustrapazieren. Ich klopfte, bis es mir zu kalt wurde. Auf dem Heimweg winkte ich zum Haus meiner Eltern hinüber. Ich ging nicht hinein.

TEIL DREI:

42

20

Ich hatte meinen ersten großen Erfolg beim Wettlaufen als Fünftklässlerin, und in der fünften Klasse ist Geschwindigkeit eine große Sache. Ich war schneller als der schnellste Junge. Und der war schnell. An eben jenem Wettkampftag glaubte ich tatsächlich, dass ich mich in die Erdumlaufbahn schießen konnte, Oberschenkel aufwärts, Schienbein zurück, Ferse hoch und ab die Post. Als ich während des Wettlaufs die Teilnehmer neben mir, vor mir und hinter mir sah, wollte ich unbedingt schneller laufen und alle hinter mir lassen, ihnen davonlaufen, wie der Teufel, und genau das tat ich dann auch; ich bestand nur noch aus Muskeln und Siegeswillen. Nach dem Sieg war ich eine Weile das berühmteste Mädchen von allen Mädchen, und die Jungs fingen an, mich zu hänseln, und mir war das nur recht, und ich rannte wieder und wieder, und ich sprintete wieder und wieder, bis es klar war, dass mein Erfolg mit Glück nichts zu tun hatte. Das Mädchen kann laufen, sagte meine Sportlehrerin. Ich ging zu ihr und stellte mich dicht neben sie. Sie sah, dass ich da war. Du kannst LAUFEN, sagte sie. Ich meinte, vor Stolz auf mich sterben zu müssen, und ich glaubte, vor Scham sterben zu müssen, weil ich nicht die blasseste Ahnung hatte, wie ich es geschafft hatte, ich hatte es eben geschafft, und deshalb wollte ich anderen Menschen etwas geben, und beim Mittagessen gab ich von meinem Nachtisch ab, und als ich nach Hause kam, half ich meiner Mutter, die ihre Broschüre *Die Geschichte des Highway* layoutete, und ich dachte bei mir: Wozu brauchen wir einen Highway, wenn allgemein bekannt ist, dass ich in fünf Sekunden nach New York City und zurück rennen kann.

Entschuldigen Sie, ich muss los, ich muss rasch irgendwohin.

Ein Jahr lang lief ich Wettrennen in der High School, und das gleiche Gefühl stellte sich für kurze Zeit wieder ein, eine Sekunde lang spürte ich den offenen Riss in der Lunge, der eine neue, babyzarte Lunge offenbarte, ein neues Herz, das sich hinter dem alten entfaltete, neue Knochen, ich spürte die Luft, die die Haut von meinem Rücken schälte: gehäutet und geschmeidig, aber damals hatte mein Vater schon angefangen, weniger zu werden, und das alte Gefühl sollte nie wieder so stark sein wie damals, als ich gewann und unbedingt gewinnen *wollte:* An jenem Wochenende waren er und ich auf den Sportplatz gegangen, damit ich ihm zeigen konnte, was ich draufhatte, und sein Schritt war der eines Riesen gewesen, aber trotzdem hatte er mich Miss Speedy genannt, und einmal, ein einziges Mal, hätte ich ihn beinahe überholt.

Zu Hause stellte ich mich auf den Esszimmertisch. Schau her, sagte ich zu meiner Mutter, ich wachse jetzt gerade. Sie hatte mich angelacht. Nein, wirklich, sagte ich. Ich hab das Gefühl, dass sich meine Knochen bewegen.

Sie goss mir ein Glas Milch ein. Da, sagte sie.

Wir schauten beide zu, wie die weiße Flüssigkeit verschwand. Aus dem Glas heraus, in mich hinein: von Geisterhand.

Bis zum Geburtstag Nummer 51 war es nur noch eine Woche hin.

Der Nichts-Geburtstag. Die Zahl von Nichts.

Am Sonntag packte ich den Dünger für meinen Dad ein, ging aber zuerst noch in die Stadt, um nach Mr. Jones zu sehen. Die Tür zum Haushaltswarenladen stand weit offen, aber noch immer war sein Hocker neben der Kasse leer, auf dem er gewöhnlich saß und las. Hämmer in Reih und Glied säumten die Wände, harte, schwarze Arbeiterhelme saßen auf Arbeiterkörpern aus Holz. Ich rief seinen Namen und suchte im Laden nach ihm, aber vergeblich, und so ging ich mit mulmigem Gefühl wieder hinaus. Auf dem Weg nach draußen nahm ich eine Schraube aus der Schraubenschachtel, steckte sie mir in den Mund, lutschte an dem Stahl und drückte die Zunge in den gefurchten Schlitz.

Ich ging hinüber zum Haus meiner Eltern.

Ungefähr auf halbem Weg dorthin fiel mir ein Baum auf, der auf seiner Wurzel einen beigefarbenen Tumor hatte. An jedem anderen Tag wäre ich einfach vorbeigegangen und hätte es nicht einmal bemerkt – Bäume mit Tumoren an den Wurzeln sind schließlich nichts Besonderes – und hätte weiter überlegt, wo Mr. Jones abgeblieben sein konnte, aber als ich näher kam, verwandelten sich die Wurzelspitzen zu Winkeln und Geraden, und als ich näher hinsah, erkannte ich, dass neben dem Baumstamm eine wächserne 13 an einer Kordel lag. Mein Herz setzte einen Schlag aus. Ich spuckte die Schraube aus. Ich bückte mich, hob die Zahl von der Erde auf und hängte sie mir über den Arm. Was hatte das zu bedeuten? Ich strich über das harte Wachs. Ich setzte meinen Weg fort und sinnierte gerade darüber, ob es vielleicht eine Art Botschaft von Mr. Jones an die Außenwelt war, eine Botschaft, auf die ich mir allerdings keinen Reim machen konnte, als ich um eine Ecke bog, die Straße überquerte und an einer Hecke eine echte Wachs-8 hängen sah.

Die Poren meiner Haut froren zu. Das passte nicht. Das war nicht richtig. Hinter mir schoben Leute einen Rollstuhl die Straße hinunter. Als sie um die Ecke verschwanden, rannte ich zur Hecke, nahm vorsichtig die 8 in die Hand, die in der Sonne warm und weich geworden war, und nestelte die Kordel aus dem Gebüsch. Einen Augenblick lang hielt ich sie in der Hand: 8. Schlechte Stimmung, mieses Leben. Dann hängte ich sie zur 13.

Die nächsten fünf Straßen fand ich weitere Zahlen, losgelassen wie streunende Hunde, und jedes Mal machte mein Herz einen Satz, wenn ich die abgenutzte Kordel und den modellierten Wachsklumpen von der Rückenlehne einer Bank baumeln oder vom Ast eines Baumes hängen sah. 23. 37. 4. 11. Alle Launen. Jede Form.

Lebensjahre, Launen und Tod, überall verstreut.

Jede einzelne Halskette sammelte ich vorsichtig auf, wischte behutsam die Erde ab und hängte sie mir um den Arm. Wo war Jones? Vermoderte er an einem Strand? Verhungerte er auf dem Highway? Ich legte mir die 23 um den Hals, und bei jedem Schritt schlug das Wachs gegen meine Rippen. Ich hoffte, ein Gefühl von Harmonie würde sich einstellen, aber um die Wahrheit zu sagen: Ich fühlte mich bedeutend schlechter als 23, eher so um die 10 herum, und deshalb kam es mir nicht richtig vor, mit der falschen Nummer herumzuspazieren, außerdem war es respektlos dem System von Mr. Jones gegenüber. Ich nahm sie ab.

Ich klopfte noch einmal an seine Tür, aber niemand machte auf.

Bei meinen Eltern entdeckte ich meinen Vater im Garten. Er kniete auf der Erde und versuchte, das Gras um seinen misslungenen *Gesundheitskreis* flach zu klopfen, das im Inneren noch immer nicht ganz nachgewachsen war.

Wie geht es dir?, erkundigte ich mich. Ich trug Beige. Ich kniete mich neben ihn und gab ihm den Dünger.

Er rupfte vertrocknete Grashalme aus. Der offene Kreis war immer noch deutlich zu erkennen, braun und klar abgegrenzt. An der offenen Stelle des Kreises wucherte grünes Gras. Mein Vater rupfte noch ein paar Hand voll Grashalme heraus und legte mir dann eine Hand auf die Schulter. Danke, sagte er. Er griff in den Beutel und verstreute Düngerkrümel wie Fischfutter über die Brandmale.

Schön, dass du gekommen bist, sagte er. Was hast du da am Arm? Ich richtete den Blick auf das Wachs- und Kordelwirrwarr an meinem Handgelenk. Ich ließ ihm Zeit, die Zahlen zu erkennen und mir einen Rat zu geben. Zahlen, sagte ich und hob meinen Arm etwas an. Er nickte freundlich, stand auf, ging zur Schiebetür und dann ins Haus.

Mr. Jones wohnte jetzt seit über zwanzig Jahren neben meinen Eltern, hatte früher meine Mathe-Arbeiten benotet und beriet uns jetzt in Fragen des richtigen Düngers, aber das Gesicht meines Vaters zeigte nicht den geringsten Anflug des Erkennens.

Das da ist das Herz von einem Menschen, sagte ich leise. Ich hab das Herz von jemandem am Handgelenk hängen.

Er hörte mich nicht.

Wir gingen beide ins Wohnzimmer. Ich, mit diesem Tagebuch um den Arm, und mein Vater, der sich auf das Sofa sinken ließ; ich rief meiner Mutter, die im Esszimmer arbeitete, einen Gruß zu. Sie grunzte. Ich fragte sie, ob sie am Wochenende Mr. Jones gesehen hätte; sie sagte Nein, richtig, jetzt wo du's sagst, und fragte, weshalb ich fragte. Ich gab zur Antwort: Nur so. Die Luft fühlte sich in meiner Nase dünn an. Mein Vater wickelte sich in eine Decke, obwohl es warm im Haus war, und schaltete den Fernseher ein. Als wir zusammen auf der Couch saßen, räusperte er sich ein paar Minuten lang ausgiebig, er zappte durch die Kanäle und blieb schließlich bei einem alten Actionfilm in Schwarzweiß hängen. Wieder einmal ging es um einen Bankraub, aber der Film gefiel ihm offenbar, und ich sah Bankräuber, die zusammen über den Bildschirm flitzten, und die Erbin mit ihrem langen Kleid und den langen Wimpern, und dann noch Waffen und bim, bim, bam: Werbung. Ich vermisste den Biologielehrer schrecklich, als ich mir das so anschaute.

Was macht die Schule?, fragte er.

Im Haushaltswarenladen ist keiner, sagte ich.

Mein Vater legte die Füße auf den Lederhocker vor sich.

Was brauchst du?, fragte er. Die Werkzeugkiste ist in der Garage.

Ich fingerte an den Zahlen aus Wachs herum. Ich brauche kein Werkzeug, sagte ich.

Er strich die Decke über seinen Beinen glatt. Ich hätte gern gewusst, wie es ihm wirklich ging, wusste aber nicht, wie ich fragen sollte. Stattdessen griff ich in das Regal über unseren Köpfen und holte ein Album herunter, mit Erinnerungen an die Zeit, als er gelaufen war, als er jung gewesen war, Schwarzweißfotos eines Mannes, der damals noch nicht schwarzweiß gewesen war. Ich schaute mir die Siegestrophäen an, strich mit einem Finger über die welligen, seidigen blauen Bänder der Uni-Mannschaft. Erster Platz, erster Platz, erster Platz.

Fehlt dir das Laufen?, fragte ich.

Erster Platz, zweiter Platz, erster Platz.

Die Werbung war vorbei. Jetzt waren die Polizisten am Zug. Jetzt lieferten sich alle in ihren Autos Verfolgungsrennen. Rennen, Rennen, Rennen. Die Polizisten wenden. Die Räuber wenden. Quietschen um die Kurven. Alles ging rasend schnell. Die Schauspieler waren aus einer anderen Zeit, hatten andere Staturen, breitere Stirnen, lockigere Haare. Mein Vater schwieg bis zur folgenden Werbepause eine Viertelstunde später, drehte sich dann nur zu mir um und sagte Ja.

Bis dahin hatte ich vergessen, was ich ihn gefragt hatte, und dann fiel es mir widerstrebend wieder ein. Ich riss ein Stück Folie von einer Seite des Albums ab, als mir bewusst wurde, was er meinte. Ich wollte wissen, was ihn wohl dazu bringen könnte, sich schnell zu bewegen – eine Pistole? Eine Bombe? Ich? Ich würde an ihm vorbeiflitzen, viermal um den Häuserblock herum, die Wangen rot vor Anstrengung, Am Leben! Am Leben! keuchend, und wäre in der Zeit, in der er es bis zur Tür geschafft hatte, um mir nachzusehen, längst wieder zurück.

Ich klappte das Album zu, das mittlerweile etwas nach Schimmel roch, blies Staub vom Einband und stellte es wieder auf das Regal neben Bücher über Hautkrankheiten. Inzwischen lief der Film wieder, und mitten in den Lärm peitschender Schüsse hinein sagte ich Tschüs. Er lächelte mich an, schloss die Augen. Der Nachmittag machte sich allmählich bei ihm bemerkbar. Ich richtete die Zahlen auf meinem Arm und ging mich von meiner Mutter verabschieden, die an ihrem Schreibtisch saß und sich mit Fotos von undurchdringlichem Dschungel einerseits und sauberem Text auf weißen Quadraten andererseits beschäftigte.

Sie arbeitete zügig, und ich stand hinter ihr und schaute ihr zu. Sie passte die Textzeilen ein, zog den Klebestift sauber über die Rückseite der Blätter. Dir ist schon klar, sagte ich schließlich, dass keiner aus unserer Stadt jemals in eine dieser Gegenden reisen wird.

Im gelben Licht der Lampe wirkte ihr Gesicht gelb, und sie schaute mich, die Brille auf dem Nasenrücken, von unten herauf an. Ich kam mir gemein vor. Ich erwartete, dass sie mich anbrüllen würde. Ich wünschte, sie würde mich, ihre respektlose Tochter, anbrüllen, ihre Koffer packen und mir das Gegenteil beweisen. Zurückkommen mit besiegten Schlangen, die um ihre Unterarme geschlungen waren wie schuppige Armbänder, und mit einer Staubschicht auf dem Gesicht, und ihre Beine wären eine Symphonie aus perfekt geformten Schenkeln und schlanken, wissenden Waden.

Aber alles, was sie sagte, war: Und wenn schon.

21

Der Montagvormittag in der Schule begann normal.

Ich brühte mir eine Tasse Pfefferminztee in einem verbeulten Emaillebecher auf und nahm ihn mit in die Klasse.

Am Abend zuvor hatte ich die Wachszahlen, die ich gefunden hatte, auf meine Handtücher gebettet wie Edelsteine auf Samt. Am gleichen Abend rief ich alle Mr. Jones an, die ich im Telefonbuch fand – es gab zwölf –, aber keiner wusste, wo er war, und ein paar Leute wussten nicht einmal, wer er war. Eine Nummer hatte eine andere Vorwahl, und während ich mit der alten Frau, einer Mrs. Hilda Jones, sprach, die den Rest ihres Lebens in der großen Stadt lebte, hörte ich im Hintergrund Autos und Lastwagen. Wie heißt er mit Vornamen?, fragte sie mit zittriger Stimme. Ich hatte keine Ahnung. Minehead?, riet ich. Minehead Jones? Sie sagte Nein, und gute Nacht, liebes Kind, und als wir den Hörer aufgelegt hatten, fehlte sie mir. Ich vermisste die Geräusche dieser Lastwagen im Hintergrund, die Menschen, die das Straßennetz der Stadt befuhren.

In der Schule trank ich meinen Tee und machte mir Sorgen. Die erste Klasse war mit der Lese-Lehrerin auf einem Ausflug zu einem Lesewettbewerb, und so blieb mir noch etwas Zeit, bis die zweite Klasse anmarschierte. Einmal sah ich Benjamin draußen vorbeigehen, aber das kam so überraschend, dass keiner von uns etwas sagen konnte. Als ich gerade die Tür anstarrte und mir einen ungefähren Plan zurechtlegte, was ich tun wollte, falls Ann die 42 nicht mitbrachte, betrat eine Gruppe von Eltern ohne anzuklopfen das Mathe-Zimmer. Bevor ich überhaupt Hallo sagen konnte, redeten alle gleichzeitig auf mich ein.

Die meisten von ihnen erkannte ich wieder. Allem Anschein nach waren es Eltern meiner Schüler aus der Zweiten. Anfangs, noch bevor ich überhaupt mitbekam, was sie sagten, dachte ich, sie hatten eine Bürgerinitiative für Mr. Jones gegründet, wussten von der 42 und den anderen Zahlen und hatten jetzt eine Suchmannschaft zusammengestellt, die Guten. Oder vielleicht hatten sie Mr. Jones auch gefunden, dachte ich, oder sie wollten mir sagen, dass die Eltern von Ann DiLanno bei einem schrecklichen Giftunfall ums Leben gekommen waren, und dann machte ich mir Sorgen um Lisas Mutter und schließlich um meinen eigenen Vater, aber am Ende spitzte ich die Ohren und hörte, worüber sie wirklich sprachen.

– und abgesehen davon ist es schlicht-weg-un-passend, Mathematik mit Hilfe amputierter Gliedmaßen zu unterrichten, sagte Mimi Lunelles Mutter, deren Mund laut und rosa war und deren Fingernägel wie ein Getränk funkelten. Das ganze Wochenende hat Mimi von einer gigantischen 1 geträumt, die ihr an die Kehle wollte, schimpfte sie. Sind Ihnen Knöpfe und Klötzchen nicht mehr gut genug?

Amputierte Gliedmaßen?, fragte ich zurück. Ich trank noch einen Schluck Tee.

Mr. Gravlakis Schnurrbart bebte über seinen fest zusammengepressten Lippen.

Wir werden es nicht zulassen, dass Elmer mit Armen oder anderem Zeug, das mit Krieg zu tun hat, Rechenaufgaben löst!, polterte er, und Mrs. Gravlaki in ihrer Kittelschürze, einer Symphonie aus roten Knospen und orangefarbenen Sonnen, nickte eifrig dazu. Sehr richtig, meinte ein anderer Elternteil, der weiter hinten stand.

Und da fiel mir O'Mazzis Arm ein, diese hoffnungsvolle Blüte von Hand, hinter der Scheibe aus blauem Glas, zur Zimmerdecke empor gestreckt, und die Aufregung der Leute verwirrte mich ebenso wie sie mir auf die Nerven ging. Ich war so auf die 42 fixiert gewesen, dass ich den amputierten Arm völlig vergessen hatte.

Ist der Behälter denn zerbrochen?, erkundigte ich mich zaghaft.

Nein, er ist nicht *zerbrochen,* giftete mich Mrs. Lunelle an. Verstehen Sie denn nicht? – für Kinder ist es schlichtweg beängstigend, in der Mathe-Stunde mit Körperteilen konfrontiert zu werden!

Erfüllt von gerechtem Zorn bauten sie sich vor mir auf. Ich stand vom Stuhl auf und stellte mich an die Tafel.

Nun, sagte ich langsam, während ich mich bemühte, einen klaren Kopf zu bekommen, ich bin immer noch der Meinung, dass das ein sehr gutes Anschauungsmaterial war. Weil uns damit nämlich der Einstieg zum Multiplizieren und Dividieren gelungen ist. Diese zweite Klasse arbeitet bemerkenswert gut mit, sagte ich.

Unisono schüttelten sie die Köpfe, rückten mir noch näher auf den Pelz – aufgebracht, aber auch vorsichtig; insgeheim fürchten sich alle vor Mathe-Lehrern. Man braucht nur 100 000 – 56 889 an die Tafel zu schreiben, und schon flüchten die Leute in Scharen, außer sich vor Entsetzen über den Anblick dieser Nullen im Minuend.

Gerade wollte ich einen Vortrag über Ehrfurcht gegenüber unseren Kriegsveteranen vom Stapel lassen, als zum Glück meine Chefin herbeiwieselte. Sie hatte ein grünes Kostüm an, das eher nach Mittwoch als nach Montag aussah. Ihr Anblick allein gab mir das Gefühl, im falschen Film zu sein. Ich sagte nichts mehr; es gab nicht viel zu verteidigen; für mich war der Arm einer der besten Beiträge zu *›Zahlen und Gegenstände‹* im ganzen Schuljahr gewesen.

Worüber ihr Leute euch wirklich Sorgen machen solltet, hätte ich am liebsten gesagt, ist die Tatsache, dass Mr. Jones aus dem Haushaltswarenladen wie vom Erdboden verschwunden ist und vielleicht sogar inzwischen von Kojoten angefressen wird und dass in der ganzen Stadt Todesnummern verstreut sind.

Meine Chefin nahm die Gruppe mit nach draußen, um sie zu beruhigen, und dann läutete die Glocke, und herein marschierte die zweite Klasse, alle sieben im Gänsemarsch, die zwar verdutzt, aber hocherfreut ihre Eltern begrüßten. Was ist hier los?, fragte Elmer. Warum ist meine Ma in ihren Hausklamotten da?

Gar nichts, sagte ich. Macht euch keine Sorgen.

Ich machte die Tür hinter ihnen zu. Okay, Kinder, begann ich. Setzt euch. Macht euch keine Sorgen wegen eurer Eltern.

Dann haben Sie eins auf den Deckel gekriegt?, mutmaßte Ann. Die wären doch nie da, wenn Sie nicht eins auf den Deckel gekriegt hätten.

Erwartungsvoll setzten sie sich auf ihre Plätze, nur Ellen nicht, die sich an den Bleistiftspitzer stellte und das hintere Ende ihres Bleistifts spitzte, der nun zwei Spitzen hatte und aussah wie der Hammerkopf eines Hammerhais.

Ann spitzte die Ohren, weil sie die Unterhaltung vor der Tür mitkriegen wollte, aber alles, was zu uns hereindrang, war leises, eindringliches Reden. Erleichtert sah ich, dass sie offensichtlich ein normales Wochenende verbracht hatte.

Es ist wegen dem Arm, sagte Mimi Lunelle. Das ganze Wochenende hab ich schreckliche Sachen geträumt.

Danny zog die Augenbrauen hoch. Mein Arm?, fragte er.

Ellen, sagte Lisa, ich hör nichts. Hör endlich mit der blöden Spitzerei auf.

Das ist nicht *dein* Arm, sagte Ann zu Danny.

Lisa hatte eine Hand an ihr Ohr gelegt. Von wem sind denn die Eltern da?, wollte sie wissen.

Ach, sagte Mimi, von allen.

Ich unterbrach ihre Unterhaltung und erkundigte mich, wer heute etwas für ›*Zahlen und Gegenstände*‹ mitgebracht hatte, aber niemand meldete sich. Heute ist doch Montag, erklärten sie. Ich schrieb ein paar schwierige Subtraktionsaufgaben an die Tafel. 15–9. 23–16. Die Kinder saßen stocksteif auf ihren Plätzen, nur Ellen stand immer noch am Bleistiftspitzer. Rrrrrr, surrte er los und hörte dann wieder auf.

Lisa zappelte auf ihrem Stuhl herum, lief dann schließlich zu Ellen, knuffte sie in die Schulter und sagte: Hör sofort auf!

Andere Seite. Rrrr.

Das ganze Wochenende hatte ich an Lisa gedacht, daran, dass sie sich erst von einem Auto hatte überfahren lassen wollen und dass sie anschließend ins Krankenhaus gegangen war und dort Schläuche, Pumpen und stille Maschinen angeguckt hatte. Die Verlockung eines Todes, der schnell ist und laut.

Draußen vor der Tür führten die Eltern immer noch erregte, nicht zu entziffernde Diskussionen. Ann DiLanno drückte ihr Ohr an die Wand und runzelte die Stirn. Andere Seite. Rrrr. Ich verstehe absolut gar nichts, sagte sie.

Lisa zog einen Stuhl ans Regal, stieg hinauf, stellte sich auf die Zehenspitzen, streckte den Arm nach der Axt aus und nahm sie von ihrem Haken an der Wand.

So. Und jetzt sollen die blöden Eltern erst richtig stinkig werden, sagte sie.

Lisa, ermahnte ich, mach keinen Unfug mit der 7.

Das ist keine 7, sagte Ann. Das ist eine Harke. Die sieht kein bisschen wie eine 7 aus.

Leg die 7 weg, sagte ich. Ich ging zu Lisa und nahm sie ihr aus der Hand.

Und außerdem sind die Eltern nicht blöd, sagte Mimi Lunelle. Meine Mama ist nämlich richtig schlau.

Andere Seite. Rrrr.

Übrigens, Ann, hast du die 42 mitgebracht? Hat jemand von euch am Wochenende zufällig Mr. Jones vom Haushaltswarenladen gesehen?

Ellens Bleistiftmine brach ab; sie seufzte leise und steckte ihren rapide schwindenden Bleistift wieder in den Spitzer. Rrrr.

Lisa stand dicht neben mir und packte den Stiel der Axt, die ich festhielt.

He, Lisa, rief Ann aus ihrer Bank. Ich hab eine Idee. Miss Gray, sagte sie. Machen wir doch aus Ihnen eine Zahl und einen Gegenstand!

Die Klasse hielt kollektiv den Atem an.

Wie meinst du das, Ann?, fragte ich.

Also, ich wette mit Ihnen, dass Sie sich nicht trauen, sich einen Finger abzuschneiden.

Darauf würde ich an deiner Stelle lieber nicht wetten, dachte ich bei mir.

Lisa sprang sofort darauf an. Wir schneiden dir einen ab, Ann, rief sie. Warte, gleich komm ich rüber und schneid dir deinen Mund ab, wenn du nicht gleich still bist. Ellen, HÖR ENDLICH mit dem Spitzen auf!

John Beeze, der immer zu Lisa hielt, fing zu lachen an. Endlich holte Ellen den Bleistift aus dem Spitzer, blies so zart darüber wie über eine Pusteblume und setzte sich auf ihren Platz. Ohne dieses elektronische Rrrr zzzing kam mir der Raum leer vor, so still war es plötzlich.

Ann wirkte ein wenig nervös, redete aber weiter auf mich ein. Ihre Augen waren klar und grün. Was ist schon ein Finger?, sagte sie. Wir machen eine 1 für ›*Zahlen und Gegenstände*‹ daraus. Ist doch tausendmal besser als dieser Arm. Halt bloß den Mund, du, drohte ihr Danny O'Mazzi. Nein, echt, sagte Ann, hielt die Hand in die Höhe und spreizte ihre Finger. Schaut her! Ganz gerade!, rief sie. Weißt du, Ann, sagte ich freundlich, ich brauche meine Finger zum Zählen. Finger sind für Mathematik ganz wichtig, weil die Zehn eine gute Basis ist. Neun ist zu kompliziert. Unsere Körper sind genau so, wie sie sind, für Mathematik wie geschaffen.

Tun Sie's nicht, sagte Elmer.

Ich schüttelte den Kopf. Keine Sorge, Elmer, beruhigte ich ihn. Lisa, lass die 7 los. Kinder, nehmt ein Blatt Papier und löst die Aufgaben, die ich an die Tafel geschrieben habe. Und denkt daran, immer von der Zehnerstelle zu übertragen, wenn es nötig ist.

Ellen holte sich ein Blatt Papier vom Stapel auf dem Bücherregal und schrieb in ihrer akkuraten Handschrift ihren Namen und das Datum an den oberen Rand. Sie hatte keinen Radiergummi, zog dann aber aus ihrem Mäppchen einen zweiten Bleistift, diesmal ohne Mine, aber dafür mit einem Radiergummi auf beiden Seiten – Hammerhais Bruder –, den sie sich mit Hilfe eines Klebestreifens selbst gebastelt hatte.

Macht hin, rief Ann. Ich will einen Finger als 1 sehen. Und ich will Ann in der Mitte auseinander schneiden, sagte Lisa, die immer noch neben mir stand.

Danny O'Mazzi zog sich einen Turnschuh und den Socken aus, stellte den nackten Fuß auf den Tisch und wackelte mit den Zehen. Gestern in der Badewanne ist mir aufgefallen, dass mein kleiner Zeh wie eine 6 aussieht, sagte er.

Ich ließ mich kurz hinreißen und schaute hin. Sein Zeh sah tatsächlich wie eine umgedrehte 6 oder wie eine kleine, wackelnde 9 aus.

Dann schneid ihn dir doch ab, schlug Ann vor.

Du kannst ihn ja bei dir zu Hause auf den Kaminsims stellen, sagte Lisa.

Danny zog seinen Fuß schleunigst wieder zurück. Lisa

und Ann wechselten ein seltenes Lächeln. Draußen vor der Tür lachten die Eltern über irgendetwas, und klappernd entfernten sich Absätze von der Tür.

Blöde Eltern, sagte Lisa. Ich hasse sie.

Nur weil du selber keine hast, gab Danny zurück, der sich den Socken anzog.

John rammte Danny den Ellbogen in die Rippen. Lisa kniff den Mund zusammen, zog meine Hand mit der Axt nach oben, um Schwung zu holen und unter dem Stuhl Dannys Zehen zu treffen, aber ich schlug ihre Finger weg, legte die Axt auf den Tisch und hielt sie dort mit einer Hand fest.

Schluss jetzt!, sagte ich. Wir machen weiter. Ann, hast du die 42 mitgebracht? Danny, hör auf, an deinem Socken zu schnüffeln.

Elmers Augen waren weit aufgerissen, und sein Blick flackerte. Zählt Haut eigentlich auch als ein Gegenstand?, fragte er. Alles zählt, sagte John Beeze.

Lisa stand immer noch dicht neben mir. Ich spürte, wie die Hitze in ihr aufstieg. Mein Klassenzimmer war fensterlos. Falls Sie jemanden zum Fingerabschneiden brauchen: Das kann ich machen, sagte sie dann. Wirklich. Mir macht das nichts aus. Ich will auch wie Danny mit 1 multiplizieren. Nie üben wir Multiplizieren, und dabei kann ich mit allem multiplizieren, sogar mit der 9. Ich will in der Theaterstunde eine Amputierte spielen.

Das war MEINE Idee, sagte Ann. Das ist gemein.

Lisa, befahl ich. Setz dich.

Sie rückte noch näher. Ich spürte ihre warme Haut. Wieso nicht?, fragte sie. Ich mag *meine* Finger eh nicht besonders. Weil sie so wurstig sind. Sehen Sie? Geben Sie mir die 7. Ich will eine Textaufgabe sein. Lisa hatte fünf Finger. Einen davon hat sie sich abgeschnitten. Wie viele Finger sind noch übrig?

Vier Finger!, leierte John Beeze.

Jetzt stand Ann auf. Ich will jetzt auch, sagte sie. Als Ann zu uns herüberkam, umklammerte ich gerade den Stiel der Axt, um sie wieder zurück an die Wand zu hängen. Lisa starrte Ann an, Ann starrte Lisa an, und im gleichen Augenblick machte Ellen, umgeben von Hammerhai-Köpfen, Pipi.

Ellen, zur Toilette, rief ich.

Sie sah zu, dass sie zur Tür hinauskam, aber im gleichen Augenblick hatte Lisa gemerkt, dass der Druck meiner Finger nachgelassen hatte, und riss mir die Axt aus den Händen. Sie rannte durchs Klassenzimmer und schwang die Axt über ihrem Kopf.

Lisa, rief ich. Leg sie sofort zurück. SOFORT. Lisa! Ich schrieb ihren Namen an die Tafel: Lisa.

Mit hektisch gerötetem Gesicht rannte sie nach hinten. Ich ihr hinterher.

Nein, sagte sie. Ich will es tun. Ich will 9 x 9 = 81 rechnen, rief sie.

Ann zog eine Schnute und stampfte mit dem Fuß auf. Das war MEINE Idee, schrie sie. Ich will, ich will. Es war MEINE Idee. Immer darf Lisa alles machen!

Lisa ließ sich nicht fangen, sie sprang über Stühle, unter den Tisch, um die Bücherregale herum. Ich versuchte sie zu erwischen, machte an jeder Tafel, an der ich vorbeikam, Striche. Einen Strich, zwei Striche, drei. Sie machte sich nicht einmal die Mühe aufzusehen. Ich nach links. Sie nach rechts. Noch mehr Striche: vier, fünf, mehr als ein anderes Kind im ganzen Jahr, sechs, sieben. Das ganze Jahr Strafsitzen auf der Bank. Angesichts der vielen Striche klappte Elmers Kinnlade nach unten, aber Lisa scherte sich nicht darum. Immer wieder schlug sie Haken, ihre Augen blitzten, sie legte ihre Hand platt auf den hintersten Tisch und hielt die Axt wackelig darüber in der Luft. Ich rannte hinüber, und alle schauten gebannt zu, wie die Axt nach unten sauste und in den Tisch krachte, bäng, ihre Hand um wenige Zentimeter verfehlte und eine Kerbe in die Resopalplatte hieb, die von dem Schlag nachfederte. Vor Schreck blieb mir fast das Herz stehen, und Lisa starrte ihre Hand an, die immer noch vorhanden war, und John Beeze hebelte die Axt aus dem Tisch und wollte sie mir gerade zurückgeben, als Ann herbeigerannt kam und sie ihm aus der Hand riss.

Meine!, kreischte sie.

Immer noch schaute Lisa fassungslos ihre unversehrte Hand an. Ich brauch doch gar nicht alle Finger, sagte sie. Ich wollte die 9 als meine Basiszahl haben. Ich wollte einen weniger haben.

Ich packte Lisas Hand und drückte sie. Vor Erleichterung drehte sich alles in meinem Kopf. Dann brüllte Ann los: Ich will zwei weniger, ich will fünf weniger, und Lisa wand sich aus meinem Griff, sie hatte immer noch nicht genug, und rief: Dann schneid dir den ganzen Arm ab. Ich schneid ihn dir ab. Und überhaupt war das nicht deine Idee, es war MEINE Idee, und ich brüllte Lisa an: SETZEN!, und die anderen Kids waren mittlerweile entweder in allen möglichen Ecken in Deckung gegangen oder flitzten völlig kopflos durch das Klassenzimmer, und eines der Kinder, wahrscheinlich war es Mimi Lunelle, hockte unter dem Tisch, und Elmer brabbelte leise ein Gebet, und es gelang mir, mich Ann zu nähern, aber sie hielt die Axt hinter ihrem Rücken, und ich hatte Angst, noch näher zu kommen, weil die Schneide genau auf ihren Rücken zielte, und so brüllte ich nur: SETZEN!, so schrill und so autoritär ich konnte, und fast alles setzten sich auch hin, außer Ann und Lisa, die wie groteske Wasserspeier jede in einer Ecke am anderen Ende des Zimmers standen, Ann mit der Axt hinter ihrem Rücken und Lisa, die Hände zu Fäusten geballt.

Ich streckte den Arm mit der Handfläche nach oben aus. Wenn du mir die Axt nicht sofort gibst, werde ich eure Eltern anrufen und euch abholen lassen. Und dann brauche ich auch die 42, Ann. Gib mir die Axt.

Ich klopfte auf das Bücherregal aus massivem Holz. Meine Mama stirbt gerade im Krankenhaus und kann mich ohnehin nie mehr abholen, sagte Lisa.

Ann zog eine Grimasse. IMMER weiß Lisa eine Ausrede, sagte sie. Sie hielt den Holzstiel fest. Ich geb die Axt nicht her. Und die 42 auch nicht, sagte sie.

Die gehören aber nicht dir!, sagte ich. Ich bewegte mich Millimeter für Millimeter zur Seite, um hinter sie zu kommen, damit ich die Axt packen konnte.

Ann, sagte Lisa ruhig. Wenn du mir die Axt gibst, schneid ich dir gern deine Finger ab.

Nein, giftete Ann sie an. Miss Gray, kann ich Ihnen einen Finger abschneiden?

Nein, sagte ich und kam noch einen Schritt näher.

Ann hob die Axt über ihren Kopf. Dann schmeiß ich sie eben quer durch die Klasse, sagte sie.

Neiiin!, kreischten Mimi, Elmer, Danny und John.

Aber Ann hatte schon weit ausgeholt. Fast war ich in ihrer Reichweite, aber sie war schneller, schwang die Axt nach oben, die schwer in ihren Armen wog, wollte sie werfen, quer über den Raum schleudern, die Arme hoben sich über ihren Kopf, aber in dem Moment, als die Axt ihre Hände verlassen und fliegen sollte, zwang ihr Gewicht das Blatt nach unten, es zitterte ihren Körper entlang in Richtung Fußboden und traf mitten in ihren nackten Oberschenkel. Alle hörten es, wie sie durch die Haut schnitt und in ihren Oberschenkelknochen krachte. Auf direktem Weg. Stahl auf Knochen. Wie sich die Schneide in ihrem Oberschenkel versenkte – hart in weich. Quadrat in Zylinder. Ann DiLanno, Inneres nach außen, Ann DiLanno, aufgeschnitten wie Bauholz. Schnell füllte sich Blut um die Schneide. Die Haut klaffte auseinander, und Anns Gesicht verwandelte sich in eine entsetzte Grimasse, und sie begann zu kreischen.

Ich hab mir mein Bein abgeschnitten, brüllte sie.

Ach was, sagte ich, nur ein kleines Stück, und Lisa war schon an der Box mit den Papiertüchern und zog eines nach dem anderen heraus, scht, scht, scht, scht, und ich hörte Mimi würgen, und Ann sackte auf den Boden, die Axt steckte in ihrem Bein, und in diesem Moment kam Ellen mit einer frischen Hose zurück ins Klassenzimmer, einem der Fundstücke, die zu eben diesem Zweck verwahrt wurden, eine Hose mit Schottenkaro und Bügelfalten aus einer anderen Zeit, aber als sie die Bescherung sah, drehte sie sich auf dem Absatz um und rannte wieder hinaus. Lisa zog die Axt aus Anns Bein, das, sobald der Stöpsel entfernt war, Blut ausspuckte, und wir schichteten Papiertücher über die offene Wunde, was ungefähr so effektiv war wie ein Kronenkorken als Regenschirm, und ich versuchte, die beiden Hälften zusammenzupressen, aber es gelang mir nicht. Ann schluchzte. Es war eine tiefe Wunde, ein sauberer Schnitt, eine Schlucht, gefüllt mit Blut, vom Knie aufwärts, mehr nach innen als nach außen, viel, viel zu nahe an allem Wichtigen, und es erinnerte mich allzu deutlich an eine Verletzung, die ich mir beinahe selbst zugefügt hätte.

Es ist nur ein Schnitt, sagte ich, und meine Hände zitterten. Es ist eine Eins, sagte John Beeze, der auf seinem Stuhl saß.

Ein Mal Ann ist Ann, sagte Danny O'Mazzi.

22

Es war Ellen, die den Anruf erledigte, aus der Klasse ans Telefon rannte, die 911 hämmerte, an ihrer karierten Hose herumzupfte und zur Mathe-Klasse deutete, ehe die lachenden Eltern, die mittlerweile in der Küche saßen und sich Klatschgeschichten erzählten, überhaupt Wind davon bekamen, was passiert war.

Dann kamen sie hereingerannt.

Sie fanden Ann halb weggetreten und schluchzend neben der hintersten Bank auf dem Fußboden kauern, Flügel aus Papiertüchern auf ihrem Oberschenkel und sabberndes Blut aus ihrem Bein.

Mrs. DiLanno kam herein, und ihre Gesichtszüge entgleisten. Sie schaufelte sich Ann auf den Arm und sagte: Baby, was hast du! Baby, was ist passiert? Was hat sie? Schnell, einen Krankenwagen!, und das Sirenengeheul kam näher, es war der einzige Krankenwagen der Stadt, schnittig und blitzblank, mit wirbelndem Blaulicht, und quasi als Antwort darauf fing Ann noch erbärmlicher zu schluchzen an. Lisa drückte die Wange an die Wand.

Elmers Vater zog den Kopf ein, als er zur Tür hereinkam. Ich wusste nicht, wohin mit mir, wo ich mich am besten hinstellen sollte. Die Axt lag auf dem Fußboden, die Schneide rot verkrustet, und Gustav Gravlaki hob sie am Stiel auf und polterte los: Und was ist DAS? Drohend schwang er sie hoch in der Luft, bis sie die Zimmerdecke berührte. So wie er die Axt hielt, hätte man ihn fotografieren sollen: das Abbild des schnurrbärtigen Holzfällers. Ich konnte ihm nicht in die Augen sehen. Die Direktorin kam hereingerannt und schickte mich in die Küche, wo ich auf sie warten sollte, was ich auch tat. Mit gesenktem Kopf ging ich hinaus, ohne jemanden anzusehen. Ich hörte, wie die übrigen Kinder der zweiten Klasse in ihre verfrühte Pause rannten, Lisa machte Plop-Geräusche, und ich hörte Ann, die immer noch heulte, und Mimi heulte, und Elmer heulte und quasselte von dem Knochen, dass er den Knochen gehört hätte, dass er wie ein Felsen geklungen hätte, und Ellen hatte allem Anschein nach die zweite Hose voll gepinkelt, und nachdem es bei den Fundsachen keine weitere Hose mehr gab, musste sie sich ein Hemd als Rock umbinden, dessen Ärmel wie Tentakel von ihren Kinderhüften baumelten. John dribbelte einen Kickball. Lisa blieb an der Tür zur Küche stehen und schaute zu mir herein. Im Hintergrund hörten wir, wie sich Anns Stimme auf dosierte Schluchzlaute einpendelte.

Sprich lieber nicht mit mir, sagte ich zu Lisa. Los, ab in die Pause.

Die Krankenwagensirene kam an. Schüler anderer Klassen stürzten an die Fenster, um zuzuschauen. Die Nachricht verbreitete sich rasch: Ann hat sich ihr Bein abgehackt, Ann hat sich umgebracht, Ann hat die ganze zweite Klasse umgebracht. Die Sanitäter kamen hereingerannt; Lisa rührte sich nicht vom Fleck, schaute nicht einmal hin. Krankenwagen waren nichts Besonderes für sie. Was soll daran interessant sein?, hatte sie einmal zu mir gesagt. Es ist ein weißer Kastenwagen. Zwei riesige Männer in riesigen Uniformen rannten ins Gebäude, hellblau, gesunde Gesichtsfarbe, Söhne stolzer Mamas, Jungs, die sich mit Wiederbelebung bestens auskannten, die Geburtshilfe leisteten und Luft aus ihren Lungen in die Lungen von Bürgern mit Atemnot bliesen, die den Leuten im Park beim Atmen zuschauten, im Haushaltswarenladen, im Kino, und die ihren eigenen Atem im Leben anderer Leute wiedererkannten – genau diese Männer rannten hinein, das blühende Leben, und die Kinder zogen von den Fenstern ab und ließen auf den Scheiben trübe Geister ihrer Nasen und Münder zurück. Ich hörte trappelnde und quietschende Geräusche, als sie Ann auf eine Tragbahre hoben und hinaustrugen; sie kam an meiner Türe vorbei, blutig, wimmernd, kriegte Zeichnungen von der Zeichenklasse aufgestapelt, die gerade ihren Unterricht hatten, alle waren auf einmal sehr freigiebig mit ihrer Kunst und stapelten sie wie Opfergaben auf ihren Bauch: Schau her, Ann, ein Pony, schau her, Ann, eine Blume. Blätter, die sich nicht oben halten konnten, flatterten auf den Fußboden. Während Ann hinausgetragen wurde, hörte ich sie zwischen Schluchzlauten klagen: Das sieht kein bisschen wie ein Pony aus.

Die leise Stimme eines Sanitäters. Das Öffnen und Schließen der Schultore.

Nach Ann folgten die Eltern, nach den Eltern die Kinder und danach die Sirene. Dann Stille. Elmer heulte, John dribbelte den Kickball.

Die übrigen Kinder tröpfelten nach und nach auf den Schulhof. Ich legte die Hand flach auf die Sitzfläche meines Holzstuhls, drückte fest dagegen, noch fester, legte den Kopf, Gesicht nach unten, auf meinen Arm und hing über dem Küchentisch. Ich hörte, wie die Direktorin die restlichen Kinder in die Pause scheuchte. Ich hörte, wie Danny O'Mazzi sie fragte: Ist Miss Gray noch da?, und eine Woge von Zärtlichkeit schwappte über mich; der liebe muskelbepackte Danny. Eine Axt?, fragte jemand anderer. Kann ich Anns Spind haben?, fragte ein Dritter.

So, das reicht jetzt!, rief die Direktorin. Geht spielen, Kinder.

Ich hörte den Biologielehrer, der seine Klasse in die Pause schickte und sich mit besorgter Miene bei einem Fünftklässler erkundigte, was denn passiert sei und wo ich wäre, aber die Direktorin trat dazwischen und sagte zu ihm, wenn er sich nicht auf der Stelle in den Pausendienst scherte, könnte er gleich für immer gehen.

Nummer Drei, kam mir in den Sinn. Fast hätte ich laut aufgelacht, weil es alles andere als komisch war. Ich wollte ihn sehen. Ich wollte ihm sagen, dass er Recht hatte. Immer. Dass er immer Recht gehabt hatte.

Ich hörte, wie die Direktorin zurück in ihr Büro stöckelte, harte, schnelle, wütende Absätze auf den Fliesen. In der Schule wurde es still.

Ich atmete den vertrauten Geruch meiner Haut ein. Die Vorstellung, dass Ann in diesem Krankenwagen lag und auf einer Tragbahre blutete, krampfte meine Rippen zu einer Kiste zusammen; das Atmen fiel mir zunehmend schwerer, und als ich gerade dachte, ich müsste mich übergeben, nahm ich neben mir eine Bewegung wahr, hob den Kopf und sah, dass Lisa immer noch vor der Tür stand; klein und angespannt, in ihren kleinen Shorts und dem T-Shirt stand sie da und starrte mich an. Lisa Venus. Die am ersten Tag den Infusionsschlauch wie eine Königin getragen hatte. Ihr Blick war offen und direkt.

Na ja, sagte sie, wahrscheinlich haben wir sie umgebracht.

Du hast hier nichts zu suchen, sagte ich. Du musst in die Pause. Du bist spät dran.

Hinter mir brummte der Kühlschrank. Der Raum lag im Halbdunkel. Ich dachte an Ann, die, als sie Lisas Null sah, gesagt hatte: Das ist nicht aus der Natur, das ist Plastik – lustige Ann, sensible Ann, aufgeschnittene Ann – Aufschnitt.

Dann, eine Sekunde später, begriff ich, was ich gerade

gehört hatte. Warte mal, was hast du da gesagt?, fragte ich.

Lisa wackelte mit den Hüften hin und her. Sie wirkte durchaus vernünftig. Sie sagte: Ich hab die Axt von der Wand genommen, und Sie haben sie in die Schule gebracht. Wir können uns im Gefängnis geheime Botschaften schicken.

Ann wird nicht sterben, sagte ich.

Lisas Stimme war wie eine Nachmittagsbrise. Und – ich hab die Axt nach hinten mitgenommen, sagte sie. Und – ich hab gesagt, dass sich Ann den ganzen Arm abschneiden soll. Und – ich hasse Ann, sagte sie.

Sie wird nicht sterben, wiederholte ich.

Sie wird AUCH sterben!, sagte Lisa, und ihre Stimme hob sich. Ihre Finger krampften sich zu einer Faust zusammen. In diesem Moment wollte ich nur noch schlafen; ich legte den Kopf auf den Tisch und machte die Augen zu. Welche Mathe-Lehrerin hängt sich schon Waffen in ihre Klasse? Die Innenseiten meiner Augenlider waren warm und dunkel. Ich verstand kaum, was Lisa sagte.

Miss Gray, Miss Gray, sagte sie, und ich ignorierte sie, hielt die Augen geschlossen, wünschte mir, sie würde gehen, hinausgehen und draußen ein blutrünstiges Seeräuberspiel spielen. Elmer versklaven, der vermutlich im Moment irgendwo in eine Ecke kotzte, weil er kein Blut sehen konnte, das Geräusch von Knochen nicht hören konnte, und ich dachte schon, sie wäre gegangen, und sank gerade wieder zurück in mein tiefes, wurmverseuchtes Loch des Schreckens und der Scham, als ich im Hintergrund ein sehr vertrautes Geräusch hörte, so vertraut, dass ich dachte, ich wäre es selbst, bis ich registrierte, dass meine Hände ganz still lagen. Ein simples Pochen nur, und doch das vertrauteste Geräusch der Welt in meinen Ohren.

Klopf klopf klopf. Einatmen, ausatmen. Klopf klopf klopf klopf. Perfekt kopiert.

Ich machte die Augen auf. Sie stand immer noch in der Tür, hellwach, und klopfte mit der Faust an den Holz-Türrahmen. Sie klopfte weiter.

Guckt alle her, sagte sie. Lucki, lucki, ich bin Miss Gray. Guckt her, ich bin Miss Gray. Sie klopfte genau denselben Rhythmus wie ich. Klopfte immer weiter. Klopf klopf klopf klopf. Sie sog die Luft ein, genau wie ich. Eine durchaus eindrucksvolle Imitation war das. Ich wollte klopfen, ihr zusehen, wie sie ich war, und klopfte.

Ich ließ den Kopf auf dem Tisch liegen und beobachtete sie unverwandt.

Klopf klopf klopf.

Lisa, sagte ich.

Vor Konzentration war ihr Gesicht hochrot. Manchmal, sagte sie, mache ich Sie bei den praktischen Übungen im Erste-Hilfe-Kurs nach. Nach dem Krebs. Wenn noch Zeit ist.

Beunruhigt presste ich die Hand fester auf das Holz der Sitzfläche.

Ich bin nicht krank, sagte ich in die Beuge meines Ellbogens.

Lisa klopfte weiter. Draußen schwoll das dumpfe Grollen des Pausenlärms an.

Ich spürte, wie die Augen auf meinem Arm müde wurden, kaum noch im Stande waren, Lisa zuzuschauen, die an den Türrahmen klopfte. Ich dachte an Mr. Gravlaki, wie er mit der Axt in der Luft herumgewedelt hatte, mit vor Ärger puterrotem Gesicht, und Panik flammte in meinem Brustkorb auf.

Ann, murmelte ich hauptsächlich zu mir selbst.

Nein, sagte Lisa, Lisa.

Ich schaute ihr immer noch zu. Einatmen. Klopf klopf klopf klopf. Dann Ausatmen. Noch einmal. Klopf klopf klopf klopf. Ausatmen. Perfekt.

Ich wusste nicht, dass du weißt, dass ich klopfe, sagte ich dann, langsam.

Lisa zuckte die Achseln. Das wissen doch alle, sagte sie. Sogar Mimi weiß es, und die weiß fast gar nichts. Wenn ich Sie bin beim Personenraten im Erste-Hilfe-Kurs, kommen alle sofort drauf.

Ich ließ die Hand auf dem Stuhl liegen. Rieb die Knöchel über das Holz. Personenraten. Ich dachte, ich hätte mein Klopfen, meine ganz persönliche, schuldbewusste Guillotine, vor anderen verbergen können. Seit Mr. Jones, an jenem Tag, an dem ich die Mathe-Arbeit nachholen musste, hatte mich niemand mehr darauf angesprochen.

Weiß Ann davon?, fragte ich und wollte die Augen wieder zumachen, obwohl mein Herz schneller schlug.

Lisa zuckte die Achseln. Blöde, tote Ann, sagte sie. Sie findet nur, dass Sie merkwürdig sind.

In der Schule war es jetzt totenstill, abgesehen von Lisa und dem Ticken der Uhr im Gang. Tick tick tick. Klopf klopf klopf. Ich lümmelte auf meinem Stuhl, hatte den Kopf auf dem Arm liegen und lauschte, wie sie ich war. Ich versuchte einzuschlafen und merkte, wie ich wegdämmerte, mich hängen ließ, den Vormittag wegdrückte, den Vormittag in Gedanken neu aufrollte, die Blüte der Panik zu besänftigen suchte, die sich schloss, um im nächsten Augenblick wieder aufzublühen, ein Kaleidoskop aus Bewegung und Zartheit, Schließen, Aufblühen, eine Faust, eine Rose, aber nach einer Weile wurden die Klopfgeräusche im Türrahmen allmählich intensiver, jedes Klopfen ein wenig heftiger als das vorangegangene. Die Klopfgeräusche entwickelten sich zu Schlägen. Puff. Das brachte mich zurück. Ich machte die Augen auf.

Ich klopfte aber nicht so, sagte ich.

Sie antwortete nicht, und ich sah, wie sie mit dem Ellbogen ausholte und die Faust in den Türrahmen rammte. He,

Lisa, aufhören, sagte ich aus der Geborgenheit meines Arms. Los, geh endlich in die Pause. Du bist jetzt wirklich spät dran.

Nein, sagte sie. Ich leiste Ihnen Gesellschaft. Sie holte wieder aus, als wollte sie jemandem eins verpassen, und rammte die Faust in die Tür. Es machte ein dumpfes Geräusch. KLOPF! KLOPF!, schrie sie. Ich hob den Kopf vom Tisch, versuchte mich aufzusetzen. Ich wünschte mir, dass sie ging, dass sie nicht mehr hier war.

Lisa, sagte ich noch einmal. Hör auf damit.

Aus glasigen Augen schaute sie herüber. Wir starrten einander an, dann zog sie den Arm wieder zurück und schlug die Faust abermals in die Tür. Ich hörte, wie die Haut ihrer Knöchel über das Holz schrammte, denn der Ton wurde ohne Echo sofort absorbiert.

Sie lächelte mich an. Ich lächelte nicht zurück.

Sie zog den Arm wieder zurück, weit zurück.

Schluss jetzt!, sagte ich und saß aufrecht. HÖR SOFORT AUF DAMIT! Geh weg! Für heute ist mein Bedarf an blutenden Kindern weiß Gott gestillt!, schimpfte ich. Geh in die Pause, Lisa!

Sonst war in der Schule alles völlig still, Schubladen und Spinde, Fußboden und Schränke, nichts als lautloses, aufmerksames Holz.

Diesmal nickte sie mir deutlich sichtbar zu, mit strahlenden Augen, wie blank polierte Münzen. Ich ließ mich zurück auf den Tisch sinken.

Sie drehte sich wieder zum Türrahmen.

Arme verschränken, sagte ich.

Sie gehorchte. Sie verschränkte die Arme. Einen Augenblick lang rührte sie sich nicht, und ich dachte schon, wir hätten es hinter uns gebracht. Ich wartete darauf, dass sie johlend hinausrannte. Dass sie verschwand. Sie trat einen Schritt zurück. Und in diesem Augenblick rastete Lisa aus.

Ich hatte nicht damit gerechnet, hätte aber damit rechnen müssen; sie stand da, angespannter als sonst, stand einfach da in ihrer ganzen Länge von einem Meter zwanzig – das ist alles, mehr kriegst du nicht, hatte Gott gesagt, das ist alles, was du von mir kriegst, es ist ALLES drin –, und sie hatte diesen leeren Gesichtsausdruck aufgesetzt, und ich legte wieder den Kopf auf den Ellbogen und schaute zu ihr hin, und just als ich die Augen schließen wollte, biss sie die Zähne zusammen, bog im nächsten Sekundenbruchteil den Kopf nach hinten, und bevor ich noch wusste, was geschah, schlug sie ihn mit voller Kraft gegen das harte Holz des Türrahmens. Und noch bevor mir bewusst wurde, was ich gesehen hatte, hörte ich es, hörte den Knall und den Schlag auf die Haut und den Schädel, die Wucht des Aufpralls, und ihre Stirn platzte auf, auseinander gebrochene, blutende Kontinente. Sie hatte einen wilden benommenen benebelten Ausdruck im Gesicht, und ich war sofort auf den Beinen, zitterte, war hellwach, und vermutlich hätte ich keinen Finger gerührt und wäre nur weiter zitternd dagestanden, hätte sie nicht wieder ausgeholt und sich wieder angeschickt loszuschlagen, um die Kontinente in Staaten aufzuspalten, die Staaten in Länder aufzuspalten und mehr Raum in diesem einen Meter zwanzig zu schaffen, denn der Platz reichte nicht aus, um alles darin zu behalten, und wieder schlug sie mit starrem Blick den Kopf in Richtung Türrahmen, aber diesmal trat ich dazwischen und erwischte sie, packte sie an den Schultern, ihr Körper war heiß und glitschig, ich legte die Arme um sie, umklammerte sie, klammerte ihre Arme fest, einen über den anderen, so dass sie sich selbst umarmte.

Loslassen!, schrie sie.

Sie wehrte sich mit den Armen, wollte sich losreißen. Ich hielt sie fest. Als ich sie ansprach, war meine Stimme schneidender und klarer als erwartet.

Wenn du dich so benimmst, kann ich auf deine Gesellschaft verzichten, sagte ich unbarmherzig.

Sie holte mit dem Kopf nach vorn aus und stieß ihn dann nach hinten gegen meinen Brustkorb, so hart, dass sie mich am Kinn traf, mich mit voller Wucht am Brustkorb traf, dass mir einen Moment lang die Luft wegblieb und ich spürte, wie mein Brustbein vibrierte, aber ich hielt sie nur noch fester, und sie versuchte es wieder, aber diesmal griff ich mit einer Hand um ihre Stirn, die sich vom Blut nass anfühlte, und presste ihren Kopf in meine Halsgrube.

Sie schlug mit den Beinen um sich, ruderte herum wie eine Ertrinkende.

Klopf, klopf!, brüllte sie in die leere Schule. Wer ist da?, brüllte sie zurück. Ann!, antwortete sie. Ann wer? Ann Chovis, sagte sie und begann zu lachen, laut und freudlos: Ha! Ha! Ha!, schrie sie. Ann Tilope! Ann Ästhesie!, schrie sie. Ich hielt sie fest, so gut ich konnte, die eine Hand über ihre Stirn gelegt, die gegen die aufgeplatzte, blutige Haut drückte, Speichel flockte aus ihrem Mund, die andere Hand um ihre Taille. Wie ein Heizkörper strahlte sie Hitze aus. Draußen hörte ich den anschwellenden Pausenlärm, kreischende Kinder, Beton und Gummibälle.

Geben Sie mir Holz, bat Lisa. Bringen Sie mich zu Holz. Ihre Stimme wurde höher, lauter. Geben Sie mir Ann Ästhesie!, schrie sie. Auweia, sagte sie. Jetzt sind Sie GEFEUERT. Ade, Mathe. Ihr Kopf ruckte, aber ich hielt die Hand fest an ihre Stirn gedrückt, drückte sie nieder, drückte ihr ganzes Gehirn nieder, ihren kleinen Schädel. Höher und heftiger strampelten ihre Beine. Und wenn der Sommer vorbei ist: Ade, Mama, sagte sie. Und dann haben wir bald eine neue Mathe-Lehrerin, und Ann geht in die Schule für Kinder mit ohne Beinen.

Ann hat Beine, sagte ich einfältig.

Lisa schlug weiter um sich und versuchte verzweifelt,

sich aus meiner Umklammerung zu winden, und sie schluckte und verschluckte sich, und ich spürte, wie ihr ganzer Körper zu zittern begann. Sie wehrte sich so heftig, dass sie die Innenseiten meiner Unterarme aufrieb, aber ich hielt sie unverdrossen fest. Ich hatte sie fest im Griff, sie würde mir nicht entwischen, und sie brüllte: Loslassen, und diesmal reagierte ich nicht darauf, und sie wand sich, schlug um sich und brüllte: Loslassen! Lassen Sie mich LOS! Kapieren Sie denn nicht? Ich *will* zu den blutigen Kindern gehören, ich will auch Krebs haben, ich will AUF DER STELLE Krebs!, und sie wand und wand sich. Ich hielt sie so fest ich konnte, unbarmherzig wie ein Schraubstock, und sie sagte: Ich wollte MIR den Arm abschneiden, ich wollte es wirklich tun, warum hat Ann es getan, warum hat Dannys Dad es getan, warum hat Ann die Axt gekriegt, ich wollte doch über den ganzen Teppich bluten, ich will Chemotherapie, ich will keine Haare haben, ich will auch im Krankenhaus sein, sie wird ganz allein sterben müssen, und wieder schluckte sie stoßweise und heftig, sie keuchte und zitterte, als stünde eine ganze Stadt in Flammen, Flammen, die bis zum Himmel hinaufloderten, Rauch vor der Sonne, ihr Körper, wütend zitternd, unstet, verschwommen, ihr Atem rasselnd, und ich war jetzt an der Reihe zu sprechen, aber ich hielt sie nur fest an mich gedrückt, und ich hatte nichts zu sagen, es gab nicht viel, was ich dazu hätte sagen können. Und wenn sie ihrer Mutter auch noch so oft Gesellschaft leistete: Es war sonnenklar, wer von beiden gehen und wer bleiben würde.

23

Ich erinnere mich an einen Sonntag – ich stehe in der Küche und sehe meinem Vater zu, der sich sein Mittagsbrot für den Montag vorbereitet. Er löffelt matte, hart gekochte Eier in Plastikbeutel. Von gelben Hennen gelegt, irgendwann. Der Tag war neblig und trüb, aber ich gehe trotzdem in die Garage und hole mein Fahrrad heraus, radle die Straße hinunter, radle. In unserer Straße sind viele Leute, Autos parken die Bordsteinkanten zu, mehr Autos, als ich sonst hier sehe, rote Autos und blaue Autos, Autos aus der ganzen Stadt, schwarz gekleidete Leute gehen langsam zur Haustür der Stuarts. Und dann fällt es mir ein, natürlich, heute ist ja das Begräbnis, heute ist der Tag, an dem sie das Baby in einem Sarg, groß wie ein Koffer, begraben werden.

Während ich die Straße hinabradle, rollen die Räder über nassen Asphalt, machen schlürfende Geräusche, und ich schaue die Leute an, die in einer langen Schlange vor dem Haus der Stuarts stehen und ihnen ihr Beileid aussprechen wollen. Ich fahre vorbei, schaue hin, mache am Ende der Straße kehrt und fahre hinauf. Bis jetzt ist in unserer Straße nur Mrs. Finch gestorben, und sie tat es mit der Würde einer alten Dame: Sie schlich sich einfach davon, leise und natürlich. *Hohes Alter* an die Tafel geschrieben, und daneben das < von Ann. Alter ist etwas völlig anderes; die 84 auf ihrem Rasen war ein Triumph gewesen. Ich radle am Haus der Stuarts vorbei und betrachte die Schlangen schwarz bemäntelter Männer und schwarz bekleideter Frauen, die auf die Haustür zugehen, alle haben sie feierliche Mienen aufgesetzt, und ihre Terrinen sind mit fleckiger Alufolie abgedeckt, Dampf steigt aus den Rissen auf, es riecht nach grünem Gemüse, nach orangerotem Käse. Eine Reihe Teller auf einem rot karierten Tisch. Alle sind hungrig.

Ich fahre vorüber und schaue die Gesichter an, und alle Gesichter sind abgespannt, abwesend, betroffen, und das kommt vom Weggehen eines Lebens, dem die meisten Leute noch nicht begegnet waren, ein Baby, das noch nicht sprechen konnte, das den Namen seiner Mutter noch nicht wusste, das noch nicht gehen gelernt hatte, sondern die ganze Zeit auf der Erde mit dem Rücken zur Erde verbracht hatte. Ich radle weiter, die Räder kreisen, Matsch spritzt von den Reifen, und ich denke, dass die Leute deshalb mit ihren vom Tod bleischweren Gesichtern beieinander stehen, weil es verkehrt herum ist. Weil wir es in der DNA haben, beim Anblick eines Sarges, groß wie ein Koffer, zusammenzubrechen. Man möchte sein Baby nicht für eine solche Reise einpacken. Geht man auf der Straße spazieren und kommt einem zufällig ein Kinderwagen mit einem Baby drin entgegen und schaut man in den blauen Baldachin mit den gerüschten Rändern, schaut das zappelnde Fleisch an, dann gibt es eine simple mathematische Bekannte: Wenn alles so läuft, wie es soll, wird dieses Baby länger auf der Welt leben als man selbst.

Alles dreht sich um Zahlen. Alles dreht sich um Sequenzen. Das ist die mathematische Logik, am Leben zu sein. Wenn alles seinen normalen Gang ginge, würden wir mit der Traurigkeit leben – weinen und dann weitermachen –, aber was uns wirklich am allermeisten an die Nieren geht, sind Verluste, die im Widerspruch zu dieser Ordnung geschehen.

Ich wurde an jenem Nachmittag gefeuert. Kurz und schmerzlos, in zwei Sätzen abgehandelt. Die Direktorin machte die Tür auf, sagte, ich wäre eine hervorragende Mathe-Lehrerin, aber sie wollte mich nie wieder sehen. Zum zweiten Mal an jenem Tag war der Krankenwagen vorgefahren – ohne Sirene –, diesmal, um Lisa abzuholen. Sie kannte die Sanitäterin. Hi Sue, sagte sie, als die Sanitäterin hereinkam, stattlich sah sie aus in ihrer blauen Uniform. Hallo Lisa, sagte Sue. Was hast du denn da an der Stirn? Ich hatte Lisa inzwischen hingelegt und hielt ihr einen Eisbeutel auf die geplatzte Haut. Lisas Gesicht war verquollen und rot vom Weinen, die Augen glasig von dem Aufprall. Ich schaute ihnen nach, als sie zum Wagen gingen. Lisa setzte sich auf den Vordersitz, schnallte sich an, klappte den Spiegel von der Sonnenblende herunter und inspizierte ihre Stirn. Ihr Gesicht war völlig ausdruckslos.

Ich ging sehr, sehr langsam nach Hause. Ich brauchte vierzig Minuten für die paar Straßen. Ein Mann stand auf seinem Rasen mit einem Schlauch in der Hand und wässerte die Eisengänse, was ein klimperndes Geräusch machte. Ein paar Eltern fuhren an mir vorbei; sie waren auf dem Weg, ihre Kinder abzuholen; es war viel Zeit vergangen. Ich winkte nicht, als sie versuchten, mich durch die Windschutzscheiben auf sich aufmerksam zu machen. Sie würden es ohnehin gleich erfahren. Und dann nicht mehr winken. Auf halbem Weg nach Hause sah ich an einem Laternenpfahl eine weitere Nummer von Jones: 7. Ich hängte sie ab, brach das wächserne Vordach ab, so sah sie wie eine 1 aus und streifte sie mir über den Kopf. Mir ging es besser, ich trug nur eine 1. Ich war klar. Kaum war ich zu Hause, trug ich den Müll hinaus, ganz langsam, ich bewegte meinen Körper so sparsam wie möglich. Ich sprach mit niemandem. Ich dachte nur an Ann in einem Zimmer mit einem Arzt, der ihr Bein vernähte wie einen Pullover; ich dachte nur an Lisa, wie unglaublich warm sie sich in meinem Schoß angefühlt hatte, dass sie jetzt auf dem Weg ins Krankenhaus war, jetzt war sie eines der blutigen Kinder, ihr Kopf war eine Landkarte der Kontinentaldrift. Die versuchte, sich aus ihrem Kopf herauszudrücken, genauso, wie es mein Vater mit seinem Kreis im Garten getan hatte, es wegstoßen, herausstoßen, ein Loch in die Stirn schlagen, und vielleicht sickert das, was schlecht ist, einfach heraus, wie Rauch, der sich aus einer Seifenblase stiehlt.

Über vier Stunden saß ich bewegungslos vor dem Fernseher, und dann klopfte es an der Tür.

Vielleicht ist es die Polizei, kam mir in den Sinn. Seien Sie willkommen, Hüter des Gesetzes. Kommen Sie nur herein. Ich stellte mir den kalten Biss der Handschellen vor. In diesem Moment gefiel mir die Vorstellung, ins Gefängnis zu gehen. Es schien so organisiert. Keine Miete. Kein Essen kochen. Aber es war Benjamin Smith, der Biologielehrer, der auf meiner *Willkommen*-Fußmatte stand und mir größer als sonst vorkam; richtig hübsch sah er aus mit seinem besorgten Gesicht. Wie üblich waren seine Arme mit Brandmalen übersät. Als ich ihn sah, wallte etwas in mir auf. Er sagte, er hätte von den Neuigkeiten gehört, und es täte ihm sehr Leid. Du bist eine klasse Mathe-Lehrerin, sagte er. Ich sagte danke, aber ich hätte es verdient. Ich fragte ihn, ob er etwas von Ann gehört habe, und er sagte, dass sie offenbar mit siebenundzwanzig Stichen genäht worden sei (zu meiner Beschämung konnte ich dabei an nichts anderes denken als daran, dass das die erste ungerade dritte Potenz war, nämlich drei mal drei mal drei, und keine schlechte Zahl zum Multiplizieren für die Mathe-Klasse im nächsten Jahr), aber er erzählte, dass vermutlich nichts zurückbleiben würde, obwohl sie eine Menge Blut verloren hätte. Ein Weilchen muss sie noch im Krankenhaus bleiben, sagte er. Morgen wollen sie dann die ersten Gehversuche mit ihr starten. Ich glaube, sie hat sich den Knochen gespalten, sagte er. Als ich das hörte, sackte mein Brustkorb auf die Hälfte zusammen. Er berichtete, dass Lisa die Woche über bei Elmer Gravlakis Eltern wohnte, dass sie eine Gehirnerschütterung hatte, dass sie ihr die Stirn mit vier Stichen zugenäht und ihr eine riesige Flasche Aspirintabletten mitgegeben hatten, aber sie war nicht über Nacht im Krankenhaus geblieben und hatte gesagt, sie wollte sich mit ihrer Aspirinflasche als Percussion-Spielerin bei einer Band bewerben. Eine Gehirnerschütterung?, fragte ich. Ich spürte, wie das Zittern anfing.

Sie kann gehen, und reden kann sie auch, sagte er. Ihr fehlt nichts.

Ich berührte mit einem Finger meine Wimpern. Sie klebten aneinander.

Er nestelte an seinem Uhrband herum. Kannst es mir glauben, sagte er.

Meine Fingerspitzen wurden nass. Tut mir Leid, sagte ich. Danke, dass du gekommen bist. Das war wirklich lieb von dir. Tut mir Leid, sagte ich. Ich wischte meinen Finger am Ärmel ab.

Ich habe sie gesehen, sagte er. Ihr fehlt nichts.

Als ich kurz aufschaute, um zu nicken, streifte mein Blick seinen im Hemd verborgenen Körper, sein gerades und ausgeprägtes Schlüsselbein; gute Knochen, dieser Mann: ein Mann. Dann sind seine Lippen auf meinen Lippen, und es fällt mir wieder ein, unwillkürlich muss ich an den Schulhof denken mit den Seifenblasen und wie es dort roch, alles roch nach dünner Seife und dichtem Rauch, und wie er mich beim Schwindeln erwischte, weil ich verlieren wollte, und dass ich ihn, als er das sagte, vor lauter Dankbarkeit hätte vernichten können, niederreißen, niederwalzen, damit er mich fangen konnte, damitichgefangenwerdenkonnte.

Lisa hat darauf bestanden, dass ich dich besuche, sagte er. Ich war mir nicht sicher, ob dir nach Besuch ist.

Ich schaute wieder auf den Fußboden. Die Fußmatte vor der Haustür war aus künstlichem Gras, und als ich mit dem Fuß darüber strich, bogen sich die Halme und schnellten mit der Steifigkeit von Plastik zurück.

Ich bin froh, dass du gekommen bist, sagte ich.

Sie lässt dich grüßen, meinte er.

Es war ein schrecklicher Tag, sagte ich. Grüß sie auch von mir. Und ihr geht's wirklich gut?

Sie ist ja nicht mal mehr im Krankenhaus, sagte er.

Er stellte sich auf den anderen Fuß. Er stand immer noch in der Tür. Ich bat ihn herein, aber er meinte, das wäre vielleicht keine so gute Idee. Er gratulierte mir dazu, dass ich die Erste war, die gefeuert wurde, und wir lachten beide ein trauriges, kurzes Lachen.

Ich spürte, wie sich – fast gegen meinen Willen – die Magnete aufluden, wie sie uns umkreisten, wie ein Magnet den anderen ausspionierte. Ich sehe dich, sagte der eine Körper zum anderen. Er stand da, und ich, Miss Gray, Mathe-Lehrerin, Zerstörerin von Kindern, starrte immer noch auf die Plastik-Fußmatte, und dann sagte ich, dass mir die Geschichte von unlängst Leid täte. Du hattest Recht, sagte ich, ich hab wirklich gelogen. Er nickte. Ich dachte an Lisa, wie schwer sie in meinen Armen wog, schwer beladen mit allem, als wären Schichten aus Blei nach und nach unter ihre Haut geglitten, und ich holte tief Luft und sagte zu Benjamin, dem Biologielehrer, dass nächstes Mal, sollte es denn ein nächstes Mal geben, wenn ich wieder ins Bad gehen wollte, er mich nicht gehen lassen sollte. Er hustete ein bisschen. Die Worte waren heraus, schwebten in der Luft. Worte, so groß, dass sie den Himmel verdunkelten. Ich strich mit dem Fuß über die Grasmatte. Ich kam mir vor, als würde ich beten. Er sagte, Miss

Gray, ich bin nicht dein Badezimmer-Monitor. Daraufhin musste ich ein wenig lachen. Ich weiß, sagte ich. Du hast Recht, sagte ich. Aber nur einmal, sagte ich. Ich hörte seine Atemzüge. Auf der Straße hupte jemand. Und mit lauterer Stimme sagte ich, dass es vielleicht gar nicht so schlecht wäre, wenn Lisa ab und zu die Krebskranke spielte, weil sie sonst ständig in dieser Rolle sein müsste. Wann sehen wir uns wieder?, fragte ich in Richtung Fußboden. Der Satz eckte überall in meinem Mund an – wie ein kantiges Bonbon. Mein Magnet zog vorwärts, aber mein Körper blieb stehen. Ich spürte den Zug, unheimlich und stark, und er sagte, er wollte in ein paar Tagen wieder vorbeischauen. Echt?, fragte ich. Klar, sagte er. Ich würde mich wirklich freuen, sagte ich. Komm nicht erst am Sonntag, sagte ich. Du musst vor dem Sonntag kommen. Ja, am Samstag hab ich Zeit, sagte er. Und richte Lisa bitte aus, sagte ich, dass ich sie bald besuchen werde. Okay, meinte er. Ich hob den Kopf. Ich hatte mich die ganze Zeit fast nur mit dem Fußboden unterhalten. Ich musste alles aufbieten, was ich hatte, um mich aus den Tiefen hochzuarbeiten, aber ich legte ihm eine Hand auf den Arm. Schön, sagte ich. Er schaute meine Hand an. Wir schauten beide meine Hand an.

24

Die nächsten beiden Tage blieb ich im Bett. Ich hatte den Stundenplan im Blut und im Kopf, ich stellte mir vor, wie die Kinder von einer Klasse zur nächsten Klasse wechselten und sich ihrer neuen Mathe-Aushilfslehrerin gegenübersahen. Elmer wieder unter dem Tisch, Danny, bewaffnet mit Gummibändern. Keine Ann. Eine Null neben ihrem Namen im Klassenbuch. Fehlt. Lisa mit wütenden Stichen auf der Stirn, die den jüngeren Kids erzählt, das käme davon, dass sie den Kopf mit aller Wucht gegen die Wand gedonnert hatte, weil Sie wissen wollte, wie es ist, sich den Kopf aufzubrechen. Wie sie dazu ihre Aspirin-Rassel schüttelt und tanzt.

Die Zeichenlehrerin rief an, und sagte, wie Leid es ihr täte, einer der Eltern rief an um mich zu beschimpfen, meine Mutter rief an, um mich daran zu erinnern, dass wir zum einundfünfzigsten Geburtstag meines Vaters am Sonntagabend alle Essen gehen wollten. Beinahe hätte ich laut aufgelacht, als sie mir sagte, der wievielte Geburtstag es wäre, falls ich es vergessen haben sollte. Ach ja, sagte ich. 51. Ich starrte die 50 an, die ich auf dem Bett ausgelegt hatte. Am Tag Drei steckte ich die 50 in meine Tasche, nahm alle Nummern von Jones aus ihren Handtuchnestern und hängte sie mir über den Arm. Der Reihenfolge nach.

Ich verließ die Wohnung und ging in die Stadt.

Im Kino spielten sie immer noch *Bankraub!*, was mich

dazu veranlasste, noch langsamer zu gehen, und an der Tür zum Haushaltswarenladen stand immer noch *Offen,* war aber leer. Ich entdeckte keine entlaufenen Zahlen mehr, aber dafür war jetzt eine Menge Ware aus den Regalen verschwunden. Ich zählte zwölf fehlende Hämmer und einen Stapel fehlender Eimer, und eine der Wanduhren war verschwunden. Eine Spur von rotem Lakritz verlief auf dem Fußboden in *Gang Drei.* Ich fragte ein paar Passanten auf dem Gehweg, ob sie Mr. Jones gesehen hätten, aber sie wirkten gedankenverloren, und alle trugen Schaufeln oder Schraubenschlüssel in den Taschen.

Ist das nicht der Mann aus dem Schreibwarenladen?, fragte eine Frau, der zwei Hämmer aus der Tasche ragten.

Ich schüttelte den Kopf und hielt den Arm hoch, aber sie blieb nicht lange genug stehen, um es zu sehen. Die Wachszahlen schlugen freundschaftlich aneinander.

Ich ging weiter, bis meine Haut aquamarinblau schimmerte, was bedeutete, dass ich am Fuß des größten Gebäudes der Stadt angelangt war, und mir kam der Gedanke, dass er vielleicht hier drin sein könnte und dass er vielleicht schon die ganze Zeit hier drin gewesen war: krank. Ich zog die Glastüren auf und betrat die Eingangshalle; die Farbe der durchsichtigen Wände hatte die Luft bläulich gefärbt. Die blasse, fischähnliche Krankenschwester am Empfang sagte, dass fünf Jones im Krankenhaus lägen, aber drei davon wären Frauen, einer ein Kind und der fünfte, sagte sie, ist ein Besucher aus Nebraska, der sich einen rostigen Nagel in den Fuß getreten hat.

Sie strahlte mich an. Sonst noch was?, fragte sie.

Mit den Fingerspitzen strich ich über die Schnüre an meinem Handgelenk. Wenn ich schon mal da bin, sagte ich, können Sie mir vielleicht sagen, in welchem Zimmer Ann DiLanno liegt. Sie schaute nach. DeLanno, sagte sie. D-e?

D-i, sagte ich.

Di-Lanno, sagte sie. Zimmer 907.

Ich fuhr mit dem wasserähnlichen Aufzug mit den dicken Glaswänden hinauf in den neunten Stock, ein Tieftauchgang nach oben, die blauen Fenster hoben sich, mein Magen senkte sich, ein Stockwerk nach dem anderen, kranke Menschen in Zellen, ein Sonnenfleck in der Mitte jeder blauen Glasscheibe. Die Türen öffneten sich, und ich trat auf den Fußboden, der von Husten und Kaffee und leisen Stimmen und Klirren vibrierte. Langsam ging ich durch den Korridor. 901, 903. Murmelte vor mich hin, wie Leid es mir tat. 905. Die Tür war weiß, und die Nummer war aus Messing. 907.

Mit pochendem Herzen, die Knöchel an den Türrahmen gedrückt, reckte ich den Kopf Millimeter um Millimeter vor, linste hinein, aber Anns Bett war ein aufgeräumtes, leeres Schiff, und ein Pfleger mit blauer Fliege kam vorbei und sagte, dass sie Miss DiLanno am späten Vormittag entlassen hatten.

Wie geht es ihr?, fragte ich, aber da war er schon um die Ecke gebogen, um sich um einen Bruch von irgendwas bei irgendwem zu kümmern.

Ich trat in Anns Zimmer mit den kastenförmigen Stahlmaschinen und dem Infusionsgalgen, der etwas abseits stand. Eine einsame Blume lag auf dem Fußboden, ein welkes Gänseblümchen, dem die Hälfte der Blütenblätter fehlte. Ich schaute aus dem Fenster, aber das blaue Glas verzerrte alles, und so sah ich nur ein paar dunkle Rechtecke, die Bänke waren, und unregelmäßige Kleckse von Bäumen. Ich fühlte mich wie der Bewohner eines Aquariums, der durch Wellen hindurchschaut. Ich hielt die Zahlen von Mr. Jones an meinen Bauch. Zurück am Lift, drückte ich auf den Abwärts-Pfeil. Ein Mann im Anzug wartete mit mir. Als die Türen aufgingen, traten wir beide in den Aufzug, und ich drückte E, und er drückte 6. Wir sanken drei ereignislose Etagen hinunter, und dann öffneten sich die Türen zum sechsten Stockwerk. Eine riesige Aufschrift genau gegenüber dem Lift besagte *Onkologische Abteilung,* ein würdevoller Schriftzug auf einem Messingschild.

Der Mann im Anzug ging hinaus und dort hinein.

Ich stand da und betrachtete das Messingschild.

Lifttüren sind höflich. Sie drängen einen nicht. Sie berücksichtigen Entscheidungen in letzter Minute.

Die Krebsabteilung sah anders aus, als ich sie mir vorgestellt hatte. Die meisten Kranken hatten Haare, und die Kacheln sahen im Licht weiß aus, und die Illustrierten im Flur handelten hauptsächlich von Autos. Ich war erst an drei Türen vorbei, als ich an die Tür kam, auf deren Schild *Venus* stand.

Ich ging einmal um das Stockwerk herum.

Ich kam am Eingangsbereich mit den Illustrierten vorbei, am Schwesternzimmer, am Aufzug und an den Toiletten. Die meisten Zimmertüren standen offen, und ich kam an einem Jungen vorbei, der auf seinem Bett Deckenskulpturen baute, und an zwei Frauen in Nachthemden, die am Fenster standen. Ich kam an einer alten, knochigen Frau vorbei, die gerade ein unerfreuliches Telefongespräch führte, und an einem Mann, der gegen sich selbst Dame spielte. Von weitem schon sah ich, dass ich mich der Venus-Tür näherte, und je näher ich kam, desto langsamer ging ich. Einen Schritt. Zwei Schritte. Drei Schritte.

Ich schaute nicht hinein. Ich ging direkt vorbei.

Mittlerweile war die Bettskulptur des Jungen der Ozean, die Decken hoben sich und brachen sich in Wellen, und eine der Frauen am Fenster versuchte, einen Fleck aus ihrem Nachthemd zu reiben. Die knochige Frau gestikulierte mit ihren knochigen Armen wild ins Telefon. Der Mann hatte die andere Seite des Brettes erreicht und eine Dame erbeutet.

Als Kind hatte ich viel Zeit damit zugebracht, in den reichlich bebilderten medizinischen Fachbüchern meines Vaters über Hautkrankheiten zu lesen. Wenn ich Freundinnen zu Besuch hatte, endete es meistens damit, dass wir uns hinter die Wohnzimmercouch verzogen, die Augen zukniffen, das Buch aufgeschlagen vor uns liegen hatten und dass wir Wetten abschlossen: Wetten, dass es dir vor der 135 graust; wenn du Seite 257 küsst, kriegst du meinen Nachtisch.

Und wieder näherte sich die Tür von Mrs. Venus.

Ich ging ganz langsam. Drehte den Kopf, als ich an der offenen Tür vorüberging. Ich sah die Perücke auf ihrem Kopf, die so leuchtete wie das Resultat des ersten Haarfärbeversuchs eines Teenagers. Sie lachte in den Fernseher. Ihre Augäpfel waren nicht klar.

Geradeaus. Weitergehen.

Eingangshalle. Toiletten. Die Lifttüren gingen auf, aber niemand kam heraus. Die Bettskulptur hatte inzwischen ein Schiff aus dem Kissen des Jungen dazubekommen. Die eine Frau hatte eine Hand auf der Schulter der befleckten Frau liegen, und beide waren in blaues Licht getaucht. Die knochige alte Frau lag still in ihrem Bett, das Telefon unbenutzt. Sie hustete. Ich blieb stehen und schaute hinein.

Sie drehte den Kopf. Dünne Fäden weißen Haares wuchsen wie gebleichte Gräser aus ihrem Schädel.

Sie hustete mich an.

Hallo, sagte ich.

Sie sagte nichts. Sie hustete wieder. Ihr Husten war längst nicht so dramatisch wie der Husten, den ich im letzten Monat in der Schule gehört hatte. Er hörte sich eher an wie trockenes Papier, das gegen einen Kaktus flattert.

Wie geht es Ihnen, fragte ich.

Sie rieb sich den Augenwinkel und flatterte wieder gegen den Kaktus.

Ein Krug mit Wasser stand auf einem Tisch zu ihren Füßen. Ich ging hinein. Sie murmelte leise vor sich hin.

Im Zimmer waren die Maschinen am Arbeiten; sie klickten und seufzten. Sie hustete noch ein paar Mal und legte eine Handfläche schützend über die blitzenden Ringe an ihrer linken Hand.

Ich füllte Wasser aus dem Krug in ein Glas, und das Wasser war von dem Licht, das vom Fenster reflektierte, blaustichig, wie gechlort.

Sie beobachtete mich, schniefte ein bisschen, griff aber nicht nach dem Glas. Ihre Finger strichen über die Decke, verhärtete Knochenfäden. Ihr gegenüber stand ein Blumenstrauß, eine Menge großer gelber und dicker rosaroter Blüten, und ein Ballon in Form eines Vogels, auf dem stand: Flieg bald nach Hause! Sie hing an einer Infusion, einem Herzmonitor und einem stählernen Kasten, den ich noch nie gesehen hatte.

Sie rang sich noch ein Husten ab. Ich reichte ihr das Glas. Sie rührte keinen Finger, um es mir abzunehmen.

Wer sind Sie, verdammt noch mal?, krächzte sie und hustete. Ich stand mit dem Wasser da.

Worauf warten Sie, verdammt noch mal?, fragte sie mich.

Das Glas an ihre Lippen zu führen war schwer, weil ihr Kopf so niedrig lag. Das Wasser floss waagrecht heraus, tröpfelte in ihren Mund und an ihrem Hals hinunter. Sie hustete. Trank noch einmal.

Ich wischte ihr den Hals mit meinem Ärmel ab.

Lassen Sie das, sagte sie.

Nachdem sie viermal getrunken hatte, räusperte sie sich und fragte mich noch einmal, wer ich war.

Ich bin nur die Mathe-Lehrerin, sagte ich. Ihr Hals war klatschnass.

Ausgerechnet jetzt schicken die mir eine Mathe-Lehrerin?, krächzte sie fassungslos.

Nein, nein, sagte ich. Ich bin Lisas Mathe-Lehrerin.

Lisa?, fragte sie nach.

Ich bin nur zu Besuch, sagte ich.

Dem Himmel sei Dank, sagte sie. Ich kann Mathe nämlich nicht ausstehen.

Sie trank noch einen Schluck Wasser. Ich betrachtete die dünne Linie auf dem Monitor, die von ihrem Herzschlag Bergketten zeichnete. Als sie das Glas ausgetrunken und ich das Kissen fast ganz durchgeweicht hatte, sagte sie: Raus hier!, und drehte sich auf die Seite.

Für die restliche Station ließ ich mir viel Zeit. Der Mann, der Dame spielte, kämpfte verbissen gegen die Niederlage. Ich beendete meinen Rundgang im Eingangsbereich mit den Illustrierten, blieb einfach stehen und betrachtete das geöffnete Rechteck der Tür von Mrs. Venus. Ich schickte ihr ein Hallo durch den Äther. Von meinem Standpunkt aus hörte ich Gelächter aus dem Fernseher.

Als ich den Aufzug mit dem Abwärts-Pfeil rief, öffnete er sich sofort und brachte mich zurück zu E.

In meiner Kindheit kannte ich die Bilder von Hautkrankheiten auswendig. Ich zwang mich, sie anzusehen, auch wenn ich allein zu Hause war, aber jedes Mal, wenn ich auf eine Seite umblätterte und das Bild eines Menschen vor mir sah, von Warzen übersät, die Arme so angeschwollen, dass sie aussahen wie zu dick gepolsterte Möbel, gepunktete Gesichter, Brüste, die unter noch größeren Beulen verschwanden, genitale Katastrophen, jedes Mal, wenn ich sie mir ansah, überwältigte mich das gleiche Gefühl. Meine Freundinnen kreischten und rannten aus dem Zimmer, aber ich blieb sitzen. Berührte mit den Lippen die Seite.

25

Sobald ich aus der Eingangshalle des Krankenhauses war, ging ich in das weiße Sonnenlicht und setzte mich auf eine Bank. Ich klopfte ein bisschen, aber das Holz war weich und mehlig, und so stellte ich mich, als ich am Haus von Mr. Jones vorbeikam, an seine Haustür und klopfte und klopfte, pochte auf diese wunderbare, schwere Eichentür. Ich hatte es dringend nötig, und ich klopfte wie immer mehrere Sätze: Einatmen, klopfklopfklopfklopf, ausatmen. Einatmen, klopfklopfklopfklopf, ausatmen. Die Zahlen unter meinem Unterarm schlugen gegeneinander.

Ich machte weiter, klopfte immer noch, rote Perücken, klopfte immer noch, aber selbst auf diesem guten Holz gelang mir das Klopfen nicht besonders gut.

Ständig hatte ich im Ohr, wie mich Lisa imitiert, wie sie mein Klopfen an den Rahmen geklopft hatte:

Ich mache Sie nach. Bei den praktischen Übungen im Erste-Hilfe-Kurs. Nach dem Krebs. Wenn noch Zeit ist.

Ich klopfte weiter. Eigentlich war es schon fast wieder komisch, und ich hörte nicht auf, weil ich wissen wollte, ob ich dieses Bild aus dem Kopf kriegen konnte, wie sie in der Bio-Klasse vor den Schülern rhythmisch mit den Knöcheln auf einen Tisch pocht und wie Hände in die Luft schießen. Wie alle rufen: Ich weiß! Ich weiß! Und wie ich mir einbilde, während ich im anderen Zimmer Ordner aufräume, dass ich mich unbemerkt abreagieren kann.

Ich versuchte, mich wieder zu entspannen, und klopfte immer weiter, und dabei wurde mir klar, dass der Biologielehrer nun auch Bescheid wusste, und ich klopfte immer weiter, bis urplötzlich die Tür aufging.

Meine Hand fiel ins Leere. Ich war so auf mein Klopfen konzentriert gewesen, dass ich völlig vergessen hatte, dass das eine Tür war.

Vor mir stand, mit Dreitagebart, gerunzelten Augenbrauen und einer 15 um den Hals, Mr. Jones. Mitnichten blutbeschmiert. Unversehrt und angenervt. Mir blieb fast das Herz stehen, als ich ihn mit klarem Blick und seinen überdimensionalen Augenbrauen vor mir stehen sah.

Was ist hier eigentlich LOS?, fragte er. Großer Gott, in meinem ganzen Leben habe ich noch nicht erlebt, dass jemand so penetrant an die Tür geklopft hat wie Sie. Was wollen Sie, verdammt noch mal?

Ich starrte ihn an. Ich wollte ihn berühren, ihn antippen. Er war nicht tot. Ich spürte, wie sich bei seinem Anblick meine Stimmung hob. Doppelt, dreifach.

Wollen Sie mir was verkaufen?, fragte er. Ich sollte die Polizei holen.

Mr. Jones, fragte ich. Wo sind Sie gewesen? Mr. Jones!

Er wollte mir die Tür vor der Nase zuschlagen. Ich brauche nichts, sagte er.

Warten Sie, rief ich. Ich bin's, Mona Gray. Erinnern Sie sich denn nicht mehr?

Erinnern?, wiederholte er. Erinnern an was?

Ich hielt den Arm in den Türspalt.

Ich habe Ihre 42, sagte ich. Eine meiner Mathe-Schülerinnen hat sie. Sie war im Krankenhaus. Ich bin schuld. Wir wollten sie Ihnen bringen, aber Sie waren nicht da. Aus Ihrem Geschäft stehlen die Leute Ihre Ware. Ich habe Ihre 4, 8, 11, 17, 23, 37, 39 und auch die 7. Nur dass die 7 zerbrochen ist. Was war mit Ihnen los?, fragte ich.

Ich klemmte den Fuß in die Tür und hielt ihm den Arm unter die Nase. Darunter baumelten die Zahlen, Windspiele aus Wachs, die unter meinem Handgelenk klimperten und dumpf gegeneinander schlugen.

Wollen Sie sie denn nicht zurückhaben?, fragte ich.

Er schaute hinunter, und seine Augenbrauen senkten sich.

Schau sich einer das an, sagte er.

Fast Ihr ganzes Jahr ist das, sagte ich. Wo waren Sie? Ich hab mir solche Sorgen gemacht! Aus dem Haushaltswarenladen ist jede Menge Ware verschwunden. Jemand hat die Uhr aus blauem Glas gestohlen.

Er führte sein rechtes Auge näher an den offenen Spalt im Türrahmen. Ich war im Urlaub, sagte er.

Urlaub, fragte ich.

Urlaub, sagte er.

Sie waren im Urlaub?, fragte ich. Sie haben Ihren Laden offen gelassen.

Sein Auge schaute mich direkt an, Wimpern dünn und weit auseinander stehend.

Ich war 42, sagte er. Die Leute scheißen drauf, ob ich 42 bin.

Ich dachte an den bewussten Tag, an dem ich ihn gesehen hatte, Licht in seinen Schritten, Rubine auf seinem Weg. Die grandiose, die einzigartige, die wunderbare 42. Meine Eintrittskarte ins Kino, in den Mund des Biologielehrers. Warten Sie, sagte ich. Erinnern Sie sich wirklich nicht mehr? Ich bin im Nachbarhaus aufgewachsen. Ich habe die Axt gekauft, sagte ich, und mein Magen krampfte sich zusammen. Er zwinkerte mit dem einen sichtbaren Auge.

Ich hab mich daran blutig geschnitten, fügte ich hinzu. Ich sah Anns Bein vor mir.

Er schüttelte den Kopf. So was ruiniert die Schneide, sagte er.

Die Schneide *ist* ruiniert, sagte ich. Sie waren im Urlaub? Ich war auch die, die in Ihrer Mathe-Klasse auf Holz geklopft hat, sagte ich. Erinnern Sie sich wenigstens daran? Nein, sagte er. Ich kann mich an überhaupt keine Monas erinnern.

Ich fühlte mich schlecht. Und komisch. Und plötzlich sehr unwichtig. Wenn ich mich recht erinnere, hatte ich mir, obwohl er mich im Haushaltswarenladen so gut wie nie zur Kenntnis nahm, immer vorgestellt oder gehofft, dass er irgendwann einmal einen Altar in seinem Wohnzimmer für mich aufgestellt hatte, weil ich die beste Beobachterin im ganzen Land gewesen war. Und ich hatte mir vorgestellt, dass immer, wenn er mich sah, sein Herz vor Freude aufging, bis, ja bis ich ihm mit dreizehn Jahren alles verdorben hatte; und anschließend musste er den Altar niederreißen und seinen schweren Verlust wochenlang beklagen – die einzige Frau, die ihn jemals verstanden hatte.

Sind Sie nicht die, fragte er, die mir immer Kuchen verkauft hat?

Ich schaute auf meine Füße, unter denen es *Willkommen* hieß. Bestimmt nicht, sagte ich. Na ja, macht nichts. Jedenfalls kannten wir uns früher einmal.

Gerade wollte ich mich umdrehen und gehen, als er die Tür einen Spalt weiter aufmachte und aus seinem einen Auge zwei wurden.

Danke dafür, dass Sie meine Zahlen aufgesammelt haben. Das war sehr aufmerksam von Ihnen. Aber ich brauche sie nicht mehr, sagte er. Ich mache gerade ein neues Sortiment. Jetzt, wo er es sagte, roch ich das Wachs, das eigentümliche Aroma erstarrenden Wachses beim Kerzenziehen.

Er bückte sich und berührte die Zahlen, die ich mitgebracht hatte. Seine augenblickliche Wahl, die Gute, die Verlässliche, die reichlich abgenutzte 15, klimperte gegen meine Sammlung.

Und was wollen Sie wirklich?, fragte Mr. Jones.

Ich lehnte mich an seinen Türrahmen.

Ich hatte keinen wirklichen Grund, abgesehen jedem Grund. Ich hatte keine wirkliche Absicht, außer, ihm alles zu sagen, was ich beobachtet hatte, alles zu hören, was er beobachtet hatte, und aus unseren beiden Beobachtungen ein paar Regeln zurechtzuzimmern, nach denen ich leben konnte. Aber ich griff nur in die Gesäßtasche meiner Hose und holte die 50 heraus. Faltete die schwarzen Ziffern, klar abgegrenzt und unmissverständlich, auseinander, glättete sie mit den Händen und hielt sie ihm vors Gesicht. Sie hatte mit keiner seiner eigenen Zahlen auch nur die entfernteste Ähnlichkeit. Aber er war mein Lieblings-Mathe-Lehrer. Ihm gehörte der Haushaltswarenladen.

Ich wollte, dass sie jemand sah, und ich hatte ihn dazu ausgewählt.

Die da, sagte ich. Die hab ich gefunden. Haben Sie eine Ahnung, was das für eine ist? Haben Sie zufällig eine 50 verloren?

Er lächelte schief. Die da ist vom Marathon, sagte er. Er streckte seine langen, schlanken Finger danach aus und fuhr die Rundungen nach.

Gibt es bei Ihnen überhaupt Zahlen bis 50?, fragte ich. Er ließ die Fingerspitzen auf dem Kunststoffgewebe ruhen, zeichnete langsam die 0 nach, Fingernagel auf Sprintstrecke, sehr langsam. Ich atmete hörbar aus. Meine Zahlen gehen bis 75, sagte er. Weil ich ein Mensch voller Hoffnung bin. Aber ich hab mir noch nie eine 75 umgehängt, sagte er. Wahrscheinlich würde ich dann vor Glück sterben. Er seufzte leise. Verstehen Sie? Um eine 50 tragen zu können, muss man ganz schön auf Wolke Sieben schweben.

Kürzlich haben Sie eine 42 getragen, sagte ich.

Ja, das war ein wirklich herrlicher Tag, sagte er. Aber davon abgesehen, waren in den letzten zehn Jahren meine höchsten Zahlen so um Mitte 30. 32. Vielleicht auch 37, einmal. Ich glaub, die hab ich gesehen, die 37, sagte ich.

Er schaute mich an, seine Augen wurden müde und wussten offenbar plötzlich eine ganze Menge über alles. Er lächelte leise. Ja, die 42 war wirklich ein guter Tag, sagte er. Ja, das war ein sehr, sehr guter Tag.

Er befühlte die 15 an seinem Hals.

Vielleicht ist Ihnen die 50 ja vom Stapel gefallen, sagte ich, um Zeit zu schinden.

Ich habe keinen Stapel. Ich benutze Aufhänger.

Könnten Sie mal nachsehen?, fragte ich. Es wäre mir wirklich wichtig.

Er lehnte sich jetzt ebenfalls an den Türrahmen. Mona Gray, sagte er fast wehmütig, als wüsste er erst jetzt etwas mit mir anzufangen.

Erinnern Sie sich jetzt?, fragte ich. Ich war das einzige Kind, das die Zahlen verstanden hat. Heute sind Sie 15. Das ist nicht gut, aber miserabel ist es auch nicht. Die nehmen Sie am häufigsten. Könnten Sie mal nachsehen, ob Ihnen die 50 fehlt?

Er zuckte die Achseln. Komm doch rein, sagte er.

Und er machte die Haustür weit auf. Er drehte sich um, ging hinein und ließ mich im Türrahmen zurück.

Ich stand noch kurz herum und trat dann nervös in die dunkle Diele mit Holzfußboden, in das dunkle Wohnzimmer mit Teppichboden, das streng nach Wachs, nach kalten Pfeifen, nach ungerauchtem Tabak roch.

Die meisten Möbel im Wohnzimmer stammten aus dem Kaufhaus, eine dunkelgrüne Couch und halb zugezogene, elfenbeinfarbige Vorhänge. Durch das Fenster schaute ich in seinen Garten hinaus, und ganz hinten entdeckte ich die vertrauten Umrisse der Büsche meiner Eltern.

Aber mitten im Wohnzimmer, dort, wo bei den meisten Leuten ein Couchtisch steht, stand ein schwarzer Kochtopf, der wie ein durchschnittlich großer Eisenkessel aussah und in dem es blubberte und aus dem Wachs herausspritzte. Der Kessel stand auf heißen Kohlen, die gefangen waren auf einer Art Tablett, und vom Kesselrand hing ein riesiger, silberner Schöpflöffel mit Holzgriff. Der Fußboden darunter war mit Zeitungspapier ausgelegt, um die überkochenden Wachsspritzer aufzufangen. Ebenfalls auf dem Fußboden lagen ausgestanzte Zahlen aus Blech. Lose verstreut, ungeordnet. Es roch wie in einer Bleistiftfabrik. Ein paar fertige Zahlen härteten gerade auf dem Kamin aus. 7, 19.

Über diesem Kamin steckte an den Wänden eine Reihe von Haken, die natürlich keine Bilder trugen, sondern die alten Zahlen, die dort in der richtigen Reihenfolge an ihren Schnüren hingen und das Haus einsäumten. Zwischendurch gab es leere Stellen, dort fehlten Zahlen, mehr noch, als ich gefunden hatte. Die Zahlen, die noch dort hingen, waren samt und sonders aus Wachs, mit leichten Farbunterschieden, und von meinem Standort aus sah ich die 6 bis 28, die nacheinander an allen Wänden des Wohnzimmers hingen und sich bis hinaus in den Flur fortsetzten, wo ich sie aus den Augen verlor. Ich legte die Zahlen, die ich mitgebracht hatte, sorgsam auf einen Haufen und fühlte mich magisch zu meiner Zahl hingezogen. Ich nahm sie vom Haken und barg sie in meinen Händen, die Anzahl der Jahre, die ich schon lebte – das beigefarbene Wachs war in der Nachmittagssonne ein wenig warm geworden –, als Mr. Jones hereinkam und mir eine Schnur hinhielt, an der eine nagelneue 50 aus Wachs baumelte. Fehlanzeige, sagte er. Schau her.

Ich hängte die 20 wieder vorsichtig auf ihren Haken und nickte. Seine 50 war perfekt geformt, kein bisschen vom Tragen abgenutzt, und das stimmte mich traurig. Ich faltete das Marathon-Viereck so zusammen, dass man die Zahl nicht sehen konnte, und behielt sie zwischen den Handflächen. Mittlerweile waren meine Finger an das rutschige, giftige Material gewöhnt.

Er zuckte noch einmal die Achseln und trug die 50 wieder in den Raum zurück, in dem sie wohnte.

Dann kam er zurück und ging zum Kessel hinüber. Er tauchte den langen Schöpflöffel in das Wachs und goss einen Löffel voll in die Matrize einer neuen 15. Das Wachs lief über, weich und schwer, sämig wie Schokolade, aber dicker und trockener und mit diesem eigentümlichen, warmen Kerzengeruch. Gleichmäßig breitete es sich in der 15 aus und begann sich zu setzen. Er beugte sich wie zu einer brennenden Geburtstagskerze hinunter und blies sanft darüber.

Wo haben Sie den Kessel her?, fragte ich.

Sein Gesicht war konzentriert und klar. Aus dem Haushaltswarenladen natürlich, sagte er, während er weiterblies.

Er schwenkte die 15 in seinen Händen und ließ die allmählich erstarrende Masse in alle Ritzen der Matrize fließen, in den Hut der 1, in den spitzen Winkel auf der Oberseite der 5. Ich stand dicht an der Wand, eine Hand auf der hubbeligen Tapete. Ich wollte nicht gehen. Ihm zuzusehen, wie er warmes Wachs in Formen goss, war Balsam für meine Seele. Die ganze Woche über hatte ich mich nicht annähernd so ruhig gefühlt. Warum haben Sie die anderen alle abgenommen?, fragte ich. Er nahm den Schöpflöffel wieder in die Hand.

Ach, meinte er. Wahrscheinlich konnte ich sie damals einfach nicht mehr sehen. Er lächelte. Und jetzt hätte ich sie gern wieder.

Er prüfte die 15. Das Wachs gelierte, war fast schon ausgehärtet. Wieder tauchte er den Schöpflöffel ein und setzte zügig und gleichmäßig eine zweite Lage darauf.

Ich beobachtete, wie das Wachs sich verteilte und beim

Abkühlen schwerer und langsamer wurde. Ich überlegte gerade, ob es aufdringlich von mir war, noch immer herumzustehen und zu glotzen, als Mr. Jones vom Pusten auf seine nagelneue 15 aufschaute und das sagte, wozu er zehn Jahre lang gebraucht hatte.

Sag mal, fragte er. Was ist eigentlich mit deinem Vater los?, fragte er. Der Mann ist blasser geworden. Und du, sagte er. Du auch.

Er trug die neue 15 zum Kamin hinüber und legte sie behutsam zur Seite. Dann bückte er sich und nahm eine andere Matrize in die Hand, die berühmte und mächtige 42. Einen Augenblick hatte mich das abgelenkt, aber dann begriff ich, was er mich gerade gefragt hatte. Mir wurde ganz warm ums Herz.

Was?, sagte ich und streckte meinen makellosen Arm in den Lichtstrahl, der durch die Vorhänge fiel. Schauen Sie, ich bin gar nicht blass geworden.

Du bist auch blass geworden, wiederholte er. Blass, blass, blass. Ich hab mir damals den Leichtathletik-Wettbewerb angesehen, sagte er. Mann, warst du gut, du hattest vielleicht ein Tempo drauf.

Was?, sagte ich noch einmal.

Ich hab dich immer angefeuert, immer, obwohl du dich in ein richtiges kleines Miststück verwandelt hast, sagte er.

Ich hab mit dem Laufen aufgehört, sagte ich.

Ich weiß, sagte er. Er nahm wieder den Schöpflöffel in die Hand. Damals, als du die Mathe-Arbeit nachgeschrieben hast, hast du es mir erzählt, sagte er. Damals hast du auch dieses merkwürdige Ding mit dem Bleistift gemacht.

Warten Sie mal, sagte ich. Angeblich erinnern Sie sich ja nicht einmal an mich, sagte ich.

Daraufhin zog er verächtlich die Nase hoch. Er tauchte den Schöpflöffel wieder in den Kessel und goss eine weitere dünne Wachsschicht in die Form der 42. Das Wachs kroch durch die Form, schmiegte sich in die Ecken der 4, trudelte den Buckel der 2 entlang.

Wie dem auch sei, fuhr er fort, dieser Leichtathletik-Wettkampf hat mir so viel Spaß gemacht, dass ich später noch einmal hingegangen bin, aber da warst du schon nicht mehr dabei. Ich sah eine andere Sprinterin, aber die war nicht ganz so gut. Dann kriegte ich eine Lungenentzündung. Ein schlimmer Monat war das. Nur 6 und 7.

Richtig, sagte ich. Die ganze Zeit hatten wir unmögliche Vertretungslehrer.

Ich drückte mich mit dem Rücken gegen die Tapete. Mr. Jones drehte sich mit leuchtenden Augen zu mir um. Er nahm die alte 15 vom Hals, riss die Schnur ab und warf die 15 in den Kessel. Einen Moment lang schwamm sie auf dem wächsernen, heißen See, die schäbige alte 15, ihr Leben lang hatte sie ihm treu gedient, und dann verschwand sie wie ein sinkendes Schiff langsam in den beigefarbenen Tiefen. Jones schaute ihr nach, ich schaute ihr nach, dann drehte er sich um, ging zur Zahlenwand, nahm die 19 herunter und streifte sie sich über den Kopf.

Ich hab gern Besuch, sagte er. Ist gut für mich.

An der Wand stellte ich mich auf den anderen Fuß.

Und wie kommt es, dass Sie nie etwas gesagt haben?, fragte ich. Wenn Sie das alles beobachtet haben?

Wie meinst du das?, fragte er.

Ich meine, dass Sie einmal zu mir sagten, wie wichtig es ist, Sachen zu beobachten. Sie haben das mit dem Bleistift beobachtet, dafür war ich Ihnen dankbar, erzählte ich. Aber warum haben Sie nie etwas von dem Blasserwerden und so gesagt?

Hab ich doch, sagte er und blies über die 42.

Ich schüttelte den Kopf. Was meinen Sie damit?, fragte ich. Einmal hab ich Ihre Garage sogar mit Eiern beschmissen, weil Sie überhaupt nie irgendetwas zu mir sagten.

Ach, du warst das? Seine Augenbrauen hoben sich. Ich erbleichte ein wenig. Meine Güte, sagte er. Das war wirklich nicht nett von dir.

Ich weiß, murmelte ich. Tut mir auch Leid.

Er fummelte an der 19 herum, tauchte dann den Schöpflöffel wieder ein, um der 42 die zweite Schicht zu verpassen.

Nun ja, fuhr er fort, vermutlich hast du gerade deshalb mit Eiern geworfen, weil ich etwas gesagt hatte. Denn genau das tat ich. An einem Nachmittag, als du auf dem Rasen gespielt hast, ging ich zu dir hinüber und sagte: Mona, du siehst verärgert aus. Und du hast mir geantwortet, und da bin ich mir ganz sicher, du hast geantwortet: Halten Sie den Mund, Mr. Jones.

Das hab ich nicht gesagt, wehrte ich mich.

Schon gut, meinte er. Ich bin sicher, dass das deine Worte waren. Ich fragte, wie es deinem Vater ginge, und du hast geantwortet, es geht ihm sehr gut und was die Frage sollte. Du warst ein ziemlich schnippisches kleines Mädchen.

Ich war in der Schule ein Ass in Mathe, sagte ich. Hab ich das wirklich gesagt?

Natürlich, sagte er. Du warst in der Schule ein Ass in Mathe. Der Schöpflöffel war randvoll mit Wachs gefüllt, und er stand erwartungsvoll da. Aber du warst ein ziemlich schnippisches kleines Mädchen, wiederholte er.

Moment mal, sagte ich. Warum können Sie sich auf einmal an das alles erinnern? Vor gerade mal fünf Minuten dachten Sie noch, ich wollte Ihnen Kuchen verkaufen.

Er zog die Lippen nach oben, bis unter die Nase, und ließ sie wieder sinken. Hast du dir die Axt nicht zu deinem zwanzigsten Geburtstag gekauft?, fragte er.

Ich verspürte den unwiderstehlichen Drang, alle seine Zahlen auf einmal in diesem Kessel einzuschmelzen, jede an der Wand hängende Laune darin zu versenken, mir dann die Kleider auszuziehen und hineinzusteigen, wie in einen weichen Handschuh aus Wachs, mich mit jeder Zahl, jeder Laune, allem, was als Haut taugt, zu überziehen. Sie haben das wirklich gefragt?, erkundigte ich mich.

Er nickte. Klar, hab ich, sagte er. Dann hörte ich auf zu fragen. Seine Augen waren abwesend, er spielte alles in seinem Kopf noch einmal durch. Er leerte den Schöpflöffel über der 42 aus, die zweite Schicht.

Ich kann mich an nichts dergleichen erinnern, sagte ich. Fehlt ihm also nichts?, fragte Mr. Jones und wendete seinen Blick wieder mir zu.

Die 50 lag immer noch fest zwischen meinen Händen, das Papier unberührt von der neuen Wärme in meinen Handflächen. Er glaubt, dass er bald sterben wird, sagte ich leise. Mr. Jones nickte. Ach so, sagte er. Er blies wieder eine sanfte, vorsichtige Brise über die 42. Die Zahl setzte sich und härtete aus. Und was ist mit dir?, fragte er.

Manchmal hab ich das Gefühl, dass ich bald sterbe, ja, sagte ich.

Aber nein, sagte Mr. Jones. Ich will wissen, ob du auch glaubst, dass *er* bald stirbt?

Ich schaute ihm direkt ins Gesicht. Er schaute mir direkt ins Gesicht. Meine Hände lagen auf der 50, die Lebenslinie lag direkt auf diesen schwarzen, schnellen Zahlen. Mr. Jones wartete. Die 42 gelierte. Ich öffnete den Mund, und die Antwort, die herauskam, versetzte mir den ultimativen Schock. Nein, sagte ich. Ich glaub's nicht.

26

Am nächsten Tag ging ich zu Lisas Haus, weil ich die Adresse kannte, Elmer hatte sie ja ständig gesagt: Ogden Place 265. Es war niemand zu Hause, und so steckte ich eine Nachricht in den Briefkasten, dass ich nächste Woche in die Schule kommen wollte, um meine Sachen abzuholen und Lisa an einem Nachmittag gern in den Park oder ins Kino oder ins Krankenhaus einladen würde und dass die Tatsache, dass ich gefeuert war, nicht bedeutete, dass sie mich nie mehr sehen sollte. Ich weiß, wo du wohnst, schrieb ich. Ich legte noch ein Blatt, zu einer 3 gerissen, in den Briefumschlag und schrieb dazu: 3 x 3 = ? Viele Grüße, Miss Gray.

Am Samstag putzte ich den ganzen Tag die Wohnung. Den Küchenboden schrubbte ich so weiß, dass jeder Zahnarzt vor Neid erblasst wäre; ich saugte Staub; ich schrubbte die Duschwanne. Ich polierte die Küchenarmaturen, bis ich mein Auge im Wasserhahn sehen konnte. Ich füllte den Mülleimer mit einem Strauß schmutziger Papiertücher vom Staubwischen. Ich warf Illustrierte weg. Er taucht um acht auf. Die Wohnung riecht nach Putzmittel, was mich an Äxte erinnert, und er setzt sich auf die Couch, auf der ich gelogen habe, fuddelt an den Ecken der Kissen herum und sagt, dass er vor ein paar Tagen Ann besucht hätte. Einen Wald voller Nähte hat sie auf dem Oberschenkel, sagt er. Alle Schwestern hat sie herumkommandiert, sagt er und lacht. Geht es ihr gut?, frage ich ungefähr fünfmal. Im Moment humpelt sie noch ein bisschen, aber sonst scheint sie wieder okay zu sein, erzählt er. Ich nicke andauernd. Ich weiß nicht, wohin ich mit meiner Erleichterung soll, und außerdem bin ich so nervös, dass ich ihn fast nicht ansehen kann. Er trägt ein T-Shirt, auf dem in dicken, roten Buchstaben BIOLOGIE steht. Seine Haare sind strähnig. Ich denke an Ann, die jetzt in ihrem Bett zu Hause liegt; neben ihr stapeln sich Tabletts mit allen möglichen Puddingsorten, Löffel trocknen in Plastikbechern ein. Ich hole Benjamin ein Glas Wasser, um das er nicht gebeten hat, und er steht auf, um es mir abzunehmen, und ich weiß, dass ich den Anfang werde machen müssen, deshalb bringe ich es schnell hinter mich – er wirbelt das Wasser im Kreis, klare Flüssigkeit, eingeschlossen in hartem Glas, das erinnert mich an das Krankenhaus, und ich komme näher, halbiere den Raum, und ich beschäftige mich ein bisschen mit seiner Armbeuge, den Brandmalen vom Bio-Unterricht. Er schaut mir aufmerksam zu. Ich küsse ihn nicht sofort auf den Mund. Stattdessen küsse ich ihn auf den Hals, die Wange und in die Armbeuge.

Wir gehen zur Couch hinüber, und dann beschließen wir, ins Schlafzimmer zu gehen, wir schütteln unsere Schuhe ab, und die Magnete laden sich auf, und ich weiß, dass die Seife im Bad auf mich wartet, sie liegt in ihrer Seifenschale aus Porzellan und ruft nach mir: Komm nur herein, Mona Gray, mach schon, Mona, bring es hinter dich. Komm herein, besuch mich doch. Komm, mach alles kaputt. Ganz leicht halte ich seine Finger, und ich weiß nicht, ob ich das alleine tun kann. Unsere Gesichter sind einander ganz nahe, und ich lerne seinen Mund näher kennen, seine Lippen sind warm, und Ann geht es gut, und der Kuss verändert ständig Form und Größe und Geschwindigkeit, und ich werde wieder alles zunichte machen. Ich spüre es einfach, und das Licht in der ganzen Wohnung ist ausgeschaltet, und im Schlafzimmer sind nur noch Schatten, die Vorhänge, die bewegungslos herunterhängen, und die bläulichen Umrisse des Bettes. Wir stehen am Bett, und er setzt sich auf die Kante, und ich setze mich rittlings auf ihn, und unsere Hüften beginnen, sich aneinander festzukleben, und ich bin verliebt in die Art, wie sein Ellbogen in den Unterarm übergeht, verliebt in den Muskel auf seiner Schulter, in die Härte seines Schlüsselbeins, in die Art, wie er gebaut ist, so vollkommen und so einfach, so geheimnisvoll und so kompliziert, und ich bekomme Angst. Ich mache den Mund zum Sprechen auf, versuchsweise, habe schreckliche Angst, und ich sage es. Ich muss ins Bad, sage ich. Nebenan rekelt sich die Seife in der Seifenschale, sahnig, schäumend, begierig, bereit. Seine Hand liegt auf meinem Bauch. Komm herein; komm, mach alles kaputt. Er hört auf mich zu küssen und schaut mich direkt an, und seine Zähne schimmern weiß in der Dunkelheit. Eine lange Pause entsteht, und ich warte, und meine Hoffnung ist achtzig Flugzeuge, die sich anschicken, von der Startbahn abzuheben: bitte, bitte, bitte, bitte. Und dann lächelt er. Nein, sagte er.

Sobald er es gesagt hat, füllen sich meine Augen mit Tränen, einfach so, die Dankbarkeit ist so schnell und so unvermittelt, aber ich traue nichts und niemandem, und wir küssen uns wieder, und seine Lippen sind süß wie Orangenspalten auf einem Teller auf einer Veranda im Sommer mit Lerchen und Trauerweiden, und dann sage ich es wieder zu ihm, jetzt wird er bestimmt vernünftig sein; ich sage mit eindringlicher Stimme zu ihm: Warte einen Moment, ich muss ins Bad. Er schaut mich immer noch an, beobachtet mich und sagt: Nein, seine Stimme klingt jetzt fester, und ich sage: Aber ich muss wirklich, kein Witz, und er schüttelt den Kopf und sagt: Nein. Heute ist mir danach, dein Badezimmer-Monitor zu sein, und heute sage ich Nein. Der Seifenschaum kriecht über den Rand der Porzellanschale und tropft ins Waschbecken: Purzelbäume in Weiß. Das war doch nur Spaß damals, sage ich zu ihm, was ich neulich zu dir gesagt habe, das war doch nur Spaß, aber er sieht mich an und schüttelt wieder den Kopf. Nein. Ich packe ihn an den Schultern, und seine Lippen trinken die meinen, und dann liegen Hände auf meiner Bluse, und er knöpft mich auf, und Luft streicht in meine Bluse, und ich spüre die Haut auf seinem Rücken, die in die Wirbelsäule stürzt wie Wasserfälle in ein Flussbett, meine Fingerboote gleiten stromaufwärts über seine Wirbel, und einen kurzen Augenblick lang habe ich das Gefühl, vor mir sicher zu sein. Die Angst erhebt sich wie ein Papierdrachen. Ich sage es ihm wieder. Ich muss aber dringend, murmle ich, aber jetzt sagte er einfach nur: Komm her, Mona Gray, und legt sich zurück aufs Bett und zieht mich zu sich hinunter.

Nachdem sein Hemd ausgezogen ist, finde ich an seinem Körper nichts aufregender als die Brandmale auf seinen Armen, und ich küsse sie immer wieder. Das lässt ihn dahinschmelzen, das ist sein Ausflug ins Bad, und er sagt zu mir: Du brauchst das nicht zu machen, die sind hässlich, und ich sage: Für mich sind sie schön, und er glaubt mir noch nicht, und so erzähle ich ihm flüsternd, wie Danny den abgetrennten Arm in die Stunde brachte und die Eltern tobten, dass ich ihn aber wunderschön gefunden hatte, versiegelt wie er war in diesem blauen Glas, mit dieser Hand, die geöffnet war wie eine Blütenknospe, und er beginnt zu lachen und lacht, bis seine Stimme sich überschlägt, und ich spüre, wie sich das Zimmer bewegt, das ganze Zimmer umfängt uns, und ich frage wieder, ich kann, ich kann allmählich, ganz allmählich den kostbaren Schimmer von Vertrauen spüren; ich sage: Ich muss aber immer noch ins Bad. Sein Gelächter ist jetzt leiser, weil ich jeden Finger, jedes Brandmal, jede Kuhle, jeden Schnitt küsse, und er sagt: So ein Pech, Mona Blue Green Gray. Weil ich nämlich der Badezimmer-Monitor bin und dir nicht erlaube, das Bett hier zu verlassen. Schaum rinnt in das Waschbecken, verflüssigt sich. Ich mache Anstalten aufzustehen, aber er packt mit seiner Hand mein Handgelenk, und ich sage: Ich muss AUF DER STELLE ins Bad, aber seine Hand ist wie ein Schraubstock, und ich schlage darauf. Seine Finger scheuern auf meinem Handgelenk. Fester ziehen, noch fester. Seine Hand ist stark. Ich ziehe so fest ich kann, setze mein ganzes Körpergewicht gegen ihn ein, noch fester, und so weit bin ich bisher noch nie gegangen, ich ziehe nie so fest ich kann, ich ziehe immer weniger fest, als ich kann, nur für den Fall der Fälle, aber jetzt strenge ich mich wirklich an, stemme die Füße als Hebel gegen das Bett, und seine Hand ist stark und sehnig, und ich sage: Lass mich sofort los!, und er lacht mich an und sagt: Von mir aus kannst du's gern weiter probieren, aber ich lass dich nicht los. Ich lass dich nicht los.

Mein Vater war ein Sprint-Star am College, und ich war ein Sprint-Star an der High School, aber ich trat nie gegen ihn an, trat nie gegen ihn an, bis ich gewann, und das ist es, was ein Kind braucht, diesen einzigen Tag, an dem ich schneller lief als mein Sprint-Star von Vater, und das Zepter wird übergeben, und die Trophäe wechselt das Zimmer. Im Alter von neun Jahren war ich nicht schnell genug; im Alter von sechzehn Jahren war ich viel schneller, aber da war er ergraut und still und nicht mehr vorhanden. Eigentlich bin ich nie gegen ihn um die Wette gelaufen, und ich werde auch nie gegen ihn um die Wette laufen; er kann nicht laufen; er wird müde, und einmal erzählte er mir, dass er es nicht mag, wenn sein Herz so schnell schlägt – dieses Pochen, diese Beharrlichkeit –, ich hasse das, sagte er. Also hörte ich auch auf, als er aufhörte. Du bist blass geworden, sagte Mr. Jones, als er über seine 42 blies. Blass, blass, blass. Du hast die Startnummer zurückgegeben, sagte er. Und jetzt ist der Biologielehrer ganz nah bei mir, hier bei mir, klammert die Finger um mein Handgelenk und sagt: Ist das alles? Fester kannst du nicht ziehen? Ist das alles? Du bist SCHWACH, sagt er zu mir, und ich fange laut zu lachen an, und ich ziehe so fest ich kann gegen die Kraft seiner Hand, und er zieht zurück, und von der Straßenbeleuchtung vor dem Fenster lodern Schatten auf seiner Haut wie dunkles Feuer. Ich muss immer noch lachen, und glucksend sage ich: Bad, aber jetzt ist es nur ein Spaß, und er sagt nur: Dann musst du eben ins Bett pinkeln, Hase.

Im angrenzenden Raum ist die Seife ein stiller, trockener Stein. Mit beiden Armen zieht er mich aufs Bett, zieht mich auf sich. Alles verlangsamt sich. Seine Haut ist warm. Das Zimmer ist wach.

In der High School stellten wir uns an der Startlinie in einer Reihe auf, wir waren acht, eine neben der anderen, zappelig und muskulös. Schuhe wie Slipper. Bäuche voll mit Sportler-Frühstück. Klare Augen, milchweiße Augäpfel. Nach dem Startschuss brauchte ich immer eine Millisekunde, bis mir klar wurde, was abging. Krach. Bumm. Los. Die anderen waren vor mir, die Startnummern auf ihren Rücken hüpften auf und ab, 5, 11, 98, 42. Ich schaute ihnen beim Laufen zu. 50, 20. Mit meiner Schrittlänge hatte ich sie nach drei Schritten eingeholt, und dann, als hätte jemand den Gang eines Motors eingelegt, marschierte ich erst richtig los: Bein um Bein um Bein um Bein. Vor mir flatterten die Startnummern, und sie waren wie Blinklichter, sie winkten mich her, flach und hart, schwarz und klar, und ich rannte an ihnen vorbei, und es ging in eine Kurve, und ich legte mich in die Kurve, kämpfte mich weiter, an der Luft, am Lärm, an der Bewegung vorbei. An jedem vorbei.

Wir ziehen uns aus. Seine Handgelenke sind kantig.

Mein Vater saß auf der Tribüne und trug einen Hut gegen die Sonne. Nach dem Rennen brachte er mir immer Wasser, und ich tat so, als freute ich mich, ihn zu sehen. Ich sagte: Danke, dass du gekommen bist, Dad, und: Danke für das Wasser, Dad, und ich redete und quasselte und redete und redete ohne Punkt und Komma, um nicht aus Versehen den Mund aufzumachen und das zu tun, wonach mir war, nämlich ihm zu sagen, dass er sich gedrückt hatte.

Benjamins Finger streichen über mich. Er sagt etwas zu meinen Schultern. Ich sage etwas zu seinem Rücken. Ich kann nicht aus dem Zimmer gehen. Ich darf nicht aus dem Zimmer gehen. Wir legen uns anders hin und rollen herum. Ich höre auf zu lächeln.

Einatmen. Das Zimmer wird dunkler. Hände.

In der Umkleide band ich mir die Schnürsenkel auf. Alle umarmten mich und gratulierten mir. Die Trainerin kam herüber – ihr Lippenstift war verlaufen und fleckig vom ständigen Grinsen –, und sie berichtete mir, dass ich meinen eigenen Rekord gebrochen hatte. Sie wartete auf meine Reaktion, aber ich zog mir nur die Schuhe aus, einen nach dem anderen, und stellte sie in dem nach Stahl riechenden Spind übereinander. Ich bin nicht scharf drauf, meinen *eigenen* Rekord zu brechen, antwortete ich ihr.

Seine Hände liegen auf meinem Gesicht, und dann sind wir ineinander verschlungen, und alles geht langsam und still und bedacht, nichts Außergewöhnliches, nichts Neues; hätten wir das in einem Film gespielt, hätten die Leute vor Langeweile das Kino verlassen und an der Kasse ihr Geld zurückverlangt. Frechheit!, hätten sie geschimpft, die beiden tun ja gerade so, als hätten sie alle Zeit der Welt, oder?

Seine Schenkel. Der Strom im Flussbett seiner Wirbelsäule. Das dünne Papier seines Augenlids. Der Haargeruch seiner Haare. Die absurde eselhafte hohle idiotische perfekte Simplizität des Zusammenpassens.

Auf der Uhr mischen sich die teuflisch rot leuchtenden Digitalstriche und ordnen sich wieder. 23:59. Klick, 24:00. Nur weil sich drei Zahlen gleichmäßig bewegen, muss ich blinzeln und stelle fest: Mitternacht. Morgen. Sonntag. Und das bedeutet, dass mein Vater Geburtstag hat. Und das bedeutet, dass er 51 Jahre alt ist. Und mittendrin in der Benommenheit, Benjamin hat die Augen geschlossen, meine starren in die Dunkelheit, verdichtet sich die Luft in meinem Brustkorb zu einem Pfeifen, bewaffnete Krieger nehmen meinen Körper ein, eine Bewegung, zuerst weit entfernt, nähert sich, einen Augenblick lang glaube ich, ich bin Joanna Stuart, das Schlusslicht der Familie, sie zieht sich aus und verschmilzt mit einem Jungen in einem Bett in Florida, und während sie die Hüften auf seine Hüften stößt, denkt sie, ich bin noch da, denkt sie, ich war die ganze Zeit da, oder?, und der klärende Gedanke, der mich schließlich wegdämmern lässt, ist schlicht der, dass ich jung bin. Ich bin jünger.

Es ist anzunehmen, dass ich sie beide überleben werde.

27

Am Nachmittag des folgenden Tages verbrachte ich eine Stunde in dem Buchgeschäft in der Stadt, weil ich meinem Vater ein Buch schenken wollte. Ich konnte mich nicht entscheiden, ob ich eines über Hautkrankheiten, eines über Fernsehfilme oder vielleicht doch lieber eines über professionelle Gartenpflege kaufen sollte, aber immer wieder zog es mich zu einem großen Leichtathletik-Fotoband hin, mit schwarzweißen Bildern, mit der typischen stählernen Färbung, auf denen Athleten wie Statuen schimmern. Ich trug es eine Weile im Laden herum, kaufte es dann und ging mit dem großformatigen Einband unter dem Arm nach Hause. Mein Körper war müde und ruhig. Ich hatte den Biologielehrer am späten Vormittag nach Hause geschickt, nachdem wir im Bett über eine Stunde lang über jeden einzelnen Schüler gesprochen hatten, und als er Danny O'Mazzi imitierte, kriegte ich einen solchen Lachkrampf, dass ich auf der Stelle pinkeln musste, und er lief hinter mir her und meinte: Ich lasse dich aber immer noch nicht ins Bad, und ich machte mich lachend von ihm frei und sagte: Ich muss jetzt aber wirklich, und er nickte, ging hinaus und holte sich Cornflakes. Ich pinkelte und wusch mir anschließend die Hände mit Shampoo. Die Seife lag in der Seifenschale und sah in diesem Moment genauso wie ein Stück Seife aus.

Ich packte das Geschenk für meinen Vater in Alufolie ein, zog mir ein Kleid an und ging hinüber. Klopfte an die

Haustür. Er machte sofort auf – lebendig, munter, und legte einen Arm um mich. Er war jetzt 51, die langweiligste Zahl, die es gibt. Alles Gute zum Geburtstag, sagte ich. Ich freue mich riesig, dich zu sehen, sagte er. Alles war genau wie immer, was mir einen Stich ins Herz versetzte. Ich gab ihm das große Viereck, das er lächelnd entgegennahm, dann ging er ins Wohnzimmer, setzte sich auf die Couch und schälte es akribisch aus der Verpackung. Wie schön!, rief er, als er das Papier zurückgeschlagen hatte. Ich nickte. Stille. Schau dir nur diese Bilder an, gurrte er. Er brütete ausgiebig über jeder einzelnen Seite. Die Bilder, auf denen etwas passierte, gefielen ihm am besten – das, auf dem fünf Läufer auf die Sekunde genau gleichzeitig über die Hürden gingen. Das mit der Frau, die sich der Ziellinie entgegenwirft, das Band zerreißt und gewinnt. Nachdem er es durchgeblättert hatte, beugte er sich zu mir und gab mir einen Kuss auf die Stirn. Kluge Tochter, murmelte er stolz.

Meine Mutter kam in einem fließenden burgunderfarbenen Kleid herein – wunderschön sah sie darin aus –, legte mir eine Hand auf den Nacken und sagte: 51! Sie machte sich andauernd darüber lustig. Ich kann's nicht fassen, dass du 51 bist, sagte sie zu meinem Vater. Du siehst eher wie 75 aus. Sie gab ihm einen dicken Kuss auf die Wange. Meine Mutter war an Geburtstagen immer rührselig.

Wir wollten bald zum Abendessen in das feinere der beiden Restaurants in der Stadt gehen. Mein Vater packte die anderen Geschenke aus und probierte mehrere Pullover an, die er aber überwiegend kratzig fand. Während meine Mutter sich zum Ausgehen fertig machte, ging er mit mir hinaus in den Garten und zeigte mir seinen neuen Gesundheitskreis, den er am frühen Morgen angelegt hatte, während meine Mutter noch schlief. Der da, erklärte er mir, hat einen etwas größeren Radius. Ich glaube, der Erste war zu klein, sagte er, und da dachte ich mir, dass ich es vielleicht mit einem größeren versuche. Was hältst du davon?, fragte er und schaute mich mit großen Augen erwartungsvoll an. Du bist schließlich Mathe-Lehrerin.

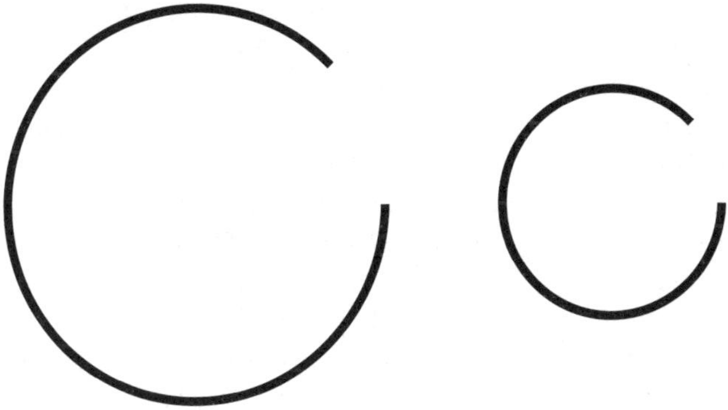

Ich betrachtete die beiden verbrannten Kreise auf dem Rasen; jeder hatte an einer Stelle einen offenen Mund.

Du kannst richtig gut Kreise zeichnen, sagte ich. Schau mal, wie gleichmäßig die sind. Hast du die freihändig gemacht? Er nickte.

Sie sind wirklich sehr gleichmäßig, sagte ich.

Er trat zuerst in den ersten, dann in den zweiten. Er lächelte mich einladend an. Ich hatte den Eindruck, dass er jetzt, da es zwei gab, nichts mehr dagegen hatte, dass ich mich zu ihm stellte, aber ich blieb auf dem uneingekreisten Gras stehen, auf dem Gras mit nichts anderem als Grashalmen. Er machte im größeren Kreis ein paar Dehnungsübungen und trat dann heraus.

Als es Zeit zum Abmarsch war, gingen wir zum Auto, und meine Mutter murmelte etwas von Kerzen und rannte wieder ins Haus. Der Tag wurde zum Abend, und ein Kind, das ich nicht kannte, radelte mit seinem Fahrrad mit ratternden Reifen die Straße hinauf und hinunter, hinauf und hinunter. Es blies ein frischer Wind, und die Baumstämme fühlten sich kühl an.

Ich setzte mich zum Warten an den Bordstein, und mein Vater kam zu mir herüber und setzte sich neben mich. Das Kind radelte vorbei, voll konzentriert, typisch für Kinder auf Fahrrädern.

Wir saßen Seite an Seite, mein Vater und ich. Wir saßen genau auf die gleiche Art, mit nach vorn gestreckten Beinen, die Füße überkreuzt. Er sah genauso aus wie immer. Ich schaute unsere Beine an, schaute das Kind auf dem Fahrrad an, und plötzlich, mittendrin, fiel mir ausgerechnet die Zeichenlehrerin ein. Dass sie, immer, wenn sie lachte, sich eine Hand vor den Mund hielt. Ich lache genau wie meine Mutter, hatte sie dann meistens erschreckt festgestellt. O Gott, sagte sie, ich hab richtig Angst davor, einmal genauso zu werden wie meine Mutter.

Ich hatte damals dazu genickt, sie aber nie wirklich verstanden. Ich verstand das Problem nicht. Was sie sagte, sagten alle, aber das Gegenteil war es, das mir das Herz brach.

Nämlich das.

Mein Vater saß mit nach vorn gestreckten Beinen auf der Bordsteinkante, ein wandelndes halbes Jahrhundert. Ein verblasstes Foto. Die bleiernen Monde seiner Fingernägel, die alten, schwarzen Stoppeln seiner Wimpern, die kaum wahrnehmbaren Kreise um die Pupillen, die kaum wahrnehmbaren Kreise, die in den Rasen im Garten gebrannt waren. Der graue Hosenbeinknubbel seines Knies, mit den akkurat gesetzten Bügelfalten.

Ich saß mit nach vorn gestreckten Beinen auf der Bordsteinkante, ein wandelndes fünftel Jahrhundert. Aber mein Kleid war über und über mit violetten Blumen bedruckt. Ich hatte es einmal in der Waschmaschine auf 90 Grad gewaschen, obwohl das ausdrücklich verboten war. Ich hatte die Zeitungen einer ganzen Woche zusammen mit dem Kleid in den Trockner gesteckt, weil ich wissen wollte, wie sich das auf die Farbe auswirkt. Ich hatte das ganze Kleid mit Bleistift bekritzelt, bis es bleiern schimmerte, und trotzdem. Trotzdem. Aus purer Sturheit behielt der Stoff seine Flieder und Veilchen, zusammengehalten von grünen und braunen Ranken.

Der Junge fuhr abermals auf seinem Fahrrad vorüber. Er hatte eine Menge Sommersprossen auf seinen Armen. Ich wartete darauf, dass er zu uns herübersah und lachte, weil ihm der Unterschied zwischen den beiden Leuten, die da auf dem Bordstein saßen, ins Auge sprang. Aber er radelte einfach vorüber. Ich schaute nach unten, nach vorn, von Violett zu Grau und wartete darauf, dass sich mein Vater verkrampfte. Mir irgendwelche Vorhaltungen machte. Verrat. Aber er sagte nur: Hübsch siehst du aus, Mona. Er saß auf dem Bordstein und bewunderte meine Halskette. Ich sagte: Alles Gute zu deinem Einundfünfzigsten, und seine Wangen verdunkelten sich, erröteten eine Spur.

Tut mir Leid, sagte ich leise, aber ich kann nicht mehr neben dir sitzen bleiben.

Er lächelte nur. Er sagte nur: Mona. Mein wunderbares Kind. Meine schöne Tochter. Es macht mir nichts aus, wenn du lieber im Auto warten willst.

28

Es stellte sich heraus, dass auch Ann DiLannos Eltern noch nicht starben. In Wirklichkeit geschah etwas ganz anderes: Sie gewannen im Lotto. Anns Mutter hatte eine Vorliebe für die 4, und deshalb tippte sie 4, 14, 16, 24, 32, 44 und knackte damit den Jackpot. Ann wurde aus dem Krankenhaus entlassen, mit spinnenartigen Stichen, die ihren Schenkel hinaufliefen, und bald schon lag sie wieder in ihrem alten Bett. Einen Tag bevor ihr Vater 43 wurde, löste die Familie das Gewinnlos gegen eine glatte Million Dollar ein. Sie packten ihre Siebensachen und zogen aus der Stadt fort. An dem Tag, an dem ich in der Schule war, um meine restlichen Sachen zu holen, kam Ann noch kurz in die Schule. Die neue Mathe-Lehrerin hatte meine Zahlengalerie von der Wand genommen; vermutlich lugten sie jetzt aus Mülltonnen heraus, ausbleichende Fünfen und Zweien zwischen Bananenschalen und Milchtüten, und sie betete an der Tafel die Zehnerstellen herunter. Zwei der Schüler waren auf ihren Bänken eingeschlafen.

Seit dem Unfall hatte ich Ann nicht mehr gesehen. Wir begegneten uns im Flur, wo Mäntel und Lunchpakete lagern. Schüler, die auf den Beginn der Pause warteten, liefen ziellos hin und her.

Bepackt mit einem Karton voller Arbeitshefte stellte ich mich vor sie. Ann, sagte ich. Es tut mir furchtbar Leid. Sie löste ihren Pferdeschwanz und schüttelte ihre braunen, schnurgeraden, praktischen Haare. Sie trug einen kleinen lila Nerzmantel und hielt mir eine goldene 3 unter die Nase, die sie an einer Goldkette um den Hals trug.

Jetzt hab ich eine ganz echte, sagte sie. Aus Gold. 3 + 3 = 6. 3 – 3 = 0.

He, Ann, bat John Beeze. Kann ich mir mal deine Nähte ansehen?

Ann wickelte sich die 3 um den Zeigefinger.

Die wollte ich ohnehin allen noch zeigen, sagte sie. Ich nehm sie nämlich mit, meine goldene 3. Mathe hat mir gut bei Ihnen gefallen, Miss Gray, sagte sie zu mir. Und zu den Kindern, die herumliefen, sagte sie in perfektem Südstaaten-Slang: Ich bin froh, dass ich euch alle kennen gelernt habe. Sie zogen nach Texas um. Die Verwandlung in eine echte Texanerin hatte sie schon vollzogen, bevor sie noch die Stadt verlassen hatte.

Nimm dir eine Broschüre mit, wenn du hinausgehst, sagte ich. Sie lehnte sich an den Tisch. Es fiel kaum auf, dass sie humpelte. Sie schaute sich im Klassenzimmer um, auf ihrer Stirn bildeten sich wegen des Nerzmantels Schweißperlen, und ein paar der jüngeren Kids standen neben mir und streichelten den Pelz. An der Schule war sie jetzt aus mehreren Gründen eine Berühmtheit: verwundete Ann, reiche Ann. Unvermittelt hob sie ihren Rock und zeigte den Kleinen ihre Spinnennähte – so schwarz und so viele, dass mein Herz einen Schlag aussetzte – und die schnurgerade, dicke Narbe, nach der später einmal ihre Liebhaber tasten würden, um ihre Ann in der Dunkelheit zu erkennen. Die kleineren Kinder quiekten und zitterten und glotzten.

Ihr Oberschenkel, die nachhaltigste Erinnerung an *›Zahlen und Gegenstände‹*, der Wetterfrosch für Wetterumschwünge, würde mich und auch die Schule überleben, ein beständiger Teil ihres unbeständigen Beines.

Lisa kam aus einem anderen Raum herüber, um sich die

Nähte anzusehen. Ihre eigenen verliefen auf ihrer Stirn in einer Linie. Eine Weile wurden bewundernde Worte ausgetauscht, und dann stupste Ann Lisa an, kramte in ihrer Tasche und gab Lisa eine Schachtel mit Farbstiften, alle in Beige – in allen Schattierungen von Elfenbein bis Braun.

Hoffentlich wird deine Mutter wieder gesund, sagte Ann. Lisa nahm die Stifte und nickte. Viel Spaß in Texas, sagte sie.

Sie zögerte und rupfte dann ein paar Haare aus ihrem Rattenschopf.

Da, sagte sie. Ein paar Haare, damit du an mich denkst.

Ann stopfte sie zufrieden in ihre Nerztasche.

Lisa tippte mich an. Ich beugte mich zu ihr. Miss Gray, flüsterte sie mir ins Ohr, es gibt ja überhaupt nichts Beiges, das ich zeichnen könnte.

Enten?, flüsterte ich zurück. Gänse?

Sie verdrehte die Augen und verzog sich. Später, als ich das Schulgebäude verließ, steckten die Stifte in meiner Jackentasche, zusammen mit einer gefalteten Zeichnung einer Ente, die sie mit bunten, metallischen Grün- und Blautönen angemalt hatte.

Ich bin jetzt ein reiches Kind, verkündete Ann, kurz bevor sie sich verabschiedete, und sah ein bisschen nervös dabei aus.

Ich wollte sie in die Arme nehmen, war mir aber nicht sicher, ob es ihr recht war. Schüchtern stellte sie sich dicht neben mich. Ich drückte ganz fest ihre Schulter.

Denk immer daran, dass du gut in Mathe bist, sagte ich.

Nachdem Ann gegangen war, trug ich meinen Karton mit den Arbeitsunterlagen nach Hause und stellte ihn unters Bett; vielleicht konnte ich ihn ja später noch einmal gebrauchen. Dann ging ich zur Schule zurück und wartete, bis Lisa

Schulschluss hatte. Ich sah Danny zwischen zwei Schulstunden, und er lächelte mich an: Hallo, Miss Gray, begrüßte er mich. So höflich war er noch nie gewesen. Er hatte die klaren Augen eines tüchtigen Milchtrinkers, ein zukünftiger Quarterback-Star. Vom Haupteingang aus winkte ich einmal Benjamin zu, der damit beschäftigt war, sich die Haare zu kämmen und einen Versuch über Magnetismus vorzubereiten, indem er Salz und Pfeffer in eine Schüssel mit Wasser schüttete. Er sagte, er wollte später vorbeikommen. Ich erzählte ihm, dass ich mit Lisa ins Kino gehen würde und dann ins Krankenhaus und dass wir uns anschließend hoffentlich sehen könnten. *Bankraub!* war inzwischen abgesetzt, und nun spielten sie ein Musical über New York City. Meine Botschaft mit der 3 hatte Lisa gefallen, und zwei Tage später hatte ich eine in meinem Briefkasten entdeckt, eine 5 und eine 6, zurechtgebogen und zusammengeklebt aus Zweigen, und ein Stück Papier, auf dem Okay stand.

Als Lisa aus der Schule kam, hängte sie sich ihren Rucksack um, gab mir die Hand, und wir spazierten in Richtung Park. Ich sagte zu ihr, dass sie mit ihren Nähten auf der Stirn wie eine Addition aussah: +++++, und sie lächelte. Plus plus plus, sagte sie. Ich will jetzt Dividieren lernen, sagte sie.

Wir gingen am alten Haus der Stuarts vorbei. Joanna irgendwo beim Schwimmen. Wir gingen am alten Haus der Finchs vorbei. Wir gingen am Haus meiner Eltern vorbei. Wir gingen am Haus von Mr. Jones vorbei. Er war draußen, sprengte den Rasen und trug eine 20. Ich winkte ihm zu. Wie geht's, Mona?, fragte er. Gut, rief ich, und Ihnen? Es geht ihm 20, stellte Lisa fest. Richtig, sagte Mr. Jones und zwinkerte ihr zu. Ich drückte Lisas Hand. Sperren Sie den Laden nachher noch auf?, fragte ich. Na klar, gab er zur Anwort, und Lisa sagte: Gestern konnte ich nicht richtig schlafen. Also geht's mir heute ungefähr 11, sagte sie. Mr.

Jones nickte zustimmend, und mein Herz war rappelvoll mit den beiden.

In der Stadt kaufte ich unsere Karten an der Kinokasse. Da wir noch gut eine Stunde Zeit hatten, bis der Film anfing, schlug Lisa vor, wir könnten uns so lange in den Park setzen. Es war ungefähr halb vier, und der Himmel strahlte in einem hübschen, leichten Blau. Ich gab ihr ein paar Dollar für Eis, und sie ging über die Straße, während ich den Enten zuschaute, die auf der Wiese herumwatschelten – das elektrische Grün des Erpelhalses, die eierschalenbraunen Federn seiner Gefährtin.

Lisa kam mit zwei Eistüten zurück: ein Schokoladeneis für mich, ein violettes für sich.

Was ist das für eins?, fragte ich. Schokolade-Himbeer? Rosinen, sagte sie und setzte sich neben mich.

Ich leckte an meinem Eis. Ein Streifen Schokolade glitt über meinen Gaumen.

Rosine, fragte ich nach. Gibt es tatsächlich Eis mit Rosinengeschmack?

Sie zählte mir das Wechselgeld in die Hand. Ich warf es in den Ententeich. Ja, sagte sie. Sie blies etwas Luft aus ihrem Mund und erzählte mir, dass sie sauer auf Elmer war, weil er ständig das gleiche Bild von Häusern malte und nie irgendetwas anderes.

Rosine, ich schüttelte den Kopf.

Wir machten es uns auf der Bank bequem und schauten der Frau zu, die ihren struppigen Hund ausführte, und dem Mann mit dem Aktenkoffer, der im Süßwarenladen verschwand.

Lisa sagte nicht viel. Sie hatte einen neuen Tick. Sie spielte mit den Nähten auf ihrer Stirn wie auf einem Xylophon. Ihr Rosineneis behandelte sie nicht besonders gut. Sie leckte immer nur kurz daran. Normalerweise war Lisa eine eher schnelle Esserin. Armes Rosineneis, rezitierte sie, hob es zum Mund und streckte es dann weit von sich, als würde es schlecht riechen: Niemand will dich kaufen, sagte sie. Magst du Rosinen?, fragte ich. Nein, antwortete sie, aber Cornflakes mit Rosinen schon. Ich lachte sie aus. Und ich will nicht, dass es irgendwann kein Rosineneis mehr gibt, setzte sie nach und warf mir einen etwas angenervten Blick zu. Ich gab ihr noch zwei Dollar und schickte sie noch einmal an den Stand, damit sie sich eins holte, das ihr schmeckte. Ein paar Minuten später war sie wieder da mit einer Kugel Karameleis. Das Rosineneis hielt sie nach wie vor in der linken Hand. Das Karameleis hatte sie in Windeseile aufgegessen, und das Rosineneis zog mittlerweile eine violette Spur über ihr Handgelenk.

Immer noch hielt sie die Tüte unverdrossen fest.

Wollen Sie?, fragte sie.

Ich schüttelte den Kopf. Nein, vielen Dank. Ich hab mir noch nie viel aus Rosinen gemacht, sagte ich. Ich mag sie nicht mal im Urzustand.

Schmeckt nicht schlecht, meinte sie. Sie schleckte noch einmal daran. Ihre Zunge hinterließ kaum eine Spur auf dem Eis. Schmeckt gut, sagte sie.

Du kannst es ruhig wegwerfen, sagte ich. Du brauchst es nicht aus Höflichkeit festzuhalten. Es macht mir wirklich nichts aus.

Während ich mit ihr sprach, schaute ich aus den Augenwinkeln zu den neuen Broschüren im Fenster des Reisebüros hinüber und nicht zu Lisa, und deshalb war ich, als ich mich später zu ihr umdrehte, überrascht, dass ihre Augen tränennass waren und glänzten. Sie brachte ein paar Minuten damit zu, sich ihr Gesicht abzuwischen.

Aber Lisa, fragte ich, was ist denn los? Ich legte ihr eine Hand auf den Kopf. Sie weinte eine Weile, und ihre Tränen zeichneten Linien auf ihre Wangen. Nach ein paar Minuten sagte sie zu mir: Man darf kein Rosineneis wegwerfen.

Mittlerweile schmolz auch die Eiswaffel in sich zusammen, zu klumpigen, violett-braunen Batzen. Lisa schniefte noch immer. Eine grüne Ente watschelte vorüber. Auf der anderen Seite der Stadt verstaute Anns Familie gerade ihre Kisten in große Umzugswagen. Das Krankenhaus ragte bedrohlich über den Bäumen auf, eine Vase mit zahnlosen Gänseblümchen.

Es war immer noch eine halbe Stunde Zeit, bis der Film anfing.

Was sollen wir machen?, fragte ich. Wir könnten ins Insektengeschäft gehen, sagte ich. Sie schüttelte den Kopf. Oder in die Konditorei, sagte ich. Sie zuckte die Achseln. Immer noch hielt sie die Eistüte in der Hand.

Wir könnten eine lange Division rechnen, sagte ich.

Kennen Sie irgendwelche Geschichten über Mathe?, fragte sie. Sie setzte sich im Schneidersitz auf die Bank und leckte Eis von ihrem Handgelenk.

Geschichten über Mathe?, fragte ich nach

Sie nickte und gähnte. Ihre Hände waren mit Rosineneis vollgekleckert.

Ich lehnte mich zurück und dachte einen Augenblick nach, schaute zu dem Bogengang aus Bäumen über uns. Zum Reisebüro meiner Mutter hinüber. Zum Wasserblau des Himmels hinauf. Zum geschlossenen Haushaltswarenladen hinüber.

Ich klopfte auf die Bank, Lisa klopfte zurück und starrte mich mit lebhaften, glänzenden Augen an.

Ich weiß eine Geschichte über Mathe, sagte ich dann.

29

Lisa legte die Rosineneistüte vorsichtig auf der Bank ab. Sie machte es sich bequem und legte den Kopf auf mein Bein. Ich legte eine Hand auf ihren Kopf und strich über ihr klebrig verklumptes Haar.

Also gut, begann ich.

Sie schaute zu mir hoch und blinzelte erwartungsvoll.

Ein Entenpaar schwamm auf dem Ententeich vorüber, aufgeplustert zu grünen und braunen Ovalen. Ich hatte einen Kloß im Hals.

Und ich machte einen Rückzieher.

Es war einmal ein Teich mit Additionsfröschen, sagte ich plötzlich. Zwölf Frösche in einem Teich und vierzehn in einem anderen, wie viele gibt das zusammen?

Ich schaute nicht runter zu Lisa.

Aus meinem Schoß kam ein leiser Schluckauf.

Das soll die Mathe-Geschichte sein?, murmelte sie. Das ist keine Geschichte. Sechsundzwanzig.

Sie riss ein Stück von der Rosineneistüte ab und warf es in den Teich, wo es ungefressen herumtrieb. Dann drehte sie sich zur Seite und rollte sich auf der Bank zusammen. Nach dem Kino sollte ich ihre Mutter kennen lernen. Wir hatten vor, eine Gravlaki-Hausnummer im Haushaltswarenladen zu kaufen, sie in das unbenummerte Zimmer von Mrs. Venus zu bringen und sie ihr zu schenken. Es ist wichtig, eine Nummer an der Tür zu haben, damit Elmer weiß, wo man wohnt. Lisa war begeistert gewesen von dieser Idee. Sie hatte vorgeschlagen, dass wir uns alle am Abend das Krankenhausessen teilen könnten, und – vielleicht – wenn ich Glück hätte, würde sie mir beibringen, auf Socken über den Flur zu rutschen.

Kennen Sie keine anderen Geschichten?, fragte sie. Bessere? Ich strich langsam mit der Hand über ihr Haar. Durch die Bäume, ganz weit oben auf dem Himmelsblau, wuchs eine winzige Albino-Augenbraue von Mond.

Lisa leckte Eis von ihren Fingerspitzen.

Also gut, sagte ich.

Sie hatte sich ihr Handgelenk in den Mund gestopft und leckte erwartungsvoll das Eis ab.

Die Geschichte hab ich mir extra für dich ausgedacht, sagte ich.

Tu eine 3 rein, murmelte sie.

Ich ließ meine Hand ruhig auf ihrem Kopf liegen.

Und einen Seeräuber, sagte sie. Ich mag Seeräuber.

Na gut, sagte ich. Es fängt mit einem Königreich an, sagte ich.

Königreiche mag ich auch, mampfte Lisa, den Mund voller Handgelenk.

Ich sprach mit leiser Stimme. Es war schwer, durch den Kloß in meinem Hals hindurch zu sprechen.

Es war einmal ein Königreich, begann ich, ein Piraten-Königreich.

Dieses Piraten-Königreich hatte das Geschenk des ewigen Lebens entdeckt, sagte ich. Das heißt, dass dort nie einer gestorben ist, also gab es auch keine Friedhöfe und keine Todesanzeigen. Die Augenklappe war nur ein moderner Schnickschnack. Niemand wurde ins Meer geworfen, außer wenn er schwimmen wollte. Kriege waren keine Tragödie. Es wurden keine Fahnen verehrt. Es gab keine Krankenhäuser aus Glas und keine roten Perücken und keine Infusionen, es gab keine kranken Augenzellen und auch keine Terrinen für den Leichenschmaus. Krebs war überhaupt kein Thema.

Lisa murmelte etwas Zustimmendes und berührte mit feuchten Fingern ihre Nähte auf der Stirn. Ich strich durch die Kringel und Wellen ihrer Haare.

Aber ein großes Problem gab es in diesem Piraten-Königreich doch, sagte ich. Es war nämlich rappelvoll. Die Lebensmittel gingen allmählich aus, und Wasser war so knapp wie seit Menschengedenken nicht mehr. Und deshalb beschloss der Piratenkönig, der übrigens im ganzen Land als herausragender Mathematiker berühmt war, ein Dekret zu erlassen. Er sagte: »Ich habe es ausgerechnet, und die Wahrheit liegt auf der Hand. Wenn man die Geburten mit den Todesfällen ins Verhältnis setzt und als Faktor den benötigten Sauerstoff pro Kopf berücksichtigt, mit Exponenten arbeitet und dann alles durch drei dividiert, kommt heraus, dass pro Haushalt ein Seeräuber sterben muss.« Er befahl: »Wir werden uns auf dem Hauptplatz versammeln, und jede Familie bringt einen Freiwilligen mit. Wer sich weigert, das zu tun, der soll unser Land verlassen.«

Aber in keinem anderen Land war das Geheimnis des ewigen Lebens bekannt.

Ich schaute zu dem Kopf in meinem Schoß. So weit alles okay?, fragte ich. Lisa nickte mit geschlossenen Augen und gespitzten Ohren. Ich legte die andere Hand sanft auf das Holz der Parkbank.

An dem vorbestimmten Tag, erzählte ich mit immer noch leiser Stimme weiter, versammelte sich die ganze Stadt auf dem Hauptplatz, wo zum ersten Mal seit Jahren die Totenkopf-Fahne wehte. Der Henker, der einen großen Seeräuberhut mit einer roten Nelke auf der Krempe trug, stützte eine Hand auf den Galgen. Der Piratenkönig hielt eine riesige Schriftrolle in der Hand, auf der lauter Zahlen standen. »Nun«, donnerte der König, »es ist an der Zeit, dass wir, als Land, mehr aus uns machen, dadurch, dass wir aus uns weniger machen.« Hier und da klatschten vereinzelt ein paar Leute. Er verbeugte sich vor den Familien, von denen eine jede unter Tränen ihren eigens dafür ausgewählten Freiwilligen vorschickte, und der König hakte jeden Bürger auf seiner Liste ab. Alles war vorbereitet und alle waren bereit, zur Tat zu schreiten, wäre da nicht noch eine einzige Piratenfamilie übrig gewesen. Diese Familie erklärte, das sie sich nicht entscheiden konnte. Zunächst hatte sich die Mutter angeboten zu sterben, aber alle waren dagegen gewesen, dann hatten sich der Reihe nach der Vater, die Schwester, der Bruder und der Baby-Pirat gemeldet. Aber die anderen konnten sich mit keinem der Vorschläge anfreunden. Die Mutter verkündete: »Wir werden alle sterben.« Aber dem Land gefiel das gar nicht und – offen gesagt – den übrigen Familienmitgliedern auch nicht. Und so trat der Vater vor und sagte: »Wir könnten doch ein Stück von jedem von uns opfern. Ich werde mir die Nase abschneiden, meine Frau die Arme, meine Tochter das Ohr, mein Sohn den Fuß.«

Ich flüsterte es in die Luft. So leise, dass nur wir beide es hören konnten. Lisa lag auf meinem Bein, nuckelte an ihrem Handgelenk, ihr Atem ging regelmäßig und ruhig. Eine mächtige Welle stieg in meiner Kehle an, und ich drückte die Handfläche auf die Bank. Pass auf, sage ich zum Holz – pass auf, was ich hier mache. Merk's dir gut. Pass genau auf.

Der Piratenkönig, flüsterte ich, der große Mathematiker, sagte, das sei zwar nicht ganz so effektiv wie das Entfernen einer ganzen Person, aber er war so angetan von dem Vorschlag mit den Körperteilen, dass er diese gemeinsame Entscheidung der Gruppe überdenken wollte.

Die Mutter nickte begeistert, und der Vater nickte vornehm, und der Bruder hielt seinen Fuß hin, denn er wollte es so schnell wie möglich hinter sich bringen.

Aber die Tochter schüttelte den Kopf und trat vor.

»Drüben im nächsten Land«, sagte sie, »heißt es, gibt es einen Fischteich. Können wir nicht einfach von hier wegziehen und dorthin gehen?«

»Aber Tochter«, sagten Mutter, Vater, Bruder und das Baby. »Wenn wir von hier fortgehen, werden wir früher oder später sterben. Das Land hier ist etwas ganz Besonderes, dieses Land ist das einzige, in dem man das Geheimnis des ewigen Lebens kennt. Nur ein einziger Seeräuber aus jeder Familie muss sterben, damit alle anderen auf *ewig* von Krankheit und Tod verschont bleiben.«

Die Tochter hörte zu. Sie nickte. Aber sie sprach weiter. »Aber ich will nicht mein Ohr abschneiden«, sagte sie. »Ich will weiter hören können. Ich möchte meiner Mutter beim Gehen zusehen. Ich möchte sehen, wie mein Vater seine Hände benutzt. Ich will meinen Bruder mit Schuhen an den Füßen sehen. Ich hasse Stümpfe«, sagte sie.

»Aber Tochter«, redeten Mutter, Vater, Bruder und Baby auf die Tochter ein. »Wenn du einmal stirbst, wirst du überhaupt nie mehr hören, gehen, deine Hände benutzen oder deine Haare kämmen können.«

Das ganze Königreich wartete auf ihre Antwort. Ein paar der Freiwilligsterbenden begannen zu zittern.

Die Tochter schaute in die Ferne. Dort liefen Ameisen in einer Reihe auf der Erde. Sie bildeten eine schnurgerade Linie.

»Ich gehe«, sagte sie. »Kommt noch jemand mit?«

Die ganze Stadt stutzte. Ein überraschtes Raunen erhob sich aus der Menge.

Die Mutter schüttelte ihr Opferbein. »Nun ja«, sagte sie. »Schiffe überfallen können wir vermutlich überall.«

Der Vater sah verärgert aus. »Mir gefällt das ewige Leben aber«, sagte er.

Die Tochter umarmte alle und entfernte sich langsam, vorbei am Galgen, vorbei an der Fahne, vorbei an den Freiwilligen, hinüber zu den gelben, sanft gewellten Hügelkämmen. Der Henkerpirat fühlte sich brüskiert. Der König rechnete mit vor Verwirrung gerunzelten Augenbrauen in Windeseile Gleichungen auf seinem Zettel aus. Nach einer Minute folgten einige der Freiwilligsterbenden ihrem Beispiel, bis ihr eine Gruppe von ungefähr fünfzehn Leuten auf den Fersen war. Der Bruder schloss sich der Gruppe ebenfalls an. Die Mutter sagte, sie wollte versuchen, schon bald mit dem Baby-Seeräuber nachzukommen, müsste aber erst noch packen. Der Vater hob immer wieder die Schultern.

»Diesbezüglich bin ich ratlos«, sagte er.

Als die Tochter sich schon weit entfernt hatte, drehte sie sich um und winkte. »Auf Wiedersehen«, rief sie. »Ich werde dann im nächsten Land auf euch warten.«

Der Vater und die Mutter winkten zurück, und einen Augenblick lang waren nur ihre drei Hände in der Luft zu sehen, eine Familie, die Handflächen einander zugekehrt, winkte im Licht des Nachmittags wie Sonnenblumen. Die Hügel leuchteten gelb. Die Finger der Tochter blieben in der Luft, bewegten sich immer noch, und die Finger der Mutter winkten zurück, und die Finger des Vaters winkten zurück, und eine Zeit lang waren ihre Hände alle gleich groß, sahen genau gleich aus, bis die der Tochter immer kleiner wurden, und als es hinter dem Hügel wieder abwärts ging, war die Hand verschwunden und die Tochter auch. Die Mutter senkte den Arm. Der Vater winkte immer noch, aber seine Hand war mittlerweile allein in der Luft. Der König versuchte immer noch, zu einem Ergebnis zu kommen, der Bleistift flog nur so über das Papier. Ein paar der Bürger wollten ihr noch länger nachsehen und kletterten hoch auf den Galgen, um an Höhe zu gewinnen. Natürlich erspähten sie sofort wieder ihren blau gekleideten Rücken, der sich immer weiter entfernte, den Hügel hinunter, und sie sahen die kleine Gruppe der Leute, die hinter ihr herlief. Die Zuschauer stellten sich in sieben Meter Höhe auf die Zehenspitzen und beobachteten, wie die abziehende Gruppe direkt in den Tod marschierte, und sie schauten ihnen nach, so lang sie konnten, Knie, Taillen, Schultern, Scheitel, aber bald ging der Weg wieder abwärts, und dann konnten auch die Leute auf dem Galgen nichts mehr sehen als nur noch einen leeren gelben Hügel, der sich vor ihnen ausrollte wie ein Teppich aus sonnenüberflutetem Wasser.

MAJGULL AXELSSON

Die Geschichte von vier Frauen, die nach langen Jahren des Schweigens wieder zueinander finden. Spannend wie ein Thriller, anrührend wie eine Liebesgeschichte, messerscharf wie eine Gesellschaftsstudie. "Eines jener seltenen Bücher, über dessen Lektüre man die Welt um sich herum vergisst."

Brigitte

Die Aprilhexe
btb 72472

Aus Freude am Lesen

Rosarios Geschichte
btb 72747

Aus Freude am Lesen

Ein bewegender Roman über das phillipinische Straßenkind Rosario, das ein Opfer des Sextourismus wurde. Zugleich nüchtern und fesselnd erzählt, zutiefst teilnahmsvoll, aber nie sentimental oder moralisierend. Ein Klassiker im Kampf gegen Kinderpornographie und -prostitution.